भारत की सर्वांगीण उन्नति का मंत्र

अंत्योदय

लेखक की अन्य पुस्तक

भारत की सर्वांगीण उन्नति का मंत्र

अंत्योदय

डॉ. सरवन सिंह बघेल 'श्रवण'

प्रभात
पेपरबैक्स
www.prabhatbooks.com

प्रकाशक

प्रभात पेपरबैक्स

4/19 आसफ अली रोड, नई दिल्ली-110002

फोन : 23289777 • हेल्पलाइन नं. : 7827007777

इ-मेल : prabhatbooks@gmail.com ❖ वेब ठिकाना : www.prabhatbooks.com

संस्करण

प्रथम, 2021

मूल्य

दो सौ रुपए

मुद्रक

आर-टेक ऑफसेट प्रिंटर्स, दिल्ली

BHARAT KI SARVANGEEN UNNATI KA MANTRA ANTYODAYA
by Dr. Saravan Singh Baghel 'Shravan'

Published by **PRABHAT PAPERBACKS**
4/19 Asaf Ali Road, New Delhi-110002

ISBN 978-93-90378-62-3

₹ 200.00

प्रस्तावना

एकात्म मानव दर्शन और अंत्योदय विचार के प्रणेता पंडित दीनदयाल उपाध्याय ने कहा था कि "हमारी सोच और हमारे सिद्धांत यह हैं कि असहाय और अशिक्षित लोग हमारे भगवान् हैं, हम सभी का यह सामाजिक एवं मानवीय धर्म है।" इसी विराट् विचार को आत्मसात् कर जन-कल्याण के लिए उपयोगी कार्यों की प्रेरणा हमें पंडित दीनदयाल उपाध्याय से मिलती है। भारत दर्शन का मूल विचार अंतिम पंक्ति में खड़े अंतिम व्यक्ति के उदय से है। मगर इस कार्य को पूर्ण करने में हमें कई चुनौतियों का सामना करना पड़ेगा। मगर भारत के पूर्ण विकास की कल्पना और सार्थकता इसी अंत्योदय विचार से की जा सकती है।

अंत्योदय से राष्ट्रोदय की संकल्पना को मूर्त रूप प्रदान करती हमारी वैचारिक दृष्टि ही भारत के कल्याण और भारत के विकास की अभिलाषा को संतुष्ट करने के क्रम में अनवरत प्रयत्नशील रहेगी। अंत्योदय, सही मायने में तब प्राप्त किया जा सकता है, जब सर्वसमाज में गरीब-से-गरीब व्यक्ति का आर्थिक और सामाजिक विकास-क्रम पूर्ण हो जाए। गरीबी के बारे में उपाध्यायजी का सरकार से संबंधित विचार था कि केंद्र व राज्य की सरकारों को सभी व्यक्तियों को न्यूनतम जीवन स्तर का आश्वासन देना चाहिए। "राष्ट्र की रक्षा के लिए हर व्यक्ति को न्यूनतम जीवन स्तर, जैसे उसके मौलिक अधिकार—भोजन, कपड़ा, मकान, दवाई, शिक्षा और उसकी सामाजिक व आर्थिक सुरक्षा का आश्वासन सरकारों द्वारा उन्हें प्रदान किया जाना चाहिए।"

पंडित दीनदयालजी कहते हैं कि दरिद्रनारायण ही मेरा आराध्य है और जब तक नर-नारायण की सेवा अपूर्ण है, तब तक समाज में समृद्धि नहीं आ सकती। जब तक अंतिम पंक्ति में खड़े अंतिम व्यक्ति का विकास नहीं हो जाता, तब तक भारत का संपूर्ण विकास संभव नहीं है। इस सम्यक् दृष्टि को दीनदयालजी ने अंत्योदय

(अंतिम व्यक्ति तक उदय) कहा। उनका कहना था कि आज देश में ऐसे करोड़ों लोग हैं, जो मानव के किसी भी अधिकार का उपयोग नहीं कर पाते, ऐसे लोगों को समाज साथ लेकर चलने के बजाय उन्हें मार्ग का रोड़ा ही समझता है।

अंत्योदय का सिद्धांत है कि समाज के मैले-कुचैले, सीधे-सादे, दलित-पिछड़े (जाति से नहीं, कर्म या अर्थ से) गरीब लोग हमारे श्रीनारायण हैं, हमें उनकी पूजा करनी है (पूजा का अर्थ यहाँ उनके सर्वांगीण विकास के लिए किए गए प्रयासों के लिए किया गया है)। जिस दिन हम इनको पक्के व सुंदर घर बनाकर देंगे, जिस दिन हम इनके बच्चों, महिलाओं एवं पुरुषों को शिक्षा और जीवन-दर्शन का ज्ञान देंगे, जिस दिन हम इनके हाथों-पाँवों की बिवाइयों (दरारों) को भरेंगे तथा जिस दिन हम इनको उद्योग-धंधों की शिक्षा देकर इनकी आय को ऊँचा उठा देंगे और जिस दिन भारत एवं संपूर्ण विश्व का हर व्यक्ति भूखा नहीं सोएगा, इलाज के अभाव में अपना दम नहीं तोड़ेगा, उस दिन हमारे संपूर्ण समाज के अंत्योदय का स्वप्न पूर्ण होगा।

अंत्योदय के भाव के साथ एकात्म होना और उसका पक्षधर बनाना संपूर्ण समाज की प्राथमिकता होनी चाहिए।

पंडित दीनदयालजी ने कहा था—वे लोग, जिनके सामने रोजी-रोटी का सवाल है, जिनके पास न रहने के लिए मकान है और न तन ढकने के लिए कपड़ा, वे अपने मैले-कुचैले बच्चों के बीच दम तोड़ रहे हैं तथा शहरों के उन असंख्य निराश भाई-बहनों को सुखी व संपन्न बनाना हमारा लक्ष्य ही नहीं, हमारा कर्तव्य है, जो ग्रामों में, जहाँ समय अचल खड़ा है, जहाँ माता-पिता अपने बच्चों के भविष्य को बनाने में असमर्थ हैं, जब तक हम आशा और पुरुषार्थ का संदेश उन तक नहीं पहुँचा पाएँगे, तब तक हम राष्ट्र के चैतन्य को जाग्रत् नहीं कर सकेंगे। हमारी उपलब्धियों का मापदंड वह मानव होगा, जो आज शब्दश: अनिकेत है, अपरिग्रही है। गरीब के कल्याण के लिए दीनदयालजी के अंत्योदय विचार की महत्त्वपूर्ण भूमिका है। अंत्योदय का मूल अर्थ है—समाज के कमजोर वर्गों का उत्थान और उनको स्वावलंबी बनाना। कमजोर वर्ग के उत्थान के लिए यह अति आवश्यक है कि उसे रोजगार प्रदान किया जाए, जिससे उसकी आर्थिक निर्धनता दूर हो सके। अंत्योदय की पद्धति प्राणीमात्र के अंतर्मन की दक्षताओं को पहचानकर उन्हें रोजगार का मार्ग दिखाना है। अंत्योदय की पद्धति किसी भी प्राणी को बिना कार्य के कुछ भी देने के सर्वथा विरुद्ध है। अंत्योदय का मूल सिद्धांत प्राणी को स्वावलंबी, आत्मनिर्भर तथा विकसित करने के लिए है।

अंत्योदय का दर्शन पंडित दीनदयाल उपाध्याय के लिए कुछ नया नहीं है, क्योंकि यह 'सर्वोदय' या 'सभी का उदय' जैसी व्यापक अवधारणाओं के एक अभिन्न अंग के रूप में पूर्व से ही मौजूद है। हालाँकि दीनदयाल उपाध्यायजी ने 'अंत्योदय' शब्द पर जोर दिया, ताकि देश को अत्यधिक गरीबी से छुटकारा मिल सके। यह विचार दीनदयाल उपाध्याय के श्रेष्ठ विचार 'एकात्म मानव दर्शन' का एक मुख्य हिस्सा भी है, जो व्यक्ति को पूँजीवाद और साम्यवाद द्वारा प्रचारित विचार से पृथक् एकात्म भाव की प्रेरणा जाग्रत् करता है। पंडितजी के विचारों को लेकर हम राष्ट्र का निर्माण तीव्र गति के साथ कर सकते हैं। हम भारत को शक्तिशाली, सामर्थ्यसंपन्न राष्ट्रों की श्रेणी में तभी खड़ा कर सकते हैं, जब हमारा एकमेव लक्ष्य अंत्योदय के सामर्थ्यशाली सिद्धांत को वास्तविकता में स्वीकारने का हो। भारत की पूर्ववर्ती सरकारों द्वारा और आज की वर्तमान सरकार भी इस महत्त्वपूर्ण विषय पर काफी हद तक अच्छा प्रयास कर रही है। मगर अभी और सकारात्मक कार्य करना बाकी है। इस पुस्तक के माध्यम से हम दीनदयालजी द्वारा देखे गए अंत्योदय के स्वप्न की सरल, सुव्यवस्थित व्याख्या और अंत्योदय के विषय में दिए गए सुझावों का विश्लेषण यहाँ कर रहे हैं। समसामयिक विषयों पर भी भारतीय दर्शन से प्रेरित कुछ विशेष लेखों को प्रकाशित कर रहे हैं। इस पुस्तक का मूल उद्देश्य पाठकों को दीनदयालजी के मूल विचार के साथ-साथ वर्तमान परिस्थिति के हिसाब से क्या-क्या हुआ है और क्या होना चाहिए, इस विषय पर भी कम शब्दों में मगर प्रभावशाली लेखन के साथ प्रकाश डालने का कार्य करने का प्रयास यहाँ किया गया है। इस पुस्तक की रचना में कई लेखों, साहित्यों, शोधों और पुस्तकों का भी सहारा लिया गया है। क्योंकि उन सभी श्रेष्ठ विचारकों और लेखकों के बिना यह संभव नहीं हो सकता था। जिन्होंने इस गंभीर विषय पर अपना चिंतन व्यक्त और लेखित किया। यह पुस्तक मेरे शोध-कार्य पर आधारित है। शोध-कार्य को ध्यान में रखकर इस पुस्तक का आधार तैयार किया गया है।

आभारोक्ति

प्रस्तुत पुस्तक के विषय चयन से लेकर संपूर्ण लेखन कार्य के संपादन, प्रस्तुतीकरण के विभिन्न चरणों में पूज्य गुरुजनों, आदरणीय शुभचिंतकों, श्रेष्ठ मार्गदर्शकों, विचारकों, विद्वानों, इष्ट मित्रों एवं सगे-संबंधियों का सहयोग प्राप्त हुआ।

इस पुस्तक की पूर्णता एवं मौलिकता का श्रेय मेरे माता-पिता, श्री रामलालजी, डॉ. दिनेशजी, श्री शिवप्रकाशजी, श्री बी.एल. संतोषजी, श्री अर्जुन मुंडाजी, डॉ. ओ.पी. शर्माजी को समर्पित है।

इस पुस्तक के लेखन कार्य में जिनका मुझे पग-पग पर निर्देशन मिलता रहा, ऐसे श्री श्रीनिवासनजी, श्री संजीवजी, डॉ. अश्विनी लोचन अग्रवाल, डॉ. स्वदेश सिंह और मेरे सभी इष्ट मित्रों का, जिनका मुझे इस लेखन कार्य को पूर्ण करने में सिर्फ सहयोग ही नहीं मिला, बल्कि समय-समय पर दिशा-निर्देशन किया तथा पुस्तक के विषय-संकलन को लेकर हर प्रकार का योगदान दिया। मैं हृदय से उन सभी का आभार व्यक्त करता हूँ।

इस कार्य में प्रत्यक्ष एवं परोक्ष सहयोग हेतु उन समस्त लोगों को, जिनका नाम विस्मृत कर रहा हूँ, उन्हें मेरा प्रणाम है।

अस्तु यह पुस्तक आप सभी सुधीजनों के अध्ययन-अनुभावन हेतु सविनय प्रस्तुत है।

पुस्तक का वास्तविक उद्देश्य मन और बुद्धि को स्वयं का चिंतन करने के लिए बाध्य करना है।

—डॉ. सरवन सिंह बघेल 'श्रवण'

अनुक्रम

प्रस्तावना 5

आभारोक्ति 9

1. अंत्योदय : भारतीय दर्शन में आध्यात्मिक, सामाजिक और आर्थिक उन्नति की संकल्पना 13
2. अंत्योदय की भारतीय अवधारणा 17
3. एकात्म मानव दर्शन के संदर्भ में अंत्योदय 22
4. भारतीय दर्शन में अंत्योदय शब्द की विवेचना और पाश्चात्य दर्शन का रिसाव सिद्धांत 24
5. अंत्योदय में निहित सामाजिक और आर्थिक चिंतन 29
6. अंत्योदय : अभ्युदय और समुत्कर्ष का चिंतन 32
7. एकात्म मानव दर्शन पर आधारित अंत्योदय के आर्थिक विचार एवं उसके उद्‍देश्य और सुझाव 38
8. अंत्योदय और भारतीय संस्कृति : एक मूल विचार 42
9. मजबूत अर्थव्यवस्था के लिए दीर्घकालिक लक्ष्य 46
10. प्रकृतिमूलक भारत की समाज-रचना 48
11. भारत का ग्राम्य विकास और अंत्योदय 55
12. भारतीय महिलाएँ और आर्थिक अंत्योदय 61
13. वनवासी समाज और अंत्योदय 67

14. भारत का युवा और अंत्योदय 70
15. देश की आत्मनिर्भरता का मूल मंत्र : अंत्योदय 76
16. संयमित उपभोग के सिद्धांत पर आधारित देश का विकास 83
17. अंत्योदय के साथ भारत की आर्थिक पुनर्रचना का प्रारूप 87
18. दीनदयालजी का स्वप्न : लघु-कुटीर उद्योग 90
19. कौशल विकास और भारत सरकार 95
20. विकास की अवधारणा और सोशल मीडिया 98
21. आर्थिक प्रगति की नीतियों से विकास का अंत्योदय 107
22. वर्तमान प्रासंगिकता में अंत्योदय दर्शन और भारत सरकार की संकल्पना 110
23. स्वदेशी : भारत के विकास की एक दिशा 120
24. आपदाओं से निपटने के लिए राजनीतिक सामंजस्य की आवश्यकता 125
25. कोविड-19 भारत के लिए एक चेतन मंत्र 131
26. वैश्विक परिदृश्य में बढ़ता भारत का प्रभुत्व 135
27. अंत्योदय दर्शन के संबंध में दीनदयालजी का निष्कर्ष 141
28. डिजिटल तकनीक से भारत का विकास 151
29. प्रशासनिक सेवा और भारत का विकास 157
संदर्भ ग्रंथ 159

1

अंत्योदय : भारतीय दर्शन में आध्यात्मिक, सामाजिक और आर्थिक उन्नति की संकल्पना

अंत्योदय का दर्शन भारतीय शास्त्रों के उद्‌गारों में देखने को मिलता है। वेद संपूर्ण जगत् के उत्थान की बात करते हैं और उनके कल्याण को ही अपना आधार मानते हैं। 'सर्वे भवन्तु सुखिनः सर्वे सन्तु निरामयाः। सर्वे भद्राणि पश्यन्तु मा कश्चिद् दुःखभाग्भवेत्' में अंत्योदय का ही भाव निहित है। ईशावास्योपनिषद् के पहले श्लोक 'ईशावास्यमिदम सर्वं यत किंचित् जगत्यांजगत्। तेन त्यक्तेन भुंजीथाः मा ग्रीधः कश्यश्चिदधनम' तथा गीता शास्त्र के 'आत्मवत सर्वभूतेषु' और 'सर्वभूत हितो रताः' में अंत्योदय और एकात्म का ही भाव निहित है। प्राचीन हिंदू ग्रंथों के अलावा भी 'अंत्योदय' जैसे शब्दों का उपयोग जैनाचार्य समंत भद्र ने 'सर्वोदय तीर्थ, के रूप में किया था, सर्वोदय एवं अंत्योदय में कोई भी भेद नहीं है, दोनों में ही सृष्टि के संपूर्ण विकास और संवर्धन का चिंतन है। अकसर यह सवाल आता है कि 'सर्वे भवन्तु सुखिनः सर्वे सन्तु निरामयाः। सर्वे भद्राणि पश्यन्तु मा कश्चिद् दुःखभाग्भवेत्' में अंत्योदय का ही भाव छिपा है। ईशावास्योपनिषद् के प्रथम श्लोक 'ईशावास्यमिदम सर्वं यत किंचित् जगत्यांजगत्। तेन त्यक्तेन भुंजीथाः मा ग्रीधः कश्यश्चिदधनम' तथा गीता के 'आत्मवत सर्वभूतेषु' और 'सर्वभूत हितो रताः' में अंत्योदय का भाव दर्शित है तो फिर क्यों भारतीय समाज में इतना भेदभाव व्याप्त है? आर्थिक और सामाजिक असमानता के कारण भी समाज में अराजकता व्याप्त है। समाज के कमजोर वर्ग का शोषण क्यों? इसका मूल कारण है समाज का भारतीय चिंतन को पूर्ण रूप से न अपनाना। दीनदयालजी इसी चिंतन को सरल रूप

में एकात्म मानव दर्शन और अंत्योदय के रूप में समाज के सामने प्रस्तुत करते हैं। उनके मूल चिंतन में एकात्म है, जो भारतीय दर्शन का अभिन्न अंग है।

दूसरा सवाल यह आता कि क्या अंत्योदय दर्शन भारत के मूल में व्याप्त हो चुका है या भविष्य में होगा? तीसरा प्रश्न आता है कि अंत्योदय दर्शन को लागू करने के लिए वे कौन-कौन से बिंदु हैं, जिनके आधार पर जाति और सामाजिक बुराइयों को खत्म करने का उपाय सुझाया गया है या इसमें निहित है।

'अंत्योदय' शब्द पंडित दीनदयाल उपाध्याय द्वारा प्रतिपादित एक ऐसा दर्शन है, जिसमें 'सर्वभूत हितेश्ता:' की भारतीय कल्पना, स्वामी विवेकानंद का दर्शन नर-सेवा ही नारायण-सेवा, महात्मा गांधी का सर्वोदय दर्शन, दार्शनिक सुकरात की 'सत्य-साधना' और रस्किन की 'अंत्योदय की अवधारणा' सबकुछ इसी में सम्मिलित है। दीनदयाल उपाध्याय कहते थे कि "हमें कोई पंथ या संप्रदाय नहीं बनाना, हमें समाज की वास्तविक सेवा करनी है।" इसी कारण अंत्योदय आज एक समर्थ जीवन, समग्र जीवन तथा संपूर्ण जीवन का पर्याय बन चुका है। इसे प्राप्त करने के लिए हमें दीनदयालजी के एकात्म मानव दर्शन सिद्धांत को जमीन पर उतारने की जरूरत है और वर्तमान में कई राजनीतिक और सामाजिक संगठनों में इसका प्रस्तुतीकरण सर्वहित में हो रहा है।

पंडित दीनदयाल उपाध्याय भारतीय समाज में व्यापक कुरीतियों, आडंबरों और शोषण करनेवाली सामाजिक नीतियों का विरोध करते हैं और समाज को इनके प्रति आवाज उठाने तथा समरस समाज बनाने का चिंतन देते हैं। भारतीय समाज में आज भी शोषण करनेवाले आतंकी तत्त्वों की कमी नहीं है। अंत्योदय का विचार इसी शोषण को समाप्त करने का दर्शन हमें देता है। यह चिंतन समरसपूर्ण और एकात्म समाज-रचना के भाव को समाज के हित के लिए उपयुक्त मानता है।

'अंत्योदय' का सिद्धांत है—अद्वैत और उसकी नीति है—समाज और प्रकृति में समन्वय। मानवीयकृत असादृश्य का वह अंत करना चाहता है तथा प्राकृतिक विषमता को कम करना। प्राणिमात्र के लिए सहोदर एवं प्रत्येक मनुष्य के प्रति सहानुभूति ही अंत्योदय का सर्वांगी मार्ग है। जीवमात्र के लिए सहानुभूति का यह भाव जब जीवन में चलायमान होता है, तब अंत्योदयरूपी वृक्ष की शाखाओं में सुरभिपूर्ण पुष्प खिलते हैं। प्रसिद्ध समाजशास्त्री डार्विन मत्स्य न्याय और समाज के बारे में तुलना करके बताते हैं कि "प्रकृति का नियम है, बड़ी मछली छोटी मछली को खाकर जीवित रहती है।" हक्सले ने कहा—"जीओ और जीने दो।"

यहाँ अंत्योदय कहता है—"तुम स्वयं के जीवन को विकसित कर समाज के हित चिंतन के लिए भी कार्य करो।" दूसरों को अपना बनाने के लिए प्रेम का विस्तार करें, सामाजिक सहोदर और शोषण को समाप्त कर आज के सामाजिक मूल्यों में परिवर्तन कर समर्थ व सशक्त समाज की रचना करें।

'अंत्योदय' वर्गविहीन, जातिविहीन तथा शोषणमुक्त और समतायुक्त समाज की स्थापना की संकल्पना है, जिसमें हर किसी को अपने सर्वांगीण विकास का साधन एवं अवसर प्राप्त हो सके। यह दर्शन एक ऐसी समाज-रचना चाहता है, जिसमें वर्ण, वर्ग, धर्म, जाति, भाषा आदि के आधार पर किसी समुदाय का न तो संहार हो, न बहिष्कार हो। इसकी समाज-रचना ऐसी होगी, जो समग्र के निर्माण और समग्र की शक्ति से समग्र के हित में चले, जिसमें कम या अधिक शारीरिक सामर्थ्य के लोगों को समाज का संरक्षण और संवर्धन समान रूप से प्राप्त हो तथा सभी तुल्य पारिश्रमिक का अधिकारी माना जाए। विज्ञान और लोकतंत्र के इस कालखंड में समग्र की क्रांति का ही मूल्य है और वही संपूर्ण विकास का मापदंड है। समग्र की क्रांति में पूँजी और बुद्धि में परस्पर संघर्ष की गुंजाइश नहीं है। वे समान स्तर पर परस्पर पूरक शक्तियाँ हैं। स्वभावतः अंत्योदय की एकात्म समाज-रचना में अंतिम व्यक्ति समाज की चिंता का सबसे पहले उतराधिकारी है।

अंत्योदय के एकात्म समाज की रचना व्यक्तिगत जीवन की शुद्धि पर हो सकती है। जो व्रत-नियम व्यक्तिगत जीवन में 'मुक्ति' के साधन हैं, वे ही जब सामाजिक जीवन में भी व्यवहृत होंगे, तब अंत्योदय समाज का निर्माण होगा।

हमें यहाँ अंत्योदय को और स्पष्ट समझने के लिए दो विभूतियों के कथन को समझना है, जैसे आचार्य विनोबा कहते हैं—"सर्व समाज की दृष्टि से जो समाज सुधारक रचना होगी, उसका आरंभ हमें स्वयं के जीवन से करना होगा। व्यक्तिगत जीवन में असत्य, हिंसा, परिग्रह आदि हुआ तो समग्र समाज का विकास नहीं होगा, क्योंकि यह चिंतन समाज की विषमता को एकात्म के भाव से समाप्त करना चाहता है।" वहीं गांधीजी भी कहते हैं—"सर्वोदय का आरंभ सर्वप्रथम स्वयं मुझसे और सर्वोदय प्रेमियों से होता है। अगर एक भी सर्वोदय प्रेमी के साथ, गणित के सूत्र के अनुसार, शून्य बढ़ाया जाए तो हर शून्य से उसकी कीमत दस गुना बढ़ जाएगी, लेकिन अगर पहला अंक शून्य हो तो उसके आगे कितने ही शून्य बढ़ाए जाएँ, उसकी कीमत फिर भी शून्य ही रहेगी।" इसलिए गांधीजी सत्य, अहिंसा, अस्तेय, अपरिग्रह, ब्रह्मचर्य, अस्वाद, शरीर-श्रम, निर्भयता, सर्वधर्म समन्वय, अस्पृश्यता

और स्वदेशी आदि व्रतों के पालन पर इतना जोर देते थे।

पंडित दीनदयाल उपाध्याय भी इसी कारण समग्र समाज का चिंतन करते हुए सर्वप्रथम जरूरतमंद और अंतिम सोपान पर खड़े व्यक्ति को विकसित करने के दर्शन को मान्यता देते हैं। दीनदयालजी के जीवन का मूल मंत्र था—हमारा अंतिम लक्ष्य अंत्योदय, समाज के विकास का पथ अंत्योदय, देश को समृद्ध बनाने का प्रण अंत्योदय और व्यक्ति का व्यक्ति में विश्वास अंत्योदय। अगर आज दीनदयाल उपाध्यायजी होते तो वे इसी आधार को लेकर समाज और राष्ट्र-रचना की व्यवस्था को संचालित और मार्गदर्शित करते।

□

2

अंत्योदय की भारतीय अवधारणा

आर्थिक प्रश्नों के समाधान हेतु पश्चिम की ओर देखने का एक प्रमुख कारण यह भ्रममूलक धारणा है कि भारतीय संस्कृति और धर्म-अध्यात्म प्रधान होने के कारण भौतिक जीवन की समस्याओं के प्रति उदासीन है—यह भ्रम दूषित प्रचार एवं आध्यात्मिकता की गलत व्याख्या करने का परिणाम है। वास्तविकता तो यह है कि हमारे धर्म की व्याख्या भौतिकता का पूर्ण विचार करके चलती है—'यतोभ्युदयनिः श्रेयससिद्धिः स धर्मः', अर्थात् जिससे ऐहिक और पारलौकिक उन्नति प्राप्त हो, वह धर्म है, जिसने इस लोक को छोड़ दिया, वह परलोक को नहीं बना सकेगा। भौतिकता और आध्यात्मिकता परस्पर विरोधी अथवा विलोम नहीं हैं। आध्यात्मिकता जीवन का एक दृष्टिकोण है, जिससे हम सभी प्रश्नों की ओर देखते हैं। अध्यात्मवाद यदि विश्व की सही व्याख्या कर सकता है तो कोई कारण नहीं कि उसके द्वारा हम विश्व की समस्याओं का समाधानकारक हल न प्राप्त कर सकें।

धर्मस्य मूलं अर्थः

भारत ने भौतिक जगत् का ही नहीं, अर्थ का भी विचार किया है। महर्षि चाणक्य ने कहा, 'सुखस्य मूलं धर्मः। धर्मस्य मूलं अर्थः।' सुख का मूल धर्म है तो धर्म अर्थमूलक। अर्थ के बिना धर्म नहीं टिकता। यहाँ हम धर्म की व्यापक परिभाषा लेते हैं, वह संकुचित एवं आधुनिक भ्रमपूर्ण अर्थ नहीं, जो धर्म को मत, मजहब या रिलीजन समझ लेता है। जिससे समाज की धारणा हो, जो ऐहिक और पारलौकिक उन्नति में सहायक हो, जिसके कारण मानव के कर्मों का निर्धारण होकर वह कर्तव्य की संज्ञा प्राप्त कर ले, जिससे व्यक्ति अपनी सब प्रकार की उन्नति करता हुआ समष्टि के अभ्युत्थान में सहायक हो सके, वह नियम व्यवस्था

और उसके मूल्य में निहित भाव धर्म है। यह धर्म अर्थ के अभाव में नहीं टिक सकता। कहा जाता है कि विश्वामित्र ने क्षुधा से अत्यंत पीड़ित होने पर रात्रि के समय चोरी करके चांडाल के घर से कुत्ते का जूठा मांस खाया। उन्होंने धर्म की अनेक मर्यादाओं को भंग किया। आपात धर्म की संज्ञा देकर शास्त्रकारों ने उनके इस व्यवहार को उचित ठहराया है। यदि अर्थ के अभाव की यह आपत्ति बराबर बनी रहे तो फिर आपात धर्म अर्थात् चोरी ही धर्म बन जाए। और यदि यह आपत्ति समष्टिगत हो जाए अथवा समष्टि का बहुतांश इसमें व्याप्त हो तो वे एक-दूसरे की चोरी करके अपने आपात धर्म का निर्वाह करेंगे। किंतु जहाँ अभाव होगा, वहाँ चोरी भी किसकी होगी? अर्थात् उस परिस्थिति में समाज नष्ट हो जाएगा।

अर्थ का प्रभाव

अर्थ का अभाव ही नहीं, अर्थ का अत्यधिक प्रभाव भी धर्म का नाश करता है। यह भारत का अपना विशिष्ट दृष्टिकोण है। पश्चिम के लोगों ने अर्थ के प्रभाव का विचार नहीं किया। अर्थ जब अपने में या उसके द्वारा प्राप्त पदार्थों में और उनसे प्राप्त भोग-विलास में आसक्ति उत्पन्न कर देता है, तब अर्थ का प्रभाव कहा जाता है। जिसे केवल पैसे की ही धुन लगी रहे, वह देश, धर्म जीवन का सुख सबकुछ भूल जाता है। इसी प्रकार विषयासक्त मनुष्य पौरुषविहीन होकर स्वयं और समाज के नाश का कारण बनता है। प्रथम प्रकार के प्रभाव में अर्थ की साधनता नष्ट होकर वह साध्य बन जाता है। द्वितीय में अर्थ धर्माचरण का साधन न होकर विषय भोगों का साधक बन जाता है। विषय तृष्णा की कोई मर्यादा न होने के कारण एक ओर तो ऐसे व्यक्ति के सम्मुख सदैव अर्थ का अभाव ही बना रहेगा, दूसरे पौरुषहानि से उसकी अर्थोपार्जन की क्षमता भी कम होती जाएगी।

जब अर्थ ही समाज के प्रत्येक व्यवहार और व्यक्ति की प्रतिष्ठा का मानदंड बन जाए, तब भी अर्थ का प्रभाव हो जाता है। ऐसे समाज में 'सर्वे गुणाः काञ्चनमाश्रयन्ति' की उक्ति चरितार्थ होती है। मान-सम्मान, राजनीतिक अधिकार तथा समाज में स्थान जब केवल धनवान व्यक्ति को ही प्राप्त हों, वहाँ लोगों में धन-परायणता आ जाती है। जब समाज में सभी धन-परायण हो जाएँ तो प्रत्येक कार्य के लिए अधिकाधिक धन की आवश्यकता होगी। धन का प्रभाव प्रत्येक के जीवन में अर्थ का अभाव उत्पन्न कर देता है।

जीवन के मानदंड

समाज से अर्थ के प्रभाव व अभाव दोनों को मिटाकर उसकी समुचित व्यवस्था करने को 'अर्थायाम' कहा गया है। आवश्यक है कि समाज के मानदंड ऐसे बनाए जाएँ कि हर वस्तु पैसे से न खरीदी जा सके। निश्चित ही यह कार्य केवल अर्थव्यवस्था के आधार पर नहीं किया जा सकता। देश के लिए लड़नेवाला सैनिक अपने जीवन की बाजी अर्थ की कामना से नहीं लगाता। अर्थ का लालच उसे देशद्रोह तो सिखा सकता है, देशभक्ति नहीं। स्त्री के सतीत्व का अपना मूल्य है, उसे अर्थ की कसौटी पर नहीं कसा जा सकता। वैद्य रोगी की चिकित्सा के बदले में अर्थ किन मूल्यों के आधार पर ले सकेगा? अध्यापक विद्यादान का मूल्य नहीं लगा सकता। सरकारी कर्मचारी किस आधार पर एक फाइल को आगे सरकाने के लिए मूल्य लेगा? दुर्बल की रक्षा करनेवाली पुलिस जब अपनी सेवाओं का मूल्य माँगे, तब या तो दुर्बल की रक्षा ही नहीं हो पाएगी अथवा शरीर शक्ति में दुर्बल अपनी बुद्धि का उपयोग कर धूर्तता से धन कमाकर अपनी रक्षा का मूल्य चुकाएगा। श्रम का, शारीरिक और मानसिक, फिर उनका उपयोग चाहे दृश्य वस्तुओं के उत्पादन अथवा सेवाओं में हुआ हो, रुपए-पैसे में मूल्य आँकना असंभव है। और फिर रुपया, वह भी तो स्थिर मूल्य नहीं है। श्रम और पारिश्रमिक दोनों का, अर्थशास्त्र के क्षेत्र में घनिष्ठ संबंध होने पर भी, व्यवहार जगत् के लिए सर्वमान्य एवं सर्वंकष मूल्य सिद्धांत निश्चित करना न तो सरल है और न उपादेय ही। वास्तविकता तो यह है कि दोनों का मूल्यांकन पृथक् मानदंडों से होता है। श्रम की प्रतिष्ठा उससे मिलनेवाले अर्थ के कारण नहीं, अपितु उसके धर्मत्व से है। इसी प्रकार किसी भी व्यक्ति को दिया गया पारिश्रमिक उसके द्वारा किए गए श्रम का प्रतिदान नहीं, बल्कि उसके योगक्षेम की व्यवस्था है। 'श्रीमद्‍भगवतगीता' में इसीलिए कर्म और फल दोनों को अलग-अलग रखा गया है। कर्म लोकसंग्रहार्थ एवं ईश्वर भक्ति के रूप में करना है। श्री भगवान् ने 9वें अध्याय में कहा है—

यत्करोषि यदश्नासि यज्जुहोषि ददासि यत:।
यत्तपस्यसि कौन्तेय तत्कुरुष्व मदर्पणम:॥

हे अर्जुन! तुम जो कुछ करते हो, जो खाते हो, जो हवन करते हो, जो देते हो और जो तप करते हो, वह सब मुझे अर्पण कर दो। हमारे कर्म का लक्ष्य भगवदाराधन ही हो सकता है। ऐसे भक्तों की चिंता का भार स्वयं भगवान् ने अपने ऊपर लिया है। उसी अध्याय में वे कहते हैं—

अनन्याश्चिन्तयन्तौ मां ये जनाः पर्युपासतेः।
तेषां नित्याभियुक्तानां योगक्षेमं वहाम्यहमः॥

जो अनन्य भाव से मेरी उपासना करते हैं, उन नित्य कर्मयोगियों के योगक्षेम का मैं विचार करता हूँ।

गीतोक्त उक्त सिद्धांत के अनुसार कर्म की मूल प्रेरणा अनियंत्रित प्रतियोगिता अथवा लाभ की वृत्ति नहीं हो सकती। पाश्चात्य अर्थशास्त्र की ये मान्यताएँ भारत के जीवन-दर्शन से मेल नहीं खातीं। यह कहने से काम नहीं चलेगा कि आज हमारे व्यवहार और दर्शन में भारी अंतर है। वास्तव में तो समाज में आज भी अधिकांश व्यक्ति अपने व्यवसाय और वृत्ति में कर्तव्य भाव से ही लगे हुए हैं। जितना हम इस भाव से दूर हटते जा रहे हैं, उतना ही हमारी समस्याएँ विषम होती जा रही हैं। हमें यदि अपने राष्ट्र का पुनर्निर्माण करना है तो उसकी प्रेरणा अपने जीवन-दर्शन से ही लेनी होगी।

चार पुरुषार्थ

भारत ने इसीलिए मनुष्य का विभाजित विचार न करके पूर्णता के साथ विचार किया। मनुष्य की विभिन्न प्रवृत्तियों को चार मोटे-मोटे भागों में वर्गीकरण करके उन सबकी संतृप्ति ही मानव का पुरुषार्थ बताया। ये चार पुरुषार्थ हैं—धर्म, अर्थ, काम और मोक्ष। ये चारों एक-दूसरे के पूरक हैं। जो कर्म इन सबको प्राप्त करानेवाला हो, वही श्रेष्ठ है। इनमें से किसी की भी अवहेलना करके चलनेवाला व्यक्ति दुःख और अशांति का भागी बनता है।

इन चारों में से किसी एक को भी श्रेष्ठ या शेष का आधार समझना भी ठीक नहीं होगा। वैसे मोक्ष को परम पुरुषार्थ कहा गया है, क्योंकि उसको प्राप्त करने के बाद कुछ भी प्राप्तव्य नहीं बच रहता। किंतु बिना धर्म, अर्थ और काम के मोक्ष की प्राप्ति संभव नहीं। महर्षि वेदव्यास ने कहा है—'धर्मादर्थश्चकामश्च', अर्थात् धर्म से ही अर्थ और काम की प्राप्ति होती है। जहाँ कोई व्यवस्था ही नहीं, वहाँ अर्थ और काम की प्राप्ति कैसे हो सकती है? किंतु दूसरी ओर हमने इसके पूर्व विवेचन किया है कि किस प्रकार अर्थ के बिना धर्म नहीं टिक पाता। वास्तव में ये चारों पुरुषार्थ अन्योन्याश्रित हैं। एक से दूसरे की रक्षा और संवर्धन होता है। जिस प्रकार प्राण अन्न से बलवान होते हैं तथा सबल प्राण अन्न को पचा सकते हैं, वैसे ही धर्म से अर्थ और काम की तथा अर्थ और काम से धर्म की धारणा होती है।

मनुष्य के जीवन का यह सर्वांगपूर्ण विचार ऐसी किसी भी अर्थ-रचना की कल्पना नहीं कर सकता, जिसमें नैतिक, सामाजिक और आध्यात्मिक मूल्यों की प्रतिष्ठापना किए बिना ही मनुष्य को सुखी बनाया जा सके।

□

3

एकात्म मानव दर्शन के संदर्भ में अंत्योदय

वर्तमान समय में पंडित दीनदयाल उपाध्याय द्वारा दिए गए विचार 'एकात्म मानव दर्शन' के आधार पर आम आदमी के कल्याण के प्रति सतत चिंतनशील और उनके कल्याण के प्रति संकल्पबद्ध नीतियों को समझने के लिए हमें 'अंत्योदय' को समझना पड़ेगा। इस अवधारणा को समझे बिना, दीनदयालजी के एकात्म मानववाद को नहीं समझा जा सकता। जो 'अंत्योदय' दर्शन को नहीं समझ सकता, वह सामाजिक 'मोक्ष' को नहीं समझ सकता। 'अंत्योदय' कोई राजनीतिक संदर्भ नहीं है, यह आर्थिक योजना भी नहीं है, बल्कि संपूर्ण समाज के चिंतन को झकझोरने वाली एवं उसे भारतीयता के मूल तत्त्वों से जोड़कर समाज के सर्वांगीण विकास के सिद्धांत को पूर्ण तत्त्व प्रदान करनेवाली एक परिकल्पना है, जो अपने मूल तत्त्व में साकार रूप में परिवर्तित होती है। यह ऊपर के विकास को नीचे ले जानेवाला प्रकल्प भी नहीं है, बल्कि यह अंतिम सोपान पर बैठे व्यक्ति को शीर्ष शिखर पर ले जानेवाला प्रकल्प है, जिसका आधार संघर्ष नहीं, सहृदय समंजन है। अंत्योदय की संकल्पना करते वक्त हम निचले पायदान पर स्थित सभी व्यक्तियों का संतुलित रूप से विकास करें, जिससे राष्ट्रीय कल्याण में उनकी सहभागिता सुनिश्चित हो सके तथा अपने पारिवारिक एवं सामाजिक दायित्वों का निर्वहन करने में सक्षम बन सकें। भारत गाँवों का देश है, जिसकी लगभग 70 प्रतिशत आबादी ग्रामीण है। देश की इस ग्रामीण जनता के समग्र उत्थान के बिना एक उन्नत राष्ट्र के रूप में भारत कभी स्थापित नहीं हो सकता। लेकिन देश में जो सरकारें सत्ता में रही हैं, उन्होंने ग्रामीण क्षेत्र के उत्थान की अवहेलना की और शहरी क्षेत्र को विकास की कसौटी माना। पंडित दीनदयाल के अनन्य सहयोगी श्री नानाजी देशमुख के शब्दों में आजाद भारत की सरकारों में काम का कोई मुकाबला नही। वे कलश से प्रारंभ कर

अपने देश का मंदिर बनाने में लगी हैं। विश्व में वे एक अद्‍भुत आविष्कार कर रही हैं। वे मंदिर निर्माण में नींव की आवश्यकता नहीं मानते। देश की राजधानी दिल्ली और प्रदेशों की राजधानी का शृंगार किया जा रहा है। नगरवासियों को जीवित एवं तंदुरुस्त रखने के लिए आवश्यक प्राकृतिक संसाधनों का उत्पादन केवल ग्रामीण क्षेत्रों में ही होता है। मानव मात्र के लिए प्राकृतिक संसाधनों के उत्पादक ग्रामीण अपने कच्चे घरों में भुखमरी से तड़प रहे हैं। इसलिए स्वतंत्रता के बाद गाँव एवं देश की प्रगति के पथ पर ग्रामीण स्वयं को आज अनाथ स्थिति में पाता है। दीनदयालजी ने राष्ट्र के संतुलित एवं स्वस्थ विकास के लिए समय-समय पर अपने विचार प्रस्तुत किए। उन्होंने ग्राम विकास को ही देश के विकास की कुंजी माना। सर्वोदयी समाज के विकास का आधार ही उन्होंने ग्रामीण और शहरी क्षेत्र के सामान्य वर्ग को माना है। सर्वोदयी समाज के लिए आवश्यक है कि शिक्षा, रोजगार के साधन एवं स्वास्थ्य सेवाएँ उन्हें उपलब्ध हों।

दीनदयालजी भारत की चिति, भारत के जनमानस और भारत की संस्कृति को समझ, समस्याओं के समाधान के लिए सदैव अग्रसर हुए। इसी कारण पंडितजी कल भी प्रासंगिक थे, आज भी हैं। पंडित दीनदयालजी ने 'अंत्योदय' पर एक आम आदमी की करुणाजनक स्थिति पर अपनी पीड़ायुक्त भावनाओं को व्यक्त किया। उनकी अभिव्यक्ति यहाँ कहने लायक है—"मनुष्य, ईश्वर का सर्वोच्च सृजन आज अपनी पहचान खो रहा है। हमें उसे उसकी वास्तविक स्थिति में पुनर्स्थापित करना चाहिए, उसे अपनी महानता का स्वयं बोध करना चाहिए, उसे अपनी क्षमताओं को पुनः जाग्रत् करने के साथ-साथ अपने अव्यक्त व्यक्तित्व की दिव्य ऊँचाई को प्राप्त करने के लिए प्रोत्साहित करना चाहिए, जिससे उसमें एकात्म का भाव उत्पन्न हो, वह समरस हो और समाज के अंतिम व्यक्ति के उत्थान का संकल्प ले। इसी विचार और संकल्प के साथ देश के प्रधानमंत्री नरेंद्र मोदी अंत्योदय के विचार पर गरीब कल्याण में अपनी महती भूमिका निभा रहे हैं। वे दिन-प्रतिदिन समाज और राष्ट्र के हितों को समर्पित योजनाओं को जनता को समर्पित कर रहे हैं।"

□

4

भारतीय दर्शन में अंत्योदय शब्द की विवेचना और पाश्चात्य दर्शन का रिसाव सिद्धांत

पंडित दीनदयाल उपाध्यायजी ने समग्र विकास पर बहुत गहन अध्ययन और चिंतन किया और उनके चिंतन को भारतीय दर्शन में 'अंत्योदय' से परिभाषित किया गया है। वे कहते थे कि जब तक आर्थिक रूप से अक्षम, गरीब, सामाजिक रूप से वंचितों तथा पिछड़े हुए समाज के आर्थिक विकास का विचार और क्रियान्वयन नहीं किया जाएगा, उनकी जरूरतों को पूरा करने का प्रयास नहीं किया जाएगा, तब तक राष्ट्र का समग्र विकास संभव नहीं है। 'अंत्योदय' सिर्फ एक विचार नहीं है, यह भारतीय दर्शन की एक जीवन पद्धति है। जिसका धरातल रूप पर क्रियान्वयन होना अति आवश्यक है।

पंडित दीनदयाल उपाध्याय के कथानुसार—हर भारतवासी हमारे रक्त और शरीर का हिस्सा है और हम सभी तब तक चैन से नहीं बैठ सकते, जब तक हम हर एक को आभास न करा दें कि वह भारत माता की संतान है, हम इस धरती को सुजला-सुफला अर्थात् फल-फूल, धन-धान्य से परिपूर्ण बनाकर ही रहेंगे। भारत में आर्थिक और सामाजिक रूप से पिछड़े हुए समाज की आर्थिक सहायता के लिए प्रमुख रूप से दो प्रकार के सिद्धांत प्रचलित हैं—

1. रिसाव सिद्धांत
2. अंत्योदय का सिद्धांत

रिसाव सिद्धांत, पूँजीवाद और उपभोगवाद सिद्धांत से मिलता-जुलता सिद्धांत है, जिसमें कुलीन वर्ग या आर्थिक रूप से संपन्न व्यक्ति यदि कोई बड़ा कार्य करता

है, तो समाज के निम्न वर्ग को रोजगार मिलता है या जरूरतमंद समाज किसी-न-किसी रूप में लाभान्वित होता है। मगर इस कार्य को करने के लिए उच्च वर्ग को अधिक पूँजी की आवश्यकता होती है। दूसरा सिद्धांत है—अंत्योदय, जो भारतीय दर्शन की आधारशिला है। इस सिद्धांत के अनुसार जिसको जितनी जरूरत है, उसे उतनी जल्दी या उतनी मात्रा में लाभ दिया जाए। मतलब कि सरकारें जो योजना चलाती हैं, चाहे वे लंबे समय के लिए हों या कम समय के लिए, सर्वप्रथम उन योजनाओं को लागू किया जाए, जिनमें निर्धन तथा असहाय लोगों का अधिक लाभ हो, उनका हित हो, उन्हें रोजगार मिले और राष्ट्र का समग्र विकास हो। इस कार्य को करनेवाली पद्धति ही 'अंत्योदय' है। हम इन दोनों सिद्धांतों को विस्तृत भाव में निम्नलिखित प्रकार से समझने का प्रयास करेंगे—

आज की वर्तमान परिस्थितियों में पंडित दीनदयाल उपाध्याय के विचार-दर्शन और सिद्धांतों का नए तरीके से चिंतन-मंथन करके उनके विचारों में नवीन विचारों का समावेश कर देना चाहिए। इस नवीन चिंतन से प्राप्त नवनीत का उपयोग देश की भलाई के लिए ही होगा। कुछ वर्षों से केंद्र में भारतीय जनता पार्टी की सरकार है। भारतीय जनसंघ को भा.ज.पा. का पूर्वावतार कहा जाता है। पंडित दीनदयालजी भारतीय जनसंघ के मुख्य केंद्रबिंदु थे। यद्यपि दीनदयालजी पृष्ठभूमि में रहकर ही समाज और संगठन का कार्य करना पसंद करते थे; जनसंघ के तत्कालीन अध्यक्ष डॉ. श्यामाप्रसाद मुखर्जी के निधन पर सभी कार्यकर्ताओं के आग्रह पर उन्होंने जनसंघ के अध्यक्ष का पदभार सँभाला; अध्यक्ष बनने के कुछ समय पश्चात् काल की उस रात में उनका आकस्मिक निधन हो गया। उनकी मौत एक दुर्घटना थी या हत्या, यह विषय शायद हमेशा अनिर्णीत ही रहेगा। पंडित दीनदयालजी के सामाजिक दर्शन को मुख्यतः 'अंत्योदय' के रूप में याद किया जाता है। यद्यपि इस शब्द का प्रयोग स्वामी विवेकानंदजी ने 'नर-सेवा नारायण-सेवा', महात्मा गांधीजी ने 'सर्वोदय' और आचार्य विनोबा भावे ने 'ग्रामोदय' के रूप में किया है। 'अंत्योदय' विचार से अधिक क्रियान्वयन की एक उच्चतम पद्धति है। बाकी अन्य सामाजिक और राजनीतिक समाजवादी और राष्ट्रवादी दलों ने महात्मा गांधी और आचार्य विनोबा के नाम की माला तो जपी; पर उनके विचारों की ओर से वे सदा उदासीन ही रहे। आज भारत की वर्तमान सरकार अंत्योदय को मॉडल मानकर गरीबों के कल्याण के लिए योजनाएँ बना रही है, मगर व्यावहारिक रूप से अभी उसमें और कार्य और सुधार होना बाकी है; लेकिन जब तक अंत्योदय के मूलभाव

को नहीं समझेंगे, तब तक हम दीनदयालजी द्वारा समाज के उत्थान के लिए देखे गए स्वप्न को धरातल पर पूर्ण रूप से क्रियान्वित नहीं करा पाएँगे। सरकार और समाज को मिलकर सामूहिकता के साथ इस विषय पर कार्य करना पड़ेगा। निर्धनों तथा वंचितों के आर्थिक विकास के लिए दुनिया में मुख्यत: रिसाव सिद्धांत प्रचलित है। इसे दो उदाहरणों से समझा जा सकता है। पहला उदाहरण वन का है, तो दूसरा मनुष्य समाज का। माना, वन में सिंह ने एक हिरण को मारा। हिरण के बड़े-बड़े हिस्से सिंह और उसके परिवार ने खाए। फिर गीदड़, सियार, कुत्ते, बिल्ली आदि ने आकर छोटे टुकड़ों की दावत उड़ाई। इसके बाद गिद्ध और कौए आदि का नंबर आया। उनके जाने के बाद चींटी, दीमक, चूहे आदि ने बचे-खुचे माल को खा लिया। जंगल में एक बड़े शिकार के होने से कई जानवरों का भला हुआ। अब दूसरा उदाहरण लें, किसी नगर के धनी सेठ के यहाँ भव्य दावत का कार्यक्रम हुआ। दावत में लाखों रुपए का खर्च हुआ। अगर हम उसे सामान्य दृष्टि से देखें तो यह फिजूलखर्ची है; पर 'रिसाव सिद्धांत' के अनुसार इससे दुकानदार, हलवाई, टेंटवाले, सफाईकर्मी, मजदूर, बैंडवाले, गाड़ीवाले, बिजलीवाले, दर्जी, मोची, नाई, माली, कहार, सुनार, बुनकर, सब्जी विक्रेता, भाँड आदि को रोजगार मिला, सभी को आर्थिक लाभ मिले। भीड़ में कुछ भला जेबकतरों और उठाईगीरों का भी हो गया। जो खाना दावत में बचा, उसे कुछ कर्मचारी ले गए और कुछ भिखारियों में बाँट दिया गया। शहर के अनाथालयों में भी कुछ खाना भेजा गया और बाकी को सड़क पर डाल दिया गया। इससे शहर के आवारा पशुओं का भी पेट भर गया, अर्थात् इस दावत से भी बहुत जीवों को भला हुआ। मगर मनुष्य समाज में यह 'रिसाव सिद्धांत' तब ही लागू होता है, जब समाज के उच्च और धनी वर्ग के पास खूब धन होगा। इसलिए इस विचार की समर्थक सरकारें ऐसी योजना बनाती हैं, जिससे उच्च वर्ग और धनवानों के पास खूब धन आए। उन लोगों के पास जितना धन आएगा, वे उतना अधिक व्यय करेंगे और उससे क्रमश: निर्धन और जरूरतमंदों को भी लाभ होगा। साम्यवादी और पूँजीवादी चिंतन मुख्यत: इसी तरह काम करता है। आप इस सिद्धांत के पक्ष में भी हो सकते हैं और विपक्ष में भी; पर रिसाव के इस सिद्धांत से जंगल में पर्यावरण का संरक्षण होता है, जबकि नगरीय जीवन में प्रदूषण का विस्तार होता है। अधिकांश निर्धन जनों के मन में उस धनवान सेठ के प्रति घृणा पैदा हो सकती है, जिसने उनका शोषण कर लाखों रुपए इस दावत में खर्च कर दिए। गरीब, असहाय, निर्धन और वंचितों के उत्थान का दूसरा तरीका 'अंत्योदय'

दर्शन है, जिसे महात्मा गांधी, दीनदयालजी और आचार्य विनोबा भावे ने समझाने का प्रयास किया है। इसे हम इस उदाहरण से समझ सकते हैं। माना सर्दियों में कोई भला आदमी 12 कंबल बाँटने निकला। वह एक स्थान पर गया, तो देखा कि झोंपड़ी में एक गरीब आदमी दो कंबल ओढ़कर और दो बिछाकर बैठा है। तो वह आगे बढ़ा, तो उसे एक आदमी और मिला। वह झोंपड़ी में एक कंबल ओढ़ और एक बिछाकर बैठा था। कुछ दूर आगे जाने पर तीसरा गरीब आदमी मिला। वह पेड़ के नीचे एक कंबल ओढ़कर और एक बिछाकर बैठा था। आगे एक चौथा आदमी खुले में बैठा था। उसके पास न ओढ़ने को कुछ था और न बिछाने को। उस सज्जन व्यक्ति ने देखा कि चारों लोग ही सर्दी से परेशान हैं। इस कहानी से दो विचार मन में आते हैं। वह चारों को तीन-तीन कंबल देकर घर जा सकता था, क्योंकि चारों ही परेशान थे; पर उसने सबसे पहले चौथे व्यक्ति को छह कंबल दिए। फिर तीसरे को तीन, दूसरे को दो और अंत में पहले को एक। बस यही दर्शन है 'अंत्योदय'। अर्थात् सबसे पहले और सबसे अधिक सहायता उसे मिले, जिसकी जरूरत सबसे अधिक है। जहाँ पर 100 वाट का बल्ब जल रहा हो, वहाँ 25 वाट का एक और बल्ब लगा देने से कुछ फायदा नहीं होगा; पर जहाँ अंधकार है, वहाँ 25 वाट के बल्ब से ही उजाला हो जाएगा। रिसाव सिद्धांत और अंत्योदय में कुछ नीतिगत अंतर हैं; फिर भी उनमें समन्वय करना होगा। यह सच है कि सड़क, पुल, बाँध आदि तो ठेकेदार ही बनाएँगे, बड़े उद्योग को लगाना और उन्हें चलाना उद्योगपतियों के ही वश की बात है। यद्यपि सरकार इस काम को करेगी, तो अंततः नुकसान ही होगा। पंडित जवाहरलाल नेहरूजी ने सोवियत रूस से प्रभावित होकर बड़े-बड़े सरकारी उद्योग लगाए; पर रूस की तरह भारत में भी ये प्रायः विफल ही हुए। इनमें से कुछ श्री अटल बिहारी वाजपेयीजी की सरकार ने बेच दिए। अब वर्तमान सरकार भी इस दिशा में आगे बढ़ रही है। जैसे 'बाइफोकल' चश्मे में निकटदृष्टि और दूरदृष्टि दोनों ही प्रकार के लेंस होते हैं, ऐसे ही देश की आर्थिक प्रगति के लिए छोटी और बड़ी; अल्पकालीन और दीर्घकालीन, दोनों ही प्रकार की योजनाएँ आवश्यक हैं; पर 'सबके साथ, सबके विकास और सबके कल्याण' के लिए पहले वे योजनाएँ लागू हों, जिनसे समाज में पिछड़े हुए अधिकतम लोगों का लाभ हो। उन्हें रोजगार भी मिले, जिन्हें इसकी सर्वाधिक आवश्यकता है। यही है अंत्योदय। भारत की वर्तमान मोदी सरकार इन दिनों 'Smart City' योजना पर बहुत जोर दे रही है। कई सर्वेक्षकों का मानना है कि वर्ष 2050 तक दुनिया के 50 प्रतिशत लोग शहरों

में रहने लगेंगे। इसलिए शहरों का स्मार्ट होना अच्छा ही है; पर यहाँ यह भी सोचना चाहिए कि लोग अपना गाँव छोड़कर शहरों में क्यों आते हैं? इसका मुख्य कारण है—ग्रामीण क्षेत्रों में रोजगार की कमी। खेती अब घाटा देनेवाला काम हो चुकी है। अत: शहरों में मेहनत-मजदूरी से पुरुष और घरों में झाड़ू-पोंछा कर गरीब महिलाएँ अपना पेट पालना चाहती हैं। यदि उन्हें रोजगार तथा जीवन की मूलभूत सुविधाएँ सम्मानजनक रूप से गाँव में ही मिल जाएँ तो फिर कोई भी शहर में परेशानी की जिंदगी नहीं जीने जाएगा। इसलिए 'Smart City' से पहले 'Smart Village' पर विचार होना चाहिए। ऐसे ग्राम, जहाँ बिजली, पानी, शिक्षा, चिकित्सा, मनोरंजन और यातायात के सामान्य साधन आसानी से उपलब्ध हों। भारत की तत्कालीन कांग्रेस सरकार ने 'मनरेगा' द्वारा सौ दिन काम देने का कार्यक्रम चालू किया था। इससे ग्रामीण क्षेत्रों में से पलायन रुका भी था। 2009 का लोकसभा चुनाव भी इसी बल पर जीता गया था; पर फिर इस योजना ने दम तोड़ दिया और 2014 के चुनाव पर उसका भी परिणाम हुआ। मोदी सरकार भूमि अधिग्रहण कर देशी व विदेशी निवेश द्वारा गाँवों में ही बड़ी संख्या में उद्योग स्थापित करना चाहती है, जिससे लोगों को अपने घर से आठ-दस कि.मी. की दूरी पर ही काम मिल सके। यह सच है कि बड़े उद्योग से आसपासवालों की आर्थिक दशा सुधरती है; पर कोई भी उद्योग स्थापित होने में भूमि मिलने के बाद भी कई साल लग जाते हैं। इतने समय में वे लोग, जिनकी भूमि और घर अधिग्रहण की चपेट में आ गए हैं, फिर काम की तलाश में नगरों की ओर भागेंगे। ऐसे में वे तथाकथित स्मार्ट सिटी भी झुग्गियों से पट जाएँगे। अत: स्मार्ट सिटी से पहले स्मार्ट गाँव तथा भूमि अधिग्रहण से पहले उजड़नेवालों के निवास और रोजगार की योजनाएँ लागू करनी होंगी। अंत्योदय का विचार यहाँ भी सहायक हो सकता है।

□

5

अंत्योदय में निहित सामाजिक और आर्थिक चिंतन

भारत में जब-जब सामाजिक और आर्थिक चिंतन के विषय पर वार्त्ता होगी, तब-तब देश की कुछ महान् विभूतियों के विचारों को इसमें सम्मिलित किया जाएगा, जैसे—महात्मा गांधी, आचार्य विनोबा भावे, डॉ. राममनोहर लोहिया, पंडित दीनदयाल उपाध्याय और नानाजी देशमुख आदि सभी ने सर्वोदय, हरिजन, गरीब और अंत्योदय जैसे विचारों से समाज के उत्थान के लिए कार्य करने, उनके आर्थिक एवं सामाजिक क्षेत्र में विकास करने के लिए मार्गदर्शन किया है। महात्मा गांधीजी ने भारत को आजाद कराने की लड़ाई लड़ी, डॉ. लोहिया समाजवादी विचारधारा के ध्वजवाहक बने और दीनदयालजी एकात्म आधारित सामाजिक व आर्थिक चिंतन के महान् चिंतक बने। वे कहते हैं कि सामाजिक जीवन में और समाज की आर्थिक व्यवस्था के चिंतन में यदि हमारी अर्थव्यवस्था 'अंत्योदय' युक्त होगी तो सामाजिक जीवन के चिंतन की साधना स्वतः ही सफल हो जाएगी। दीनदयालजी के मूल में स्वदेशी चिंतन प्राकृतिक रूप से अंतर्निहित है। अंत्योदय शब्द सिर्फ शब्द नहीं है, यह संवेदना है, करुणा है, सहानुभूति है, प्रेरणा है, साधना है, प्रामाणिकता है, आत्मीयता है, कर्तव्यपरायणता है और साथ ही लक्ष्य (उद्देश्य) की स्पष्टता है।

पंडितजी कहा करते थे कि "भारत में जब तक पंक्ति के अंतिम में खड़े व्यक्ति का उदय नहीं होगा, उसका विकास नहीं होगा, तब तक भारत का संपूर्ण विकास संभव नहीं है। भारत के उदय के लिए पंक्ति के अंतिम व्यक्ति का उदय होना भी आवश्यक है।" वे अश्रुपूर्ण आँखों से आँसू पोंछने और उसके चेहरे पर मुसकान को अंत्योदय का पहला पायदान मानते थे। दीनदयालजी के अंत्योदय का

आशय राष्ट्रश्रम से प्रेरित था। वे राष्ट्रश्रम को राष्ट्रधर्म मानते थे। अत: कोई भी श्रमिक वर्ग पृथक् नहीं है, हम सभी राष्ट्र निर्माण में श्रमिक की भूमिका निभा रहे हैं।

दीनदयालजी ने कहा है कि राष्ट्र के सर्वांगीण विकास के लिए राष्ट्र के हर नागरिक के लिए कुछ मूलभूत बातों का होना अतिआवश्यक है, जैसे रोटी, कपड़ा, मकान, शिक्षा, स्वास्थ्य सुविधा, सामाजिक और आर्थिक सुरक्षा एवं संस्कार आदि। अंत्योदय की भावना में ये सभी बातें निहित हैं। जब हम विकास की ओर दृष्टि करते हैं तो व्यक्ति का सुख उसका आधार बनता है। मगर दीनदयालजी कहते थे कि मेरी अवधारणा व्यक्ति के संबंध में जैसी है, वैसी ही राष्ट्र के संबंध में है। यहाँ पर वे धर्म की विवेचना करते हुए सर्वोदय की बात बताते हैं, "महर्षि कणाद ने सर्वांगीण उन्नति की व्याख्या करते हुए कहा था, 'यतोभ्युदयनि:श्रेयस सिद्धि:स धर्म:' जिस माध्यम से अभ्युदय अर्थात् भौतिक दृष्टि से तथा नि:श्रेयसयाने आध्यात्मिक दृष्टि से सभी प्रकार की उन्नति प्राप्त होती है, उसे 'धर्म' कहते हैं। उसी तरह गरीब के उत्थान के लिए किए गए प्रयासों को अंत्योदय या सर्वोदय के भाव से प्रज्वलित करते हैं।"

सर्वोदय में ही अंत्योदय निहित है। हमें देश में अंत्योदय की आवश्यकता को समझना पड़ेगा, क्योंकि भारत में आज भी बहुत बड़ी संख्या में गरीबी रेखा से नीचे जीवनयापन करनेवाले नागरिकों की संख्या अधिक है, जिनको जीवन जीने के लिए आवश्यक संसाधनों का अभाव है। अपितु भारत ही नहीं, विश्व के कई देश इस समस्या से जूझ रहे हैं। इसका समाधान एकात्म मानव दर्शन के अंत्योदय में ही मिल सकता है।

'सर्वजन सुखाय' का यह आदर्श भारतीय संस्कृति की अनन्य विशेषता है। मानव मात्र का कल्याण भारतीय संस्कृति का उद्देश्य है—

सर्वे भवंतु सुखिन: सर्वे संतु निरामया।
सर्वे भद्राणि पश्यंतु मा कश्चित् दु:ख भाग् भवेत्।।

पंडित दीनदयालजी के विचारों का केंद्र भी 'सर्वजन हिताय सर्वजन सुखाय' था। भारतीय संस्कृति का यह आदर्श अंत्योदय की परिकल्पना में परिभाषित होता है। सरकार द्वारा बनाई गई नीतियों और योजनाओं का लाभ सभी को होना चाहिए। समाज के सभी वर्ग इस सरकार की इन नीतियों तथा योजनाओं से लाभान्वित हों, यही शासन और प्रशासन का उद्देश्य होना चाहिए, इसी को सरकार की सफलता कहा जा सकता है। हमारी प्रगति का आकलन सामाजिक पीढ़ी के सर्वोच्च

पायदान पर पहुँचे व्यक्ति से नहीं, अपितु समाज के अंतिम पंक्ति में खड़े व्यक्ति से होगा। भारत की वर्तमान मोदी सरकार अंतिम व्यक्ति को समाज की मुख्यधारा से जोड़ने का कार्य तेजी के साथ कर रही है। पंडित दीनदयालजी ने राष्ट्र व समाज को जोड़ने के लिए निरंतर संघर्ष किया है, जिसका परिणाम वर्तमान समय में दिखने लगा है। हमारी संस्कृति में मानव मात्र के कल्याण की बात निहित है, दीनदयालजी ने इस तत्त्व को महत्त्व देते हुए अंत्योदय को शासन के लक्ष्य के रूप में अवगत कराया है। देश में सभी वर्गों की सरकार एवं समाज से संतुष्टि व खुशी अपेक्षित है। यदि श्रम करनेवाला श्रमिक वर्ग इनसे नाराज है तो राष्ट्र व समाज के विकास पथ पर चलने की परिकल्पना अधूरी ही रह जाएगी। इसके लिए पंडितजी कहते थे कि देश के हर नागरिक के हाथ में काम होना अनिवार्य है। बेरोजगारी से बचाव की दृष्टि से कर्मशीलता व कर्मचेतना एक सार्थक उपाय है। कर्मशीलता और कार्यदक्षता का विकास कर देश में बेरोजगारी और गलत कार्यों को रोका जा सकता है और इन प्रयासों के द्वारा राष्ट्र की प्रगति सुनिश्चित है। वर्तमान सरकार इन कार्यों पर अपना ध्यान केंद्रित किए हुए है। उसके प्रयास निरंतर इन कार्यों की सफलता की ओर अग्रेषित हैं। मगर ये सभी बातें सरकार पर ही निर्भर नहीं होनी चाहिए, समाज और व्यक्तियों का भी इसमें योगदान होना चाहिए। उच्च, दलित, पिछड़ा, जनजाति, विमुक्त और खानाबदोश इनमें किसी में विकास, सामाजिक और भौतिक किसी भी प्रकार से भेदभाव नहीं होना चाहिए। स्वामी विवेकानंदजी की बात को वे हमेशा कहते थे कि इस देश को उठाने दो—गरीब, मछुआरों, बुनकरों और मजदूरों आदि को विकसित होने दो। भेदभाव रहित समाज की रचना करो। एकात्म भाव को विकसित होने दो। 'सर्वजन हिताय सर्वजन सुखाय' के मंत्र पर व्यक्ति का विकास करो।

□

6

अंत्योदय : अभ्युदय और समुत्कर्ष का चिंतन

विकास का अर्थ क्या है, अस्थायी (क्षणभंगुर) विकास या चिरंजीवी विकास, सतत और चिरंतन विकास? विकास तो उत्थान का प्रतीक है, उसे तो ऊर्ध्वगामी होना चाहिए, फिर वह पतन का (ह्रास) का कारक क्यों है? सृजन के स्थान पर संहार का संवाहक क्यों है? यह एक ऐसा प्रश्न है, जिस पर गंभीरतापूर्वक (पूर्ण संवेदनशीलता के साथ) विचार किया जाना चाहिए। आधुनिकता और उत्तर आधुनिकता के मध्य (1850 के बाद से अब तक) पश्चिमी देशों ने विकास का जो मॉडल चुना, उससे आज संपूर्ण विश्व के लिए अस्तित्व का संकट खड़ा हो गया है। विनाशकारी विकास के इस पश्चिमी मॉडल ने 150 वर्षों के छोटे से कालखंड में ही पूरी दुनिया को विनाश के कगार पर लाकर खड़ा कर दिया है।

संपूर्ण विश्व आज वैश्विक तापमान में वृद्धि या 'ग्लोबल वार्मिंग' और जलवायु परिवर्तन आदि समस्याओं को झेल रहा है। पृथ्वी आज इतनी गरम हो गई है, जितनी पहले कभी नहीं थी। परिणामस्वरूप ग्लेशियर और ध्रुवों पर उपलब्ध हिमराशि पिघल रही है। भूमंडल के बढ़ते तापमान से उत्पन्न आपदाओं (बाढ़, सूखा आदि) की आवृत्ति में लगातार वृद्धि हो रही है। विश्व में एक बड़ी जनसंख्या तटवर्ती क्षेत्रों में निवास करती है, जिनके लिए समुद्री जलस्तर में वृद्धि का अर्थ है जीवन की प्रतिकूलता।

आज संपूर्ण पृथ्वी संकट की स्थिति में है। औद्योगीकरण की वर्तमान प्रक्रिया के पूर्व भी कृषियोग्य भूमि का क्षेत्रफल बढ़ाने के लिए सदियों से वनों को काटा जाता रहा है, लेकिन अब यह कटान खतरनाक स्तर पर पहुँच गया है। दिन-प्रतिदिन बढ़ता वनों का निर्वनीकरण, जैवविविधता का ह्रास, जमीन उत्पादकता का ह्रास,

जल उपलब्धता में कमी, जलापूर्ति की सुरक्षा आदि कारणों से समस्या और भी विकट रूप लेती जा रही है।

औद्योगीकरण और नगरीकरण से वातावरण में प्रदूषण की मात्रा इतनी बढ़ गई है कि पर्यावरण के संतुलन का खतरा मँडराने लगा है। यातायात के साधनों के अतिरिक्त बड़े-बड़े कारखाने आदि न केवल वायु प्रदूषण को बढ़ाते हैं, अपितु जल प्रदूषण तथा ध्वनि प्रदूषण आदि के लिए भी उत्तरदायी हैं। कल-कारखानों से निकला रासायनिक अवशेष पानी के साथ बहकर नदियों में प्रक्षेपित हो जाता है, जिससे स्वच्छ जल प्रदूषित हो रहा है। जिसके फलस्वरूप मनुष्य को पीने के लिए स्वच्छ जल भी नहीं मिल पाता है तथा साथ ही बढ़ता जल प्रदूषण जलीय जंतुओं के अस्तित्व के लिए भी खतरे उत्पन्न कर रहा है। तेजी से बढ़ रहा प्राकृतिक असंतुलन हमें विनाश की ओर ले जाएगा। अंततः संपूर्ण मानव सभ्यता खतरे में पड़ जाएगी।

अप्रत्याशित औद्योगिक और नगरीय प्रदूषण, रासायनिक कचरे का बढ़ता ढेर निस्तारण की समस्या उत्पन्न कर रहे हैं। दुनिया इ-कचरे का ढेर बनती जा रही है, जो पर्यावरण को लंबे समय तक और गहरे तक प्रदूषित करनेवाला है। निश्चय ही ऐसे में सवाल उठता है कि ऐसा विकास, जो प्रकृति के संतुलन का विनाश करता हो, उसे विकास कैसे माना जा सकता है?

विकास का वर्तमान प्रारूप या स्वरूप

विकास का प्रश्न केवल भूमि और जल-निकायों के संरक्षण, जैवविविधता या वन उत्पादों और चरागाहों के संरक्षण आदि से जुड़ा नहीं है। आज हम जिस विश्व का साक्षात्कार कर रहे हैं, उसमें विकास का प्रारूप या स्वरूप संसाधनों के शोषण पर आधारित है, यह सृजन नहीं संहार की परंपरा पर निर्भर है और प्रकृति में विकृति उत्पन्न करनेवाला है। इसके परिणामस्वरूप मानव समाज में भी संघर्ष और प्रतिस्पर्धा व्याप्त है।

आज विकास के नाम पर एक ऐसा असंतुलन पैदा हो रहा है, जो भविष्य में नए तनावों और टकरावों को जन्म दे सकता है। दूसरी ओर मानवीय चेतना बाजारवाद के प्रभाव में है और मानव एक उपभोक्ता की तरह इस्तेमाल हो रहा है। ऐसे में बढ़ती जनसंख्या और उसके साथ जुड़ी उपभोक्ता वस्तुओं की बढ़ती माँग भी एक बड़ी समस्या है। विकसित देशों और विकासशील देशों के बीच हो रही बहस ने जनसंख्या और उपभोक्ता दर के बीच विरोधाभास को भी उजागर किया है।

भौतिकतावादी एवं उपभोगवादी पश्चिमी विकास की उपरोक्त आलोचना तार्किक है। पृथ्वी एक ऐसा पात्र है, जिसमें से हम निकाल तो सकते हैं, लेकिन उसमें कुछ डाल नहीं सकते। उपलब्ध प्राकृतिक संसाधन अत्यधिक इस्तेमाल होने से समाप्त होने के कगार पर हैं। पृथ्वी पर मौजूद संसाधन सीमित हैं। विकास का पश्चिमी मॉडल असीमित उपभोग पर आधारित है, परंतु आज की अधीरता और लालच के लिए हम आनेवाली पीढ़ियों के भविष्य से समझौता नहीं कर सकते।

नि:संदेह जो औद्योगिक विकास हुए हैं या जो औद्योगिक प्रगति मनुष्य ने विगत वर्षों में की है, उसे न तो रोका जा सकता है और न ही रोकने की आवश्यकता है, क्योंकि नगरीकरण और औद्योगीकरण आज मनुष्य की आवश्यकता है। ऐसे में आवश्यकता इस बात की है कि हम अपनी औद्योगिक प्रगति एवं प्रकृति के साथ तालमेल स्थापित करें। अत: हमें अपने औद्योगिक विकास को नियंत्रण में रखना होगा।

विकास के संदर्भ में आर्थिक विकास ही पर्याप्त नहीं है, सामाजिक कल्याण भी आवश्यक है। वैश्वीकरण व भू-मंडलीकरण के वर्तमान युग में यह भी चिंतन और विमर्श का विषय है कि किस तरह गरीबी उन्मूलन करना है; किस तरह शिक्षा, स्वास्थ्य की आवश्यकताओं को पूरा करना है, किस तरह का आधारभूत संरचनात्मक विकास करना है।

वर्तमान विश्व में विकास की जो अवधारणा और परिकल्पना प्रचलित है, उसे समझने और अनुकूल विकल्प प्रदान करने की जरूरत है। आर्थिक विकास जितना महत्त्वपूर्ण है, उतना ही महत्त्वपूर्ण है मानव का विकास। इसके लिए विकास की अवधारणा बदलनी होगी। विकास को मात्र आर्थिक समृद्धि का ही नहीं, मानवीय मूल्यों के विकास का भी सूचक बनाना होगा।

विकास एक बहुआयामी पद (टर्म) है, विकास का अर्थ एक निश्चित स्थिति से आगे की ओर परिवर्तन, प्रगति और उन्नति से है और इस परिवर्तन, प्रगति और उन्नति की दिशा और दशा सही (सकारात्मक) होनी चाहिए, इसलिए अपेक्षा की जाती है कि विकास मात्र आर्थिक समृद्धि का नहीं, मानवीय मूल्यों के विकास का भी सूचक बने।

आधुनिकीकरण के प्रयास में किया जानेवाला विकास सही अर्थ में विनाश का द्योतक है, परंतु भारतीय विकास की अवधारणा विनाश नहीं, बल्कि विकास, विनाश-रहित विकास, उत्थान या संवर्धन एवं परिवर्धन को पोषित करती है। यह विनाश को आमंत्रित नहीं करती, बल्कि पूरक-संरक्षक एवं संवाहक का कार्य करती

है। यह प्रकृति का शोषण नहीं, संसाधनों का दोहन और दोहन के साथ-साथ पोषण की प्रक्रिया को पुनर्स्थापित करती है।

पश्चिम की संस्कृति द्वारा पोषित आधुनिक विकास में भौतिकता प्रधान रही, जिसके कारण उसके विकास की अवधारणा को एकांकी एवं अधूरा ही कहा जा सकता है; भारतीय विकास की अवधारणा पर्यावरण को नष्ट किए बिना अनवरत विकास की संकल्पना है। इसलिए हम कहते हैं कि प्रकृति का संरक्षण हमारा प्रथम कर्तव्य है।

प्रकृति के साथ संघर्ष नहीं, शांति एवं सह-अस्तित्व पर आधारित विकासात्मक कार्य मानव प्रजाति के अनुरूप हैं, विकास का कार्य प्रकृति को विकृत, दूषित, कुपित एवं विलुप्त किए बिना क्रियान्वित किया जाना अपेक्षित है। ऐसी स्थिति में यह निश्चित रूप से विचारणीय हो जाता है कि विकास का वास्तविक स्वरूप क्या हो ? आखिर विकास के नाम पर अमर्यादित/अनियंत्रित अमानवीय प्रयत्नों को कब तक संरक्षण प्रदान किया जा सकता है ?

आज जिस प्रकार प्रकृति-विनाश दृष्टिगत हो रहा है, उससे प्रमाणित होता है कि मानव अपने विकास के लिए गैर-मानवीय कार्य भी करने लगा है। विकास के प्रतिफल का दूषित नहीं, परिशोधित होना अपेक्षित है। उनको त्याग देने पर, उपेक्षा कर देने पर भौतिक उत्कर्ष भी संभव नहीं है। इसलिए प्रकृति के प्रति हमारी सोच, हमारा चिंतन सकारात्मक और रचनात्मक हो। इसके लिए वैसी प्रौद्योगिकी को प्रोत्साहित करना होगा, जो प्रूडेंट हो और जो पर्यावरण के अनुकूल हो। विकास ह्रास नहीं, संचय का माध्यम हो। विकास उपभोग नहीं, उपयोग दुरुपयोग नहीं सदुपयोग या अधिकतम उपयोग, महत्तम उपयोग का वाहक हो, जिसमें वर्तमान ही नहीं, भविष्य का भी हित निहित हो।

भारतीय विकास की अवधारणा/विचार मनुष्य के सर्वांगीण अभ्युदय का समग्र दृष्टिकोण प्रस्तुत करता है। विकास संहार नहीं, सृजन का कारक हो; विकास विकृति नहीं, सुकृति का कारक हो; विकास असंतुलन नहीं, संतुलन, संतुलनयुक्त (संतुलित एवं समन्वित) हो। विकास विस्थापन नहीं, बसाव का कारक हो।

विकास की अवधारणा ही उत्थान और उत्कर्ष से उत्पन्न हुई है। परंतु जब से भौतिकतावादी प्रवृत्ति हावी होने लगी है, तब से विकास का स्वरूप परिवर्तित हो गया है। विज्ञान ने मानव के विकास का मार्ग तो प्रशस्त किया है, पर इस विकास के साथ अमानवीय पक्ष भी जुड़ा हुआ है। मानव को सकारात्मक कार्य के प्रति अग्रसर होना चाहिए।

अभ्युदय-समुत्कर्ष का चिंतन विकास उत्थान है, विकास उत्कर्ष है, इसी तथ्य में इसकी मौलिक समग्रता निहित है। हमारी विकास की अवधारणा समुत्कर्ष की है। समुत्कर्ष अर्थात् सम्यक्, संतुलित उत्कर्ष। भौतिक विकास को 'अभ्युदय' तथा आध्यात्मिक विकास को 'निःश्रेयस' कहा जाता है। अभ्युदय तथा निःश्रेयस के संतुलित विकास को 'समुत्कर्ष' कहते हैं। यह विषाद या अवसाद नहीं, उल्लास और उत्सव का कारक हो।

भारतीय विकास की अवधारणा समग्र, समन्वित एवं संतुलित विकास की कल्पना है। यह न केवल प्रकृति और मानव बल्कि मानव और मानव के बीच परस्पर निर्भर एवं परस्पर आश्रित सहजीविता को प्रश्रय प्रदान करती है। विकास के लिए दोनों का सहयोग-समन्वय अनिवार्य है।

विकास भौतिक प्रगति, सुख-समृद्धि एवं अभ्युदय से जुड़ा रहा है। भारतीय विकास की अवधारणा उपभोगवादी नहीं, अध्यात्मवादी है। (इसके अनुसार मनुष्य का कल्याण प्राकृतिक और मानव की परस्पर अभिन्नता को समझते हुए उसके साथ अपनी एकरूपता के अनुभव में ही है।) भारतीय विकास की अवधारणा व्यक्ति के साथ समष्टि के कल्याण को सुनिश्चित करती है। इसमें भौतिकता और आध्यात्मिकता का समन्वय है, इस अवधारणा में विकास की मौलिक समग्रता निहित है। यह प्रकृति के साथ साम्य की परिकल्पना पर आधारित है। यह प्रकृति के शोषण की बजाय दोहन, असीमित उपभोग नहीं, उपयोग पर आधारित है। यह स्वेच्छाचार नहीं, आत्मानुशासन पर आधारित है।

विकास एक समग्र प्रक्रिया है। विकास सकारात्मक होना चाहिए, न कि नकारात्मक। आधुनिकता के समर्थन में विकास की अवधारणा को संकुचित नहीं किया जा सकता। भारतीय विकास की अवधारणा व्यक्ति केंद्रित (आत्मकेंद्रित या स्वकेंद्रित) नहीं है, यह समाज केंद्रित है। यह स्वावलंबी, स्वयंसिद्ध, स्वयंपूर्ण समाज निर्माण की प्रक्रिया है। इसके लिए समाज रचना और व्यवस्था नए सिरे से प्रतिष्ठित करने की आवश्यकता है, जिससे समाज में संघर्ष नहीं, समन्वय, सहयोग एवं पूरकता हो और जिसमें स्पर्धा नहीं, सहृदयता, सहकार एवं सदाचार का प्रादुर्भाव (पुनर्स्थापना) हो। भारतीय विकास की अवधारणा/विचार सामूहिकता एवं सहकारिता का विचार है। यह अवधारणा केंद्रित नहीं, विकेंद्रित, एककेंद्रित नहीं, बहुकेंद्रित विकास का पोषक है, परंतु यह असंगठित नहीं, संगठित प्रयास का द्योतक है।

विकास की अवधारणा 'बहुजन हिताय बहुजन सुखाय' पर आधारित होनी चाहिए, भारतीय विकास की अवधारणा में संघर्ष, प्रतिद्वंद्विता, प्रतियोगिता, प्रतिस्पर्धा

और बहिष्कार नहीं, बल्कि समावेश है। इसलिए यह अपेक्षित है कि विकास संवेदनहीन नहीं, संवेदनशील हो।

भारतीय सभ्यता ने विविधता के प्रति सदैव उच्च आदरभाव दिखाया है। समाज को भारतीय जीवन-मूल्यों पर आगे ले जाने से ही सामाजिक न्याय और आर्थिक विकास में सामंजस्य बनेगा। यह रणनीतिक नेतृत्व का क्षेत्र है, जिसमें भारत दुनिया को नई राह दिखा सकता है।

भारतीय विकास की अवधारणा अपने ही कल्याण तक सीमित नहीं हैं। यह विश्वकल्याण का विचार है। आज की विषम स्थिति में विकास के इस सत्य को समझा जाना चाहिए। इसे समझकर ही वह संभव हो सकेगा, जिससे कि विनाश पर उतारू अनियंत्रित भौतिक विकास की उच्छृंखल धारा को सही दिशा में नियोजित कर समग्र विकास की राह को प्रशस्त किया जा सके।

वर्तमान परिप्रेक्ष्य में भारतीय जीवन-मूल्यों पर आधारित विकास करने की आवश्यकता बढ़ गई है, यही एकमात्र विकास है, जो टिकाऊ या सतत विकास का मार्ग है। इसलिए हरित विकास के क्षेत्र में वैश्विक स्तर पर अग्रसर (अगुआ) बनना हमारे लिए कठिन नहीं है।

□

7

एकात्म मानव दर्शन पर आधारित अंत्योदय के आर्थिक विचार एवं उसके उद्देश्य और सुझाव

(क) अंत्योदय आधारित आर्थिक विचार

(ख) अंत्योदय आर्थिक विकास के उद्देश्य

(ग) अंत्योदय से समाज विकास के सुझाव

पंडित दीनदयाल उपाध्याय सामाजिक और आर्थिक विचारक के साथ-साथ एक राजनेता थे, इसलिए उनके आर्थिक विचार राजनीतिक विचारों से ओत-प्रोत थे। इन्हें उनके वैचारिक परिप्रेक्ष्य में पृथक् नहीं किया जा सकता। उनका ऐसा विचार था कि आर्थिक समस्याएँ सार्वभौमिक हो सकती हैं, परंतु उनके समाधान अलग-अलग परिस्थितियों में अलग-अलग हो सकते हैं। अतएव उनका मानना था कि पश्चिमी देशों की नकल करने के स्थान पर हमें अपनी पद्धतियों द्वारा ही अपनी समस्याओं का हल निकालना चाहिए।

अंत्योदय आधारित आर्थिक विचार

(1) सुनिश्चित लक्ष्य—जब तक लक्ष्य निश्चित नहीं होता, तब तक निश्चित दिशा भी प्राप्त नहीं हो सकती। अंतिम बिंदु के निर्धारण के बिना माध्यम का भी चुनाव नहीं किया जा सकता, अत: लक्ष्य का निर्धारण आवश्यक है।

(2) आत्मशांति—भारतीय संस्कृति आध्यात्मिक है। यहाँ की संस्कृति में शारीरिक आवश्यकताओं को पूरा करने के साथ ही आत्मशांति की भावना मूल में है, जो पश्चिमी संस्कृति में नहीं है।

(3) राष्ट्रीय पहचान—पाश्चात्य देशों से भिन्न हमारे देश के निवासियों

का लक्ष्य होना चाहिए कि देश सही दिशा में आगे बढ़े, जिसमें हर नागरिक अपना योगदान देने को तत्पर हो। जब देश का हर नागरिक अपनी क्षमता अनुसार देश के विकास में अपना योगदान देगा, तब देश का सर्वोत्तम विकास होगा। उनका कहना था कि भारत इसलिए समस्याग्रस्त है, क्योंकि नागरिकों की राष्ट्रीय पहचान की अनदेखी हुई है।

(4) क्षरणकोष का सिद्धांत—हम सभी को ध्यान देना चाहिए कि फल तोड़ते समय पेड़ को किसी प्रकार की क्षति न पहुँचे। इस कथन के द्वारा यह बताया गया है कि उद्योगों के कच्चे माल के लिए प्राकृतिक संसाधनों का अत्यधिक दोहन न होकर नियंत्रित उपयोग का मूल सिद्धांत होना चाहिए।

(5) हर हाथ को रोजगार—कार्य की संभावना हर आर्थिक नियोजन का प्राथमिक उद्देश्य होना चाहिए। एक प्रगतिशील अर्थव्यवस्था में हर काम करनेवाले हाथ को काम मिलना चाहिए। ऐसा तभी संभव है, जब देश के पास पर्याप्त कोष हो।

(6) नियंत्रित उपयोग—धन को तभी संचित किया जा सकता है, जब उपयोग पर नियंत्रण हो। आर्थिक रूप से कमजोर देश तब कर्ज में डूब जाते हैं, जब वे उत्पादन और उपयोग के आर्थिक सुदृढ़ देशों के ढाँचे को अपनाते हैं।

(7) मशीनें श्रमिक की सहयोगी हों—मशीनें किसी भी राष्ट्र की औद्योगिक संपत्ति होती हैं। परंतु इस संपत्ति को अर्जित करते समय इसका ध्यान रखना चाहिए कि श्रमिक के शारीरिक श्रम को कम करके उसकी क्षमता तथा कार्यनिपुणता में बढ़ोतरी करें। मशीनें श्रमिक की सहायक होनी चाहिए, न कि प्रतिद्वंद्वी।

(8) समग्र विकास—आर्थिक नीतियों के मूल में मानव का समग्र विकास होना चाहिए, क्योंकि वह एक समग्रस्वरूप है।

(9) आर्थिक विकेंद्रीकरण—पंडित दीनदयालजी के अनुसार प्रत्येक व्यक्ति का समग्र विकास तभी संभव है जब आर्थिक विकेंद्रीकरण हो, क्योंकि उनके अनुसार आर्थिक केंद्रीकरण अमानवीय है।

(10) स्वदेशी को बढ़ावा—हमारे आर्थिक पुनर्निर्माण में स्वदेशी आधारशिला के रूप में सम्मिलित होना चाहिए। विदेशी उत्पादों पर निर्भरता ने हमारे व्यक्तित्व को क्षति पहुँचाई है। स्वदेशी अपनाना न तो प्रतिक्रियावादी है, न पुरातन को ढोना है, अपितु यह हमारे व्यक्तित्व के लिए गौरव की बात है।

अंत्योदय के आर्थिक विकास के उद्देश्य

1. आर्थिक विकास में हर नागरिक को न्यूनतम जीवन स्तर की गारंटी अवश्य मिले और वह देश की रक्षा को तत्पर रहे।
2. ऐसे अवसरों का निर्माण हो कि एक आम नागरिक भी देश व विश्व के विकास में अपना योगदान दे।
3. राजनीतिक व आर्थिक नीतियाँ जनतंत्र की रक्षक और पोषक होनी चाहिए।
4. राजनीतिक स्वायत्तता से लड़ने के लिए मजबूत रक्षा तंत्र व आर्थिक आत्मनिर्भरता होनी चाहिए।
5. सबके लिए कार्य के साथ ही आर्थिक व सामाजिक समानता भी हो।
6. आर्थिक ढाँचे को सांस्कृतिक मूल्य की तरह संरक्षित और पोषित करना चाहिए।

अंत्योदय से समाज विकास के सुझाव

- एकात्म मानव दर्शन के आधार पर अंत्योदय का मॉडल लेकर समाज के विकास में भारत के प्रत्येक नागरिक का न्यूनतम विकास तय हो।
- भारत के गरीब और जरूरतमंद लोगों को आधार मानकर भारतीय व्यवस्था के आधार पर ही मशीनों का निर्माण हो। मशीनें किसी भी देश की औद्योगिक संपत्ति होती हैं। परंतु इस संपत्ति को अर्जित करते समय इसका ध्यान रखना चाहिए कि श्रमिक के शारीरिक श्रम को कम करके उसकी क्षमता तथा कार्यनिपुणता में बढ़ोतरी करें। उसका जीवन अच्छा और सुगम्य बन सके।
- भारतीय संस्कृति के आधार पर प्राकृतिक संसाधनों का उपयोग हो, उपभोग न हो।
- सबका साथ, सबका विकास को आधार मानकर ही योजनाओं का निर्माण करना चाहिए।
- ऐसी व्यवस्थाओं और योजनाओं का नियोजन हो, जिससे राष्ट्र का हर नागरिक राष्ट्र के विकास में अपना योगदान दे सके।
- राष्ट्र के प्रत्येक योग्य नागरिक के लिए उसकी योग्यता अनुसार कार्य होना चाहिए, जिससे उपरोक्त लक्ष्यों को प्राप्त किया जा सके।
- दीनदयालजी कहते थे कि सुखों की प्राप्ति और अंत्योदय के विकास के लिए पुरुषार्थ और पराक्रम की आवश्यकता है, न कि नारों की।
- रोटी, कपड़ा, मकान, शिक्षा, स्वास्थ्य, सुरक्षा और संस्कार हर किसी का

अधिकार है। यह अधिकार सबको मिलना चाहिए। यही सबका साथ और सबका विकास है।

- कृषि और छोटे उद्योगों पर ध्यान देना चाहिए। स्वरोजगार को बढ़ावा देना चाहिए। पशुपालन और मशीनीकरण जैसे उद्योगों पर समान विचार किया जाए। कुटीर उद्योगों को भी विकसित किया जाए। छोटे–बड़े (नाई, धोबी, मछुआरे, बुनकर, दुकानदार, मोची, सफाईकर्मी, श्रमिक आदि), ग्रामीण और शहरी दोनों ही प्रकार के रोजगारों एवं व्यापारों पर अच्छी व संतुलित कार्ययोजना बने।
- स्मॉल स्केल इंडस्ट्रीज एंड बिजनेस मॉडल तैयार किए जाएँ।
- पर्यावरण आधारित अर्थव्यवस्था बने। वन और वानिकी से भी रोजगार के नए अवसरों को पैदा करना चाहिए।
- सामाजिक, नैतिक, राजनीतिक, आर्थिक और अन्य जीवन उपयोगी मूल्यों का संरक्षण होना चाहिए, जिसके द्वारा नागरिक अपने व्यक्तित्व का विकास कर सकें।
- दीनदयालजी का अंत्योदय को लेकर विचार था कि यह हर व्यक्ति को रोजगार देनेवाला हो। उसके कार्य करने की क्षमता का विकास हो। उसके परिवार एवं समाज का पोषण करनेवाली व्यवस्था का निर्माण हो सके।
- भारत का समन्वयवाद (एकात्मवाद) ही पूँजीवाद और तानाशाही के दोषों का हल है। उसी के द्वारा पंक्ति में खड़े अंतिम व्यक्ति का विकास संभव है। पंडित दीनदयालजी पंचवर्षीय योजनाओं का निर्माण करते समय सदैव यह आग्रह करते थे कि हमें अपना आयोजन–लक्ष्य घोषित करना चाहिए। हर हाथ को रोटी और हर हाथ को काम देना समाज और शासन की जिम्मेदारी है। इसलिए कार्य की संभावना हर आर्थिक नियोजन का सर्वप्रथम कार्य होना चाहिए। एक विकासशील अर्थव्यवस्था में हर काम करनेवाले हाथ को काम मिलना चाहिए। ऐसा तभी संभव है, जब देश के पास पर्याप्त अर्थकोष हो।
- कौशल विकास और अन्य उपायों के माध्यम से आजीविका के अवसरों में वृद्धि कर शहरी और ग्रामीण गरीबी को कम करना है और स्थानीय स्तर पर रोजगार सृजन करना है।

□

8

अंत्योदय और भारतीय संस्कृति : एक मूल विचार

दीनदयालजी अंत्योदय को भारत की संस्कृति के मूल विचार से संबद्ध करते हैं। संस्कृत के श्लोक की पुरानी पंक्ति 'कालौ वा कारणं राज्ञो राजा वा-कालकारणम्। इति ते संशयो मा भूद् राजा कालस्य कारणम्।' इसकी सही भावना से व्याख्या करनी चाहिए। भीष्म ने राजा के व्यवहार के लिए 36 राजगुणों की व्याख्या की। राजा को चाहिए कि प्रजा के साथ मालाकार जैसा व्यवहार करे, अंगारक या कोयले फूँकनेवाले जैसा नहीं। राज्य की रक्षा करे, यही सब धर्मों का सार है। दीनदयालजी के अनुसार, भारतीय राजा संसदीय लोकतंत्र की स्थापना में कार्यकारी के समान है, जिसमें विधायिका द्वारा अधिनियमित किए गए कानून कार्यकारी द्वारा क्रियान्वित किए जानेवाले होते हैं और लोगों को बहुत वैध तरीके से उम्मीद है कि प्रत्येक मंत्री, जो कार्यकारिणी का एक सदस्य है, उन्हें अपने सभी प्रकार के जनता के हित से जुड़े हुए कार्यों को करके मिसाल कायम करनी चाहिए। दीनदयालजी सरकारों के विषय में कहते थे कि शासन ही परिस्थितियों का निर्धारण करता है। इसी तरह दीनदयालजी प्रजा के विषय पर कहते हैं कि 'बुभुक्षितः किं न करोति पापं'? इसके द्वारा समाज की जरूरत और उसके द्वारा किए गए कर्मों को समझा जा सकता है। यह रेखा जिसमें एक काल्पनिक सवाल है, 'जो व्यक्ति भूख से मर रहा है, क्या उसने कोई पाप नहीं किया है?' सरकार को यह देखना होगा कि कोई भूखा, वस्त्रहीन और आश्रयहीन न रहे। इसी तरह पंडितजी कालिदासजी के 'रघुवंश' के श्लोक का उद्धरण करते हैं।

'प्रजानांविनयाधानात रक्षणा भरणादपि। सपितापिरस्तासां। केवलंजन्महेतवः।'

(अपनी प्रजा के रखरखाव, संरक्षण और शिक्षा के लिए जिम्मेदार होने के नाते, राजा दिलीप नागरिकों के सच्चे पिता थे।)

पंडित दीनदयाल उपाध्यायजी के ये विचार कि राष्ट्र भक्ति की भावना का निर्माण करने और उसको साकार स्वरूप देने का श्रेय भी राष्ट्र की संस्कृति को ही है तथा वही राष्ट्र की संकुचित सीमाओं को तोड़कर मानव की एकात्मता का अनुभव करती है। अत: संस्कृति की स्वतंत्रता परमावश्यक है। बिना उसके राष्ट्र की स्वतंत्रता निरर्थक ही नहीं, टिकाऊ भी नहीं रह सकती। आज लीग का द्वि-संस्कृतिवाद तथा साम्यवादी का बहुसंस्कृतिवाद बेमतलब साबित हो गया है। युग परिवर्तन के परिणामस्वरूप भारत में नए मूल्यों एवं प्राचीन स्थिरवादी शक्तियों का निरंतर संघर्ष होता रहा है। इस परिवर्तनजनित असामंजस्य का निराकरण करने तथा असमानताओं से ग्रस्त भारतीय समाज को नवीन दिशा प्रदान करने के लिए पंडित दीनदयाल उपाध्याय ने समता एवं सहयोग पर आधारित समाजवादी समाज के निर्माण हेतु प्रगतिशील मानव दर्शन प्रस्तुत किया है। मानव व्यक्तित्व के प्रति समान श्रम की गरिमा पर जोर देता है, क्योंकि भौतिक व्यक्तित्व मानव व्यक्तित्व का अविभाज्य हिस्सा है तथा मानसिक श्रम की तरह शारीरिक श्रम भी मानव व्यक्ति की अभिव्यक्ति है; और एक ऐसे समाज में, जिसमें अधिकांशत: शारीरिक श्रम करनेवाले लोग हैं, मनुष्य का व्यक्तित्व तब तक स्वरूप नहीं ग्रहण कर सकता, जब तक श्रम की गरिमा न हो। भारत की लगभग 90 प्रतिशत आबादी शारीरिक श्रम में संलग्न है और यदि उस 70 प्रतिशत श्रमजीवियों को शोषणमुक्त समाज नहीं मिलता, अत: हमें यह मानना पड़ेगा कि हमारे राष्ट्र में समाजवाद आज भी जीर्ण-शीर्ण अवस्था में है। बदलते हुए परिवेश में आवश्यकता है कि दीनदयाल उपाध्यायजी के एकात्म मानव दर्शन के वास्तविक दर्शन से जनमानस को अवगत कराया जाए। तभी हम सुदृढ़ राष्ट्र की स्थापना की परिकल्पना को चरितार्थ कर सकेंगे।

अगर हम नागरिकों के हितों की बात करें तो आजादी के बाद के भारत में सर्वप्रथम ऐसे आर्थिक कदम उठाए गए, जिससे समाज में समानता स्थापित हो, जिसमें मुख्य रूप से जमींदारी प्रथा का उन्मूलन था, हालाँकि यह सामाजिक और आर्थिक दोनों उपायों के रूप में स्वीकार किया जाता है। पूर्ववर्ती सरकारों द्वारा भी समाज हित में कई बड़े कदम उठाए गए, जैसे हरित क्रांति का कदम, जिसने आजाद भारत को आर्थिक रूप से नई पहचान दी। इसके बाद बड़े आर्थिक कदमों में बैंकों का राष्ट्रीयकरण था, जिसका उद्देश्य समाज में आर्थिक एकरूपता को लाना था। बैंकों के राष्ट्रीयकरण के बाद सबसे बड़ा आर्थिक कदम भारतीय

अर्थव्यवस्था का उदारीकरण है।

इस प्रकार भारत की वर्तमान केंद्र सरकार (मोदी सरकार) महात्मा गांधी, डॉ. श्यामाप्रसाद मुखर्जी, डॉ. आंबेडकर, आचार्य विनोबा भावे, आचार्य नरेंद्र देव, डॉ. लोहिया और पंडित दीनदयाल उपाध्याय आदि महापुरुषों के विचारों का अनुसरण करते हुए अंत्योदय, सर्वोदय, निर्धनमुखी, आर्थिक नीतियों को क्रियान्वित करते हुए समावेशी समाज की पुनर्स्थापना के लिए प्रतिबद्ध दिखती है।

अगर हम अपने आर्थिक परिप्रेक्ष्य में वर्तमान सरकार की वैश्विक आर्थिक नीतियों पर नजर डालें तो हमें वहाँ भी समाज के कल्याण के लिए लिये गए नीतिगत निर्णयों का प्रभाव स्पष्ट रूप से दृष्टिगोचर होता है। जिन राष्ट्रों में आज भी दरिद्रता है या देश के विकास की गति धीमी है, वहाँ समाज और सरकारों के बीच आपसी सहयोग का अभाव है, वह राष्ट्र राजनीतिक, सामाजिक, आर्थिक और धार्मिक हर दृष्टिकोण से अस्थिर है। आज के समय के हिसाब से जरूरत है कि देशों की आर्थिक नीतियाँ समाज के उस वर्ग को ध्यान में रखकर बनाई जाएँ, जो विकास में अभी पीछे छूट गया है। आपसी सहभागिता (समाज के उच्च और निम्न वर्ग) और समाज की जरूरतों का अध्ययन कर आर्थिक नीतियाँ तय की जाएँ।

भारत की वर्तमान केंद्र सरकार 2014 से माननीय प्रधानमंत्री श्री नरेंद्र मोदी के नेतृत्व में गरीबों के कल्याण के लिए ऐसी योजनाओं को लेकर चल रही है, जिससे देश में जो लोग आर्थिक और सामाजिक रूप से पिछड़े हुए हैं, उनको अत्यधिक लाभ होगा। भारत शुरू से ही विविधताओं से पूर्ण देश है, यहाँ अनेक धर्म-पंथ, अनेक जातियाँ रहती हैं। इतिहास का अध्ययन करने पर यह ज्ञात होता है कि कुछ जातियों की भारत में आर्थिक स्थिति सैकड़ों वर्षों से अपेक्षाकृत बेहतर नहीं रही है। यही कारण रहा है कि भारतीय समाज में कुछ विशेष जातियों के साथ सदैव भेदभाव होता रहा है और समाज में उनकी भागीदारी बराबरी की नहीं रही है, वहाँ जातियाँ सदैव सेवा से जुड़े कार्यों में सक्रिय रही हैं, मगर अभी भी वे लोग आर्थिक और सामाजिक रूप से पिछड़े हुए हैं। केंद्र और राज्य सरकारों ने मिलकर समाज में समरसता को कायम करने के लिए आर्थिक रूप से बराबरी पर विशेष ध्यान दिया, क्योंकि सरकारों का मानना है कि सामाजिक समरसता के लिए आर्थिक बराबरी अनिवार्य आवश्यकता है। पिछली सरकारों ने भी इन बातों पर ध्यान दिया, मगर अपेक्षाकृत वह बहुत सफलतम कार्य नहीं कर पाई, उन्होंने सोचा ही नहीं कि आर्थिक तरीके से भी समाज को समरसता के भाव से एकीकृत किया जा सकता

है। वर्तमान केंद्र सरकार का ध्येय अधिक तीव्र एवं समावेशी विकास का है और इसके पीछे का मूल उद्देश्य आर्थिक समानता है, अर्थात् अंत्योदय आधुनिक युग में सर्वोदय, सिर्फ साधु–संतों, समाज सुधारकों या धर्म से जुड़ा विषय नहीं रह गया है, बल्कि यह साफ तरीके से सरकार की आर्थिक नीतियों से संबंधित विषय हो गया है। अंत्योदय को आर्थिक दृष्टिकोण से देखना एक नवीन विचार है, जिसे अधिकांश सामाजिक और आर्थिक वैज्ञानिक स्वीकार करते हैं। पिछले 6 वर्षों में केंद्र सरकार की आर्थिक नीति ने समाज में समरसता स्थापित करने का एक अनुपम उदाहरण प्रस्तुत किया है। सरकार की जितनी भी योजनाएँ हैं, उनके लाभ को समाज के हर वर्ग, जाति और धर्म के बीच बिना किसी भेदभाव के पहुँचाने का कार्य किया जा रहा है, जिससे समाज में निर्धन और संपन्न के बीच की खाई खत्म हो रही है। यह खाई ही भारत में समरसता स्थापित करने में सबसे बड़ी बाधा है, लेकिन सरकार ने आर्थिक नीतियों के माध्यम से समाज में एकात्मता और समरसता स्थापित करने का जो कार्य किया है, वह निश्चित रूप से सभी सामाजिक और आर्थिक वैज्ञानिकों के लिए अध्ययन का विषय होगा।

इस अध्ययन से दुनिया को वैश्विक स्तर पर अंत्योदय स्थापित करने का एक नवीन विचार या आर्थिक शब्दावली में कहें तो एक नया मॉडल मिलेगा कि कैसे 21वीं शताब्दी में आर्थिक योजनाओं के जरिए समाज के हर वर्ग के बीच समानता स्थापित करते हुए समाज में आर्थिक संपन्नता लाई जा सकती है। भारत के विकास में सर्व समाज को आर्थिक व सामाजिक रूप से समानता प्रदान करने का उच्चतम कार्य सरकार लगातार कर रही है।

□

9

मजबूत अर्थव्यवस्था के लिए दीर्घकालिक लक्ष्य

अर्थव्यवस्था में मंदी का दौर चल रहा है। भारत का सकल घरेलू उत्पाद, 2020-21 वित्तीय वर्ष की पहली तिमाही में 23.9 की तेजी से नीचे गिरा है। पूरे विश्व की अर्थव्यवस्थाएँ मौजूदा संकट से निपटने के लिए राजकोषीय और मौद्रिक प्रोत्साहन पैकेज दे रही हैं।

भारत ने भी अपने जी.डी.पी. का 10 प्रतिशत प्रोत्साहन पैकेज के रूप में देने की घोषणा की है। यह पैकेज अर्थव्यवस्था की वर्तमान स्थिति को सँभालने के लिए दिया जा रहा है। इसका दीर्घकालीन स्थिति से संबंध नहीं है।

हमें अल्पकालिक प्रोत्साहन और किसी समाज के सतत विकास हेतु अपनाई जानेवाली दीर्घकालिक रणनीति के बीच के अंतर को समझते हुए कदम उठाने चाहिए।

सर्वप्रथम कृषि को धारणीय बनाने पर विचार होना चाहिए। यह हमारे देश की 50 प्रतिशत भूमि, 85 प्रतिशत जल, रसायन की भारी मात्रा के उपयोग और 50 प्रतिशत जनसंख्या को निम्न आयवाली आजीविका देने के लिए जिम्मेदार है। हमारे देश के समाज के सतत विकास हेतु इसकी केंद्रीय भूमिका है।

ऊर्जा क्षेत्र का रूपांतरण किया जाना चाहिए। हम इस दिशा में परिवर्तन के बहुत करीब हैं। थोड़े से प्रोत्साहन और शोध-अनुसंधान से हम ऊर्जा का एक ऐसा नया ढाँचा खड़ा कर सकते हैं, जो नवीनीकृत ऊर्जा, बैटरी स्टोरेज, स्मार्ट ग्रिड और उद्योगों के लिए हाइड्रोजन ईंधन का आधार बनेगा।

बुनियादी ढाँचों को लचीला बनाएँ। सरकार द्वारा दी जानेवाली प्रोत्साहन राशि से अनेक सड़कें, हवाई अड्डे, इमारतें वगैरह बनाई जाती हैं। अगर हम इन्हें

धारणीयता की दृष्टि से ग्रीन बनाएँ तो इसके दीर्घकालिक लाभ मिल सकते हैं।

प्रकृति में निवेश करें। हम प्रतिदिन जलवायु परिवर्तन से आनेवाली आपदाओं से जूझ रहे हैं। अगर हम वनोन्मूलन को रोक सकें तो रेगिस्तान का बढ़ता विस्तार रुक सकता है। मृदा की गुणवत्ता बेहतर हो सकती है। वेटलैंड्स और वनों से जलवायु में लचीलेपन के साथ आजीविका के साधन बढ़ सकते हैं।

छोटे व स्थानीय व्यापार को बढ़ावा दिया जाए। रोजगार के अवसर बढ़ाने और आपूर्ति शृंखला की धारणीयता एवं लचीलेपन के लिए छोटे व स्थानीय व्यापार ही आधार बन सकते हैं।

सामाजिक पूँजी और प्रशासन में निवेश बढ़ाया जाए। एक शिक्षित-स्वस्थ समाज और प्रशासन में सुधार के बिना किसी भी दीर्घकालिक लक्ष्य का कोई अर्थ नहीं रह जाता है। अतः इस पर निवेश किया जाना चाहिए।

भारत के पुनर्निर्माण में धन और समय, दोनों की ही आवश्यकता रहेगी। हमें हर चाल इस प्रकार से चलनी होगी कि हम अपने समाज और अर्थव्यवस्था को मनचाहे आकार में ढाल सकें।

□

10

प्रकृतिमूलक भारत की समाज-रचना

भारत आरंभ से ही प्रकृति प्रदत्त समाज रहा है। भारत के मूल-मूल में प्रकृति के गुण विद्यमान हैं। भारतीय समाज में इसे ईश्वर का स्थान प्राप्त है। भारतीय धर्मों में ईश्वर के साथ प्रकृति को भी जोड़ा गया है। भारतीय संस्कृति में प्रकृति के हर रूप की आराधना और संरक्षण करने का कार्य सृष्टि के आरंभ से ही चला आ रहा है। इस कारण समाज का प्रत्येक अवयव प्रकृति के साथ अपना जुड़ाव महसूस करता है और उसके संरक्षण व संवर्धन के लिए कार्य करता है। भारत के चिंतन में ही प्रकृतिमूलक समाज की रचना व्यवस्था है। भारत में ऋग्वैदिक काल से ही भूमि को माता और नभ को पिता के समान प्रमुखता दी गई है। जहाँ पशु, पक्षी, पेड़, पौधे, जल, अग्नि, वायु, भूमि आदि को देव और देवियाँ मानकर पूजा जाता है। भारतीय दर्शन में प्रकृति को देवरूप ही देखा जाता है। उदाहरण—गाय को माता, तुलसी के पौधे को माता, भूमि को माता, पीपल और बरगद के वृक्ष को देव, नदियों को माँ और वायु, अग्नि, जल आदि को देवता का दर्जा यहाँ दिया जाता है। शांत वातायन-पर्यावरण आनंदित करते हैं। अशांत माता पृथ्वी और पिता आकाश हमारी अशांति का कारण बनते हैं। यजुर्वेद के एक प्रमुख श्लोक में सारे पर्यावरण को शांतिमय बनाए रखने की प्रार्थना है। इस श्लोक में द्युलोक, अंतरिक्ष और पृथ्वी से शांति की भावप्रवण प्रार्थना की गई है। "ॐ द्यौ शांतिरंतरिक्षः शांतिः पृथ्वी शांतिरापः शांतिः रोषधयः शांतिः। वनस्पतयः शांतिर्विश्वे देवाः शांतिब्रह्म शांतिः सर्वं: शांतिः शांतिरेव शांतिः सा मा शांतिरेधि ॐ शांतिः शांतिः शांतिः ॐ" —(यजुर्वेद- 36.17)

अर्थात जल शांति दे, औषधियाँ-वनस्पतियाँ शांति दें, प्रकृति की शक्तियाँ-विश्वदेव, संपूर्ण ब्रह्मांड शांति दे। चारों ओर शांति हो, शांति भी हमें शांति प्रदान करे। इस श्लोक में शांति को भी एक देव माना गया है।

भारत में प्राचीन काल से ही पर्यावरण का चिंतन होता आया है, जहाँ आज विश्व में पर्यावरण को लेकर बड़े-बड़े सम्मेलन हो रहे हैं। आज पर्यावरण संकट को लेकर विश्व जगत् में बेचैनी फैली हुई है। पाश्चात्य चिंतन में प्रकृति के दोहन की लंबी शृंखला रही है। उन्होंने आर्थिक और विज्ञान के विकास को आधार बनाकर पर्यावरण को दूषित किया है। परंतु भारतीय चिंतन में सदैव प्रकृति के उपयोग की परंपरा रही है, दोहन की नहीं। पंडित दीनदयाल उपाध्याय भारतीय चिंतन के इसी मूल स्वभाव की बात अपने एकात्म मानव दर्शन में करते हैं, वे कहते हैं कि प्राकृतिक संसाधनों का मितव्ययिता और संवर्धन के साथ उपयोग करना चाहिए।

आज जब प्राकृतिक आपदाएँ समाज की रचना को ध्वस्त कर रही हैं, तब हमें आज यह महसूस होने लगा है कि प्रकृति ने अब तक जो हमें दिया और हमारे द्वारा उसे जो उपयोग से ज्यादा उपभोग किया गया, आज वह हमसे उसका बदला ले रही है। पिछले कई माह हम सभी ने कई बड़ी आपदाओं का सामना किया है, जो मानवीय नहीं था। उसका भयावह परिणाम आज हम सभी के समक्ष है। कोरोना वायरस, वनों में लगती आग और कई चक्रवाती तूफानों ने पूरी दुनिया को हिलाकर रख दिया है। अगर हम आज भी सचेत नहीं हुए और जंगलों व उनकी जैवविविधता की चिंता नहीं की तो संपूर्ण समाज को इसके और अधिक गंभीर परिणाम देखने को मिलेंगे। प्रकृति के प्रति समाज की सापेक्ष दृष्टि के बिना समग्र सृष्टि का चिंतन अधूरा है। अगर हम इतिहास देखेंगे तो हमें जानकारी मिलेगी कि जब भारत में महानगरों का विकास हो रहा था तब भी पर्यावरण सुरक्षा और संवर्धन का उल्लेख मिलता है। भगवान् श्रीकृष्ण ने प्रकृति के संरक्षण का संदेश देने के लिए गोवर्धन पर्वत और गाय चराने का उदाहरण समाज के समक्ष पेश किया। तथागत बुद्ध ने अपने भाष्यों में कहा कि प्रत्येक मनुष्य को हर वर्ष कम-से-कम एक वृक्ष अवश्य लगाना! चाहिए। दिग्विजय चक्रवती सम्राट् अशोक ने वनों, वन्य ज़ीवों के संरक्षण और संवर्धन के बारे में आदेश दिए थे। आज भी शिलालेखों में यह वर्णन देखने को मिलता है। भारतीय जीवन संस्कृति में मनुष्य, पशु-पक्षी, कीट-पतंग, जलीय जीव, पेड़ व पौधे, नदी व सागर, भूमि व पहाड़ आदि सभी का आपस में परस्पर संबंध सिद्ध किया। हमारे प्राचीन ग्रंथों का शोध करने पर प्रमाणित होता है कि हमारे भारतीय समाज में प्रकृति के रक्षण और उपयोग के नियम विद्यमान थे। उनका अनुपालन समाज के द्वारा किया जाता था। इसे हम 'मत्स्यपुराण' में वर्णित ऋषि मनीषा के द्वारा लिखित निम्नलिखित श्लोक से समझ सकते हैं—

"दशकूपसमा वापी, दशवापीसमो ह्रदः
दशह्रदसमः पुत्रो, दशपुत्रसमो द्रुमः।"

इसका अर्थ है कि एक बावड़ी 10 कुओं के समान होती है। एक तालाब 10 बावड़ियों के समान होता है। एक पुत्र दस तालाबों के समान होता है। एक वृक्ष दस पुत्रों के समान होता है। यह श्लोक प्रकृति की उपयोगिता को भारतीय दर्शन में प्रतिपादित करता है।

इसी प्रकार अथर्ववेद के पृथ्वी सूक्त में बताया गया है कि "हे वात्सल्यमयी भूमि! जो कुछ भी मैं आपसे प्राप्त करूँगा, वह उतना ही होगा, जिसे आप पुनः उत्पन्न कर सकें। हे माँ! मैं आपकी ऊर्जा शक्ति पर कभी प्रहार नहीं करूँगा। माँ, आपकी पवित्र गंध हम सभी सृष्टि के प्राणियों को एक सूत्र में बाँधे हुए है। यह सूत्र, यह संबंध सिर्फ मनुष्य के साथ ही नहीं है, समग्र सृष्टि के साथ है। यह प्रेमपूर्ण संबध ऐसे ही बना रहे।"

भारत में समाज द्वारा प्रकृति को बचाने के लिए किए गए जन-आंदोलन

जब भी कोई प्राकृतिक आपदा या पर्यावरण प्रदूषित होता है और समाज में जीवन के भय की स्थिति बनती है, प्राकृतिक संसाधनों पर मनुष्य का नियंत्रण समाप्त होता जाता है, वनों और वृक्षों का कटान बढ़ जाता है, तब समाज में पर्यावरण को बचाने के प्रयास प्रारंभ होते हैं और कुछ अभियान बड़े आंदोलन का रूप लेते हैं। भारत के प्रमुख वृक्ष बचाओ आंदोलन थे—उत्तरी कर्नाटक का अप्पिको आंदोलन, केरल का शांति घाटी आंदोलन, उत्तराखंड का चिपको आंदोलन, राजस्थान का विश्नोई समाज आंदोलन आदि।

जीवन में जंगलों की आवश्यकता

समाज जीवन और प्रकृति के संरक्षण के लिए जंगलों की जरूरत असांशयिक है, क्योंकि वे स्वयं की प्राकृतिक शुद्धता चक्र को व्यवस्थित रख प्राणवायु (O_2) का संतुलन बनाने तथा उसे सुरक्षित बनाए रखने में अपना योगदान देते हैं। वनों का अत्यधिक कटान होने से पर्यावरण का संतुलन बिगड़ रहा है और अगर इसी प्रकार से वृक्ष घटते रहे तो पृथ्वी पर ऑक्सीजन की कमी हो जाएगी। पर्यावरण में अगर ऑक्सीजन की कमी होती है तो जीवन पर संकट खड़ा हो जाएगा। इस जरूरत के कारण वन की महत्ता अपरिवर्जनीय है। प्रकृति के अधिकतर अवयवों को सहयोग

उपलब्ध कराने में वनों की महत्त्वपूर्ण भूमिका है। मानव जीवन के लिए औषधियाँ, भोजन, उद्योगों के लिए कच्चा माल, ये सभी हमें वनों के माध्यम से ही प्राप्त होते हैं। अगर वृक्ष न हों तो भूमि पर ग्लोबल वार्मिंग की मार पड़ेगी, इसलिए इनके द्वारा वातावरण के तापमान को नियंत्रित रखा जाता है। वन पशु और मानव के जीवन के बीच संतुलन बनाए रखने में बहुत महत्त्वपूर्ण भूमिका का निर्वहन करते हैं। हमने जब से जंगलों का अत्यधिक दोहन करना शुरू किया तब से मनुष्य और पशुओं के मध्य संबंधों का संतुलन बिगड़ गया है। 4 जून, 2020 को केरल की घटना ने हम सबको हिलाकर रख दिया था जिसमें एक गर्भवती हथिनी को विस्फोटक खिलाकर मार दिया गया।

जंगलों का योगदान पर्यावरण के संरक्षण के लिए बहुआयामी है। वे धरती के इको सिस्टम को संतुलित रखने में सहायता करते हैं।

समाज और वन की परस्पर निर्भरता

समाज द्वारा अपने नागरिक कर्तव्यों का निर्वहन कर वन संरक्षण और संवर्धन के लिए उपयोगी सुझाव संबंधित विभाग या संगठनों को दिए जा सकते हैं। जैसे पहला सुझाव सरकार के मौजूदा प्रयासों की समीक्षा कैसे हो और मौजूदा योजनाओं का क्रियान्वयन और अच्छे प्रकार से कैसे किया जाए? दूसरा महत्त्वपूर्ण सुझाव यह है कि जलवायु परिवर्तन के प्रतिकूल प्रभाव को घटाकर जंगलों की सेहत तथा दायित्वों को स्थिर रखना। यानी कि जंगल और जैवविविधता को संरक्षित रखने के लिए हर वन समुदाय को जलवायु की प्रतिकूलता के प्रभाव को रोकने के लिए समाधान निकालने योग्य बनाना। इन सबके लिए वन मंत्रालय को अपनी कार्ययोजना में दो प्रमुख सुधारात्मक कार्य करने की जरूरत है। पहला कार्य जंगलों में पानी के प्राकृतिक और कृत्रिम भंडारों का संरक्षण और संवर्धन हो, नदियों में जल के अविरल प्रवाह के लिए उचित व्यवस्था की जाए, नमी की उपलब्धता के लिए पेड़ों को और अधिक संख्या में रोपित किया जाए, जैवविविधता जैसे अनेक महत्त्वपूर्ण विषयों को यथेष्ट रूप से समाहित करना होगा। दूसरे सुधार कार्य के अंतर्गत मृदा के कटाव और जल संरक्षण के कामों की तकनीकी दक्षता को और अधिक कामयाब बनाना होगा।

प्रमुख वनसमाजसेवी श्री कृष्ण गोपाल व्यास अपनी पुस्तक 'समाज, प्रकृति और विज्ञान' में समाज और प्रकृति के महत्त्व को समझाने के लिए बताते हैं कि

समाज द्वारा कार्ययोजना में दोहन और उत्पादन के संतुलन एवं जैवविविधता को आदर्श बनाने तथा मिश्रित वनों को विकसित करने हेतु सरकार से आग्रह किया जा सकता है। समाज की अपेक्षा होगी कि सामुदायिक वनों के विकास में ग्रामीण समाज की जिम्मेदारी बढ़े। वन विभाग को इसके लिए शुरुआत करनी होगी। समाज चाहेगा कि वन संपदा का दोहन प्रकृति से तालमेल और वनों की कुदरती भूमिका को ध्यान में रखकर हो। समाज की यह भी अपेक्षा है कि सरकार की भूमिका संरक्षक तथा वन विभाग की भूमिका सहयोगी और उत्प्रेरक की हो। वनों की सुरक्षा करनेवाले समाज को उसका संरक्षक और लाभार्थी बनाया जाए। इंडियन फॉरेस्ट एक्ट 1927 में उल्लेखित ग्राम वन की अवधारणा को तुरंत लागू करना चाहिए।

देश का नागरिक वनों में जाकर वृक्षारोपण नहीं कर सकता, पर अपने घर के आसपास तो वृक्ष लगाने का कार्य कर सकता है। उनका रक्षण और संवर्धन कर सकता है। अनेक नगरीय निकाय तथा पंचायतें स्मृति-वनों को प्रोत्साहित करते हैं। हम अपने आसपास प्राणवायु बढ़ानेवाले कार्यक्रमों को सफल बनाने में अपना योगदान दे सकते हैं। सूखते पेड़ों को पानी देकर उन्हें बचा सकते हैं।

हरियाली से जुड़ा हर प्रयास हकीकत में योगदान होता है। उस नागरिक दायित्व को पूरा करने के लिए अपने घर में किचिन गार्डन, फूलवाले वृक्ष तथा सब्जियाँ लगाएँ। संभव हो तो टैरेस गार्डन विकसित करें। बड़े नगरों में हम बहुमंजिला इमारत बनाने में लगे हैं। इनमें बहुत से लोग निवास करते हैं। उनकी ऑक्सीजन की जरूरत को पूरा करने के लिए बहुमंजिला इमारतों के आसपास सघन वृक्षारोपण करना चाहिए। लकड़ी के फर्नीचर का कम-से-कम उपयोग करें। कागज के इस्तेमाल में संयम बरतें। कागज के दोनों ओर लिखें। इससे लगभग 50 प्रतिशत कागज तो बचेगा ही, वन भी बचेंगे। रीसाइकिल्ड कागज का उपयोग बढ़ाएँ। उसी से बने लिफाफे, बधाई कार्ड और कंप्यूटर संदेश का उपयोग करें। रेल टिकिट की हार्ड कॉपी के स्थान पर मोबाइल पर दर्ज टिकिट संदेश को बढ़ावा दें। अधिक-से-अधिक कैशलेस ट्रांजेक्शन करें। और भी अनेक तरीके हैं, जिन्हें अपनाने से जंगल बचाए जा सकते हैं। सामाजिक दायित्व पूरा किया जा सकता है।

वनों से समाज को रोजगार की प्राप्ति

लोक-अनुष्ठान—चिपको आंदोलन के प्रणेता चंडी प्रसाद भट्टजी अपनी एक कृति 'लोग और वनस्पति उपज' में लिखते हैं कि जंगलों एवं वानस्पतिक उपज

के विनाश का सबसे ज्यादा असर गरीब लोगों पर पड़ता है। इससे कई क्षेत्रों में तो वे इस प्रक्रिया के चलते बदहाली और कंगाली की स्थिति में पहुँच गए हैं। गाँव में काम करनेवाले मित्रों एवं संस्थाओं तथा मेरा प्रत्यक्ष अनुभव है कि हमारे देश में गरीबी दूर करना इसलिए कठिन है, क्योंकि हम अपने जंगलों एवं वनस्पतियों का ठीक से प्रबंध नहीं कर पा रहे हैं। जंगल और वनस्पतियों के संतुलन के गड़बड़ाने से गरीबी और सघन होती नजर आती है। कारण साफ है, लेकिन हमारे नीति-नियंता स्वीकार करने के लिए तैयार नहीं हैं।

बताया जाता है कि हमारे देश के एक लाख सत्तर हजार से अधिक गाँव जंगलों के बीच में या जंगलों के आसपास हैं। इनकी अधिकांश आबादी जंगलों पर आधारित है और उनमें से अधिकांश की आर्थिकी वन उपज के साथ सीधी जुड़ी है। एक तरह से देखा जाए तो उनका सारा जीवन वानस्पतिक उपज पर आधारित है। अन्न, चारा, घास, जलावन, पत्ते, छिलके, मकान और पशुशाला के लिए लकड़ी-बल्लियाँ आदि वनौषधि, जड़ी-बूटियाँ, कंद-मूल, रेशा, फल, सूखे मेवे, साग-सब्जी, सभी वानस्पतिक उपज ही हैं।

जीवन का दूसरा सबसे महत्त्वपूर्ण आधार जल है। यह वानस्पतिक उपज नहीं है। परंतु इसकी प्राप्ति भी आसपास की वनस्पति के घनत्व पर निर्भर है। बारिश की बूँदें जब धरती पर गिरती हैं तो विनाशक भी हो सकती हैं और कल्याणकारी भी। किंतु यह इस बात पर निर्भर है कि वहाँ वनस्पति का स्वरूप कैसा है? वहाँ की धरती में इनकी बूँदों को अपने में समाहित करने की शक्ति है?

यह इस बात पर निर्भर है कि वहाँ के लोग इस भूमि का प्रबंधन कैसे करते हैं। इस प्रकार वन एवं सघन वनस्पति पानी के विशाल जीवित स्पंज हैं। वनों और वर्षा के उत्पादक संबंधों की चर्चा करते समय इसमें कोई विवाद नहीं है कि वन स्वच्छ, ताजे जल की विश्वसनीय आपूर्ति उपलब्ध कराते हैं। न केवल जल को छानते और साफ करते हैं, बल्कि मृदा क्षरण रोकने, जलाशयों में अवसादन घटाने और भूस्खलन और बाढ़ को कम करने में महत्त्वपूर्ण भूमिका निभाते हैं। वनों के द्वारा भूजल भंडारों के पुनर्भरण में सहायता मिलती है।

हमारी अधिकांश नदियों को हिमनदों और भूजल भंडारों से जल प्राप्त होता है। वन इन जल भंडारों का पुनर्भरण करते हैं। इस प्रकार जंगल एक बार नष्ट हो जाता है तो ये भूजल भंडार भर नहीं पाते, जिससे स्रोत सूख जाते हैं। सदाबहार झरने मात्र बरसात के दिनों में प्रवाहित होते हैं। वानस्पतिक आवरण के नष्ट होने से पानी का संतुलन बुरी तरह गड़बड़ा जाता है।

हमारा देश मानसूनी वर्षा पर अवलंबित है। बारिश में नियमितता और संतुलन नहीं है। मानसून के दिनों में इतना ज्यादा पानी बरस जाता है कि बाढ़ आने लगती है और गरमी के मौसम में लोग पानी की बूँद-बूँद के लिए तरस जाते हैं।

वनों पर लोगों की खाद्य सुरक्षा भी निर्भर है। वन टिकाऊ, कृषि उत्पादन के लिए अनुकूल परिस्थिति पैदा करते हैं। कृषि क्षेत्रों से जुड़े वनों से नमी एवं पोषक तत्त्व खेतों को मिलते हैं। इसलिए बसाहटें वहीं बसीं, जहाँ न केवल जीवनयापन की आधारभूत सुविधाएँ—जल, जंगल, जमीन की तात्कालिक सुविधाएँ थीं, बल्कि उनके संरक्षण और विकास की व्यापक संभावनाएँ मौजूद थीं। इस प्रकार की बसाहटों के बहुमुखी लाभ थे।

जंगल न केवल ईंधन, चारे, जंगली फल-सब्जियाँ, इमारती और कृषि यंत्रों को लकड़ी उपलब्ध कराते हैं, बल्कि मृदा और जलसंरक्षण का महत्त्वपूर्ण कार्य करते हैं। पत्तियों-टहनियों की खाद खेतों को प्राप्त होती है, जो जैविक उर्वरता बनाए रखने में मददगार सिद्ध होती है। उत्तराखंड, हिमाचल आदि राज्यों के कई गाँवों में जंगल खेतों से इस प्रकार जुड़े हुए देखे जा सकते हैं। वनों की निगरानी बहुत सावधानी से की जाती है, क्योंकि लोगों को मालूम है कि इससे खेतों के उत्पादन में बढ़ोतरी होगी।

□

11

भारत का ग्राम्य विकास और अंत्योदय

हिंदुस्तान को कृषि प्रधान और गाँवों से बना हुआ देश कहा जाता है। यहाँ कोटि-कोटि ग्रामवासी समुदाय है। इसलिए भारत की सभ्यता व अर्थव्यवस्था सर्वदा ही ग्रामीण प्रधान रही है। स्वतंत्रता आंदोलन के समय भारतीय राजनेताओं के समक्ष भारत का कृषि या ग्रामीण प्रधान भारत का चित्र था। उस समय जब भी स्वतंत्र भारत की कल्पना की जाती थी तो हमेशा ग्रामीण प्रधान अर्थव्यवस्था के बारे में सोचा जाता था। एक तथ्य पर हमेशा जोर दिया जाता था कि भारत की अधिकतम जनसंख्या छोटे-छोटे ग्रामों में रहती है। उस समय के सुप्रसिद्ध राष्ट्रकवि श्री मोहन लाल द्विवेदी का यह गीत प्रसिद्ध था—

"है सच्चा हिंदुस्तान कहाँ, वह बसा हमारे गाँवों में"

महान् कवि सुमित्रानंदन पंत ने भी कहा था—"हे भारत माता ग्रामवासिनी", इन्हीं सब बातों को ध्यान में रखकर महात्मा गांधी ने ग्रामीण प्रधान अर्थव्यवस्था की कल्पना की थी। गांधीजी बार-बार कहते थे कि स्वतंत्र भारत में देश की प्रगति तभी होगी, जब अर्थव्यवस्था गाँव से शुरू हो। ग्राम आबाद होंगे तो हमारा भारत स्वयं समृद्ध हो जाएगा।

अपने देश में उद्योग, व्यापार व कृषि इनकी कभी प्रतिस्पर्धा नहीं रही, इनको परस्पर पूरक माना गया। इसलिए कृषि का क्षेत्र हमारे देश में बहुत बड़ा है तथा हमारा किसान स्वभाव में न केवल अपने परिवार का, अपितु सबका भरण-पोषण करनेवाला है। वह आज परेशान है। वह बाढ़ और अकाल की, आयात-निर्यात नीति की, फसल बढ़ाने पर भारी कर्जे की व कम भाव की व फसल बरबाद होने पर सब तरह से नुकसान की मार झेलकर निराश होने लगा है। एक भाव घर करता हुआ आ रहा है कि नई पीढ़ी पढ़ेगी तो शहरों में जाकर बेरोजगारी बढ़ जाएगी, गाँव

में रहकर खेती का कार्य करना पसंद नहीं करेगी और यदि खेती के काम करती है तो देहातों के सुविधा शून्य जीवन में ही पड़ी रहेगी। परिणामस्वरूप गाँव खाली हो रहे हैं और शहरों का दबाव बढ़ता जा रहा है। केवल तात्कालिक राहत इस समस्या का समाधान नहीं है। नई तकनीकी व अप्रदूषणकारी परंपरागत तरीकों से कहीं से ऊर्जा लिये बिना किसान कम लागत में खेती कर सके, यह रीति–नीति सीखनी पड़ेगी। नई तकनीकी का भी उसके जमीन, पर्यावरण व मनुष्य के स्वास्थ्य पर कोई घातक, दीर्घकालिक दुष्परिणाम नहीं है, इसकी व्यापक परीक्षा करने के बाद ही स्वीकार करना होगा। अपने परिवार को चलाकर अगले वर्ष की खेती कर सकें, इतना लागत व्यय पर लाभ देनेवाला फसल का न्यूनतम मूल्य किसानों को मिलना चाहिए। कृषि का आधुनिकीकरण होना चाहिए और कृषि को उद्योग का दर्जा देना चाहिए। इसी हिसाब से कृषि की नीति का क्रियान्वयन करना चाहिए।

श्री दीनदयाल उपाध्याय महात्मा गांधीजी के बाद एक प्रमुख आर्थिक और सामाजिक चिंतक थे। उनकी दूरदृष्टि ने व्यावहारिक, गाँव व निर्धन संबंधित अर्थव्यवस्था पर अपना महत्त्वपूर्ण पक्ष रखा है। प्रथम दो पंचवर्षीय योजनाओं पर लिखी गई उनकी पुस्तक उस समय विशेष चर्चित हुई थी। उन्होंने पूरे आर्थिक चिंतन को एकात्म मानव दर्शन के रूप में एक नवीन चिंतन दिया था। वे मानव से सामाजिक और आर्थिक समरसता एवं समग्रता के लिए विशेष आग्रह करते रहे। 15 अगस्त, 1947 को भारत को मिली आजादी के बाद सबने भारत को कृषि प्रधान अर्थव्यवस्था में देखने के सपने को भुला दिया। स्वामी विवेकानंद, महात्मा गांधी और आचार्य नरेंद्र देव के विचारों को भुला दिया गया। देश में नगरीय विकास और बड़े–बड़े उद्योगों को स्थापित करने के लिए योजनाएँ आने लगीं। देश का विकास तो होने लगा, मगर देश का सतही सामाजिक न्याय न हो सका। विकास का सबसे ज्यादा लाभ देश के आर्थिक रूप से संपन्न समाज ने उठाया, मगर पिछड़ा हुआ समाज पिछड़ा ही रह गया। देश का अधिकतम गरीब तबका आज भी गरीब है। न उसके पास रहने के लिए घर है, न पीने का शुद्ध पानी, न स्वास्थ्य के लिए बेहतर सुविधाएँ, न रोजगार की व्यवस्था, न सड़क, न पढ़ाई के उचित संसाधन, न बिजली, न सिंचाई के लिए पानी, मगर फिर भी समाज संघर्षों के साथ जी रहा है। न उसकी आज कोई शिकायत है, न कल थी, क्योंकि वह उसको अपना भाग्य मान चुका है। मगर कुछ सरकारों ने इनके आर्थिक विकास के लिए बहुत कार्य करने की चेष्टा की है, वह कुछ हद तक सफल भी हुए हैं, मगर अभी रास्ता बहुत लंबा

है। इस तबके के लिए अभी बहुत काम करना बाकी है। इन लोगों के लिए अभी सामाजिक न्याय होने में काफी समय लगेगा।

शोध द्वारा निकाले गए कुछ निष्कर्षों से हम किसान की जीवन-शैली और उन्हें आर्थिक रूप से सक्षम बनाने के लिए कुछ नवीनतम प्रयोग कर सकते हैं, इन प्रयोगों में सरकार और समाज दोनों की बराबरी की भागीदारी की जरूरत है। जो निम्नलिखित प्रकार से है—

कम खर्चे में कृषि, जैविक कृषि की बात आती है तो स्वाभाविक ही यह बात भी सामने आती है कि अपने देश में बड़े प्रमाण में कृषक अल्प भूधारक तथा सिंचन व्यवस्था रहित भूमि में कृषि करनेवाला है। पारंपरिक खेती में कुछ आंशिक परिवर्तन करके एक फसल लेने के बजाय दूसरी फसल भी ले सकते हैं, जैसे गेहूँ के साथ हल्दी की फसल। कुछ खास प्रयोग करके कृषि के लिए तो कम व्यय में विषमुक्त खेती करने का सहज-सुलभ उपाय गौ-आधारित खेती ही है। इसलिए गौरक्षा तथा गोसंवर्धन की गतिविधि को ग्राम विकास का मान बिंदु माना जाए। देशी गाय के दूध में A2 (A.W.) प्रकार का दूध, जिसकी मनुष्य के पोषण की दृष्टि से उच्चतम उपयुक्तता तथा गोमय व गोमूत्र में पाई जानेवाली मनुष्य व पशुओं की चिकित्सा तथा भूमिसुधार में भी योगदान करनेवाले व हानिकारक प्रभावों से रहित खाद व कीट नियंत्रकों के निर्माण में उपयुक्तता अब विज्ञान सिद्ध है और उसके कई अनुसंधान भी चल रहे हैं।

सरकार द्वारा किसानों को आर्थिक रूप से संपन्न बनाने के लिए विभिन्न प्रकार के कार्यक्रम देश में चलाए जा रहे हैं, जो अच्छा प्रयास है। इन सब योजनाओं के कार्यक्रम से किसानों की स्थिति सुधर रही है, मगर इन सबका लाभ एक बहुत बड़े वर्ग को नहीं मिल सका है। भारत में आज भी किसानों और कृषि मजदूरों की दशा एक चिंताजनक विषय बनी हुई है। वह कर्ज के कारण आत्महत्या कर रहा है। रोजगार के लिए कृषि को छोड़कर नगरों में मजदूरी के लिए जाने को मजबूर है। ऐसे में सरकारें कई ठोस कदम उठा रही हैं, जैसे किसानों की कर्ज माफी आदि। मगर उनके कर्ज को माफ करना इस समस्या का पर्याप्त समाधान नहीं माना जा सकता। साथ ही यह देश की अर्थव्यवस्था के लिए भी उचित नहीं है। ऐसे संकट से निपटने के लिए भारत सरकार ने 'किसान सम्मान निधि' योजना शुरू की है। इस योजना में भू-स्वामी कृषकों को 6000 रुपए DBT के द्वारा दिए जाते हैं। यह राशि बीज और कीटनाशकों की खरीद-फरोख्त के लिए सहयोग राशि के रूप में

देखी जा सकती है। वास्तव में देखा जाए तो यह कृषकों के लिए कृषि के अतिरिक्त अन्य आय सिद्ध हो सकती है। यह मदद बड़े व छोटे किसानों के लिए ही लाभकारी होगी। मगर कृषि मजदूरों की हालत फिर भी दयनीय ही बनी रहेगी। इसके लिए हमें किसान और कृषि मजदूरों के लिए आय के विभिन्न आयाम बनाने पड़ेंगे तथा उनके रोजगारों के साधनों में विभिन्नता लानी पड़ेगी।

राष्ट्रीय कृषि और ग्रामीण बैंक (NABARD) के सर्वे के आधार पर वर्ष 2012-13 से वर्ष 2015-16 के बीच भारत में कृषकों की आय में कुल 37.4 फीसदी की वृद्धि हुई थी। बैंकों द्वारा हर तीसरे वर्ष होनेवाले अखिल भारतीय समावेश सर्वेक्षण (एन.ए.एफ.आई.एस.) को आधार मानकर NABARD ने कहा है कि वर्ष 2015-16 में खेती के द्वारा होनेवाली औसत सालाना आय 1,07,172 रुपए पाई गई, जबकि वर्ष 2012-13 में यह 77,977 रुपए थी। सर्वेक्षण के नतीजों के आधार पर नीति आयोग के उपाध्यक्ष राजीव कुमार ने उम्मीद जताई है कि वर्ष 2022 तक किसानों की आय दोगुनी करने का लक्ष्य आसानी से हासिल किया जा सकता है। इस सर्वे के मुताबिक वर्ष 2015-16 के बीच भारत में ग्रामीण परिवार की औसत मासिक आय 8,059 रुपए थी, जबकि उसका औसत खर्च 6,646 रुपए था। कृषि प्रधान परिवारों की मासिक आय का मात्र 43 प्रतिशत ही कृषि आय से प्राप्त होता है। बाकी की पूर्ति के लिए उन्हें मजदूरी और सरकारी रोजगार पर निर्भर रहना पड़ता है।

जिन किसानों के पास अपनी जोत होती है, उनकी आय अपेक्षाकृत अधिक होती है, परंतु उन पर कर्ज का बोझ बहुत अधिक रहता है। किसानों की आमदनी को दोगुना करने के लिए सरकार ने न्यूनतम समर्थन मूल्य में वृद्धि का निर्णय लिया। परंतु यह प्रयास केवल 48 प्रतिशत किसानों को ही लाभ पहुँचा सकता है। गैर-कृषि कर्मवाले मजदूर परिवारों की हालत तो तब भी वैसी ही बनी रहेगी।

जिन किसानों के पास अपनी स्वयं की भूमि नहीं है, ऐसे भूमिहीन एवं सीमांत छोटे किसानों की आमदनी में वृद्धि के लिए ग्रामीण रोजगार के साधनों में विविधता लाए जाने की जरूरत है। विकास अर्थशास्त्री डेनियल कोपार्ड ने 2001 के अपने शोध-पत्र में इस तथ्य को प्रस्तुत किया था। इसके लिए दो ऐसे क्षेत्र हैं, जिनमें पर्याप्त सुधार करके किसानों की आमदनी को बढ़ाया जा सकता है।

1. **ग्रामीण अर्थव्यवस्था में सुधार**—ग्रामीण अर्थव्यवस्था में रोजगार के साधन पैदा करने के लिए विनिर्माण को बढ़ावा देना चाहिए। खाद्य प्रसंस्करण, डेयरी, मुर्गीपालन, मधुमक्खी पालन और मत्स्य पालन ऐसे

उद्योग हैं, जिनमें ग्रामीण स्वरोजगार पैदा किए जा सकते हैं। कोल्ड चेन को बढ़ाकर संरक्षण और आमदनी में वृद्धि की जा सकती है। इसके अलावा बायो-ऊर्जा, कपड़े, फुटवियर और स्मारिका के तौर पर दी जानेवाली वस्तुओं के विनिर्माण से संबंधित इकाइयाँ लगाई जा सकती हैं। सेवा क्षेत्र में कौशल विकास को बढ़ाकर मोबाइल, कंप्यूटर रिपेयर; नर्सिंग, परिवहन, कृषि-पर्यटन आदि के साथ स्थानीय कौशल कलाओं जैसे—नाई, मोची, धोबी, लुहार, सुनार आदि के प्रशिक्षण की सुविधाएँ दिए जाने से विकास होगा। 30 कि.मी. की परिधि में नगरों से जुड़े छोटे कस्बो में नगरीय सुविधाओं का प्रसार होना चाहिए।

2. **पहली और दूसरी श्रेणी के कस्बों के प्रति सरकार की नीति**—इन क्षेत्रों में भी विनिर्माण के बहुत अवसर ढूँढ़े जा सकते हैं। देश के अनेक छोटे व बड़े कस्बों में कुछ हस्तशिल्प लघु उद्योग प्रसिद्ध हैं, जैसे—आगरा का जूता उद्योग, कन्नौज का इत्र उद्योग, मुरादाबाद का बरतन उद्योग, अंबाला का चश्मों के फ्रेम, शिवकाशी का पटाखा उद्योग, तीरुपुर का कपड़ा उद्योग आदि। इन उद्योगों को कॉन्टेक्ट लैब और सौर ऊर्जा के उपयोग के लिए बढ़ावा दिया जाना चाहिए। सरकार को चाहिए कि वह कुछ समय के लिए (तीन से पाँच वर्ष) आयकर में छूट प्रदान करे। राज्य सरकारें उद्योगों की स्वीकृति को आसान बनाएँ और इंस्पेक्टर राज को समाप्त करें, जिससे ग्रामीण अंचल के नौजवानों को रोजगार सहजता और सुलभता से मिल सके। वे कृषि के साथ-साथ अन्य रोजगारों के कार्य भी कर सकें।

3. **पशुपालन**—यह एक ऐसा क्षेत्र है, जिसके माध्यम से किसानों की आय को बहुत बढ़ाया जा सकता है। इसके लिए कुछ परिवर्तनों की आवश्यकता होगी—

- वर्तमान प्रजनन नीति के पुनरुत्थान के साथ-साथ, एक राष्ट्रीय प्रजनन नीति लाई जानी चाहिए, जिससे पशुओं की सर्वोत्कृष्ट स्वदेशी नस्लों को उन्नत बनाया जा सके।
- गाय, बकरी, भेड़ और भैंस आदि के पालन को बढ़ावा दिया जाए।
- स्वदेशी दुधारू पशुओं की नस्लों के विकास को लेकर प्रजनकों के बीच आम राय बनाई जाए। केंद्र सरकार व राज्य सरकारों को चाहिए कि वे राष्ट्रीय प्रजनन नीति के कार्यान्वयन पर ध्यान दें। अकृत्रिम

गर्भाधान के क्षेत्र में प्रतिस्पर्धा का माहौल बनाने में सहायक की भूमिका अदा करें।

- आयात में वृद्धि एवं फीड तकनीक पैकेज के द्वारा चारे की पर्याप्त पूर्ति की जानी चाहिए।
- जानवरों की संख्या पर नजर रखने के लिए प्रौद्योगिकी युक्त सूचना तंत्र व भौगोलिक सूचना तंत्र को इस्तेमाल में लाया जाना चाहिए।
- इस व्यवसाय में निजी निवेश को प्रोत्साहित किया जाए।
- पशु स्वास्थ्य कार्ड को प्राथमिकता दी जाए।

4. प्रवासी कामगारों के लिए नीति—

- कृषि मजदूर शहरों और नगरों में निर्माणाधीन स्थलों पर और अन्यान्य जगहों पर मजदूर भी बड़ी संख्या में काम करते हैं और जीविका कमाते हैं।
- ग्राम स्तर पर इन कृषि मजदूरों को पहचान-पत्र के अभाव में भी सभी सरकारी योजनाओं का लाभ दिलवाने का प्रयत्न किया जाना चाहिए।
- पहचान-पत्र के अभाव में आँगनबाड़ी की सुविधाओं से इन्हें वंचित न किया जाए।
- निर्माण-मजदूरों के लिए नीतियाँ तो अनेक हैं, परंतु उनका लाभ इन्हें नहीं मिल पाता है। अत: योजनाओं का अनुपालन न किए जाने की स्थिति में दंड की व्यवस्था हो। इसकी दंड राशि बिल्डर से वसूल की जाए।
- कामगारों के पंजीकरण कार्ड को जन-धन योजना खातों से लिंक किया जाना चाहिए। विशेष तौर पर महिला श्रमिकों को इससे राहत मिलेगी।
- निर्माण स्थलों पर पालना घर की व्यवस्था हो।
- कामगारों को कौशल विकास का अवसर दिया जाए। इससे उनकी आमदनी और मूल्य; दोनों में ही वृद्धि होगी।

सरकार की नीतियाँ ऐसी होनी चाहिए, जो गाँवों की निर्धन जनता के सतत एवं दीर्घकालीन विकास को बढ़ावा दे सकें। भारतीय ग्रामीण विकास नीति में बाजारों, बुनियादी ढाँचों एवं ऐसे संस्थानों को प्रोत्साहित किया जाना चाहिए, जो पशुपालकों एवं निर्माण-मजदूरों के हितों की रक्षा कर सकें व उनके लिए अनुकूल वातावरण बना सकें।

□

12

भारतीय महिलाएँ और आर्थिक अंत्योदय

भारतीय जीवन दर्शन में महिलाओं का स्थान हमेशा से ही केंद्र में रहा है, क्योंकि स्त्री ही परिवार में धुरी का कार्य करती आई है। उसके इर्दगिर्द ही परिवार और समाज की व्यवस्था की आर्थिक व्यवस्था घूमती है। आज महिलाएँ सिर्फ परिवार व्यवस्था तक ही सीमित नहीं हैं, वे व्यावसायिक और उद्यमिता के क्षेत्र में भी अपने को स्थापित कर रही हैं। मगर वह संख्या अभी बहुत कम है। समाज और देश के विकास के लिए सरकारों, समाज की नीति, व्यवस्था में और निर्णय लेने की सूझबूझ में यह आधार बनाना निराधार नहीं कि वह कितना महिलाओं के लिए सोचनेवाला है। सरकार की नीति, नियत और योजना निर्धारण में महिलाओं को किस स्तर तक आधार बनाया गया है या नहीं?

अंत्योदय भारत के दर्शन में विकास की अवधारणा है, जो अंतिम व्यक्ति के उत्थान के विषय पर चिंतन और मनन करने के लिए प्रेरित करती है और फिर उसे क्रियान्वित करने में सहायता प्रदान करती है। इस सोच को आधार मानकर ही सरकार अपनी योजनाएँ बनाए। किसी भी स्तर के परिवार में भोजन की थाली का क्रम परिवार के सदस्यों का स्थान तय करता है। हर परिवार में भोजन की अंतिम थाली परिवार की महिला अपने लिए ही परोसती है। वह स्त्री अपने घर में अपने पति, बच्चों और परिवार के अन्य सदस्यों को भोजन खिलाते समय आग्रह कर-कर के खिलाती है, मगर जब वह महिला स्वयं भोजन करती है तो उसकी थाली में कोई झाँककर भी नहीं देखता कि उसको कुछ खाने की जरूरत है कि नहीं या उसके लिए कुछ बचा भी है या नहीं? समाज की सबसे निचली पीढ़ी के परिवार में भी आज महिलाओं की यही स्थिति है। इसलिए अंत्योदय का अभिप्राय सीधे महिला जीवन स्तर के उन्नत होने से भी लगाया जा सकता है। वास्तविकता तो यह है कि

स्त्री के जीवन स्तर में उतार-चढ़ाव ही किसी भी देश और समाज की आर्थिक उन्नति और अनुत्तीर्ण के पैमाने होते हैं। हमारा इतिहास भी मुखर होकर कहता है कि जिस कालखंड में महिला चारों पुरुषार्थ (धर्म-अर्थ-काम-मोक्ष) में पुरुष के समकक्ष रही, वही कालखंड विकसित समाज का इतिहास है। आज भी हमारा लक्ष्य और आदर्श वही कालखंड है। ठीक इसके विपरीत जिस समय में स्त्रियाँ परदे के पीछे रहीं, लिखना तो दूर 'अर्स्यपश्या' कहलाईं, उस काल में पुरुष और समाज भी बहुत पीछे गया। अंधकार के युग से भी जाना जाता है वह कालखंड।

भारत में आज के कालखंड में महिला का सामाजिक और आर्थिक अंत्योदय एक चर्चा का विषय है, विशेषकर आर्थिक रूप से पिछड़े और प्रगतिशील राष्ट्रों में, क्योंकि उन्हें बहुत बाद में आभास हुआ कि बिना महिलाओं के आर्थिक और सामाजिक उन्नति नहीं की जा सकती है। स्त्रियों की आर्थिक समृद्धि का अर्थ उनके आर्थिक निर्णयों, आमदनी, संपत्ति और दूसरे प्रकार की चीजों की उपलब्धता से है, ये सुविधाएँ अगर उन्हें प्राप्त हो जाएँ तो वे अपने सामाजिक और आर्थिक स्तर को बढ़ा सकती हैं। सामाजिक और सरकारी स्तर पर इन उद्‍देश्यों की पूर्ति के लिए काफी हद तक प्रयास किए जा रहे हैं।

भारत में महिलाओं के विकास और व्यावहारिक उन्नति को कई बातें अवरुद्ध करती हैं, जो निम्नलिखित हैं—

महिलाओं के प्रति सामाजिक मापदंड

भारत में आज भी कुछ-कुछ स्थानों पर पुरानी और रूढ़िवादी सोच के कारण महिलाओं के घर से बाहर जाने पर पाबंदी है। इस प्रकार के स्थानों में महिलाओं को शिक्षा या फिर रोजगार के लिए घर से दूर जाने के लिए स्वतंत्रता नहीं होती है। इस तरह के परिवेश में रहने के कारण महिलाएँ खुद को पुरुषों से कम आँकने लगती हैं और अपनी वर्तमान सामाजिक और आर्थिक स्थिति को बदलने में नाकाम साबित होती हैं।

महिलाओं का कार्यक्षेत्र में मानसिक और शारीरिक शोषण

महिलाओं पर कार्यक्षेत्र में होनेवाला मानसिक और शारीरिक शोषण भी महिला उत्थान में एक बड़ी समस्या है। निजी क्षेत्र जैसे कि सेवा उद्योग, आई.टी. उद्योग, शैक्षिक संस्थाएँ और निजी स्वास्थ्य सेवा क्षेत्र इस समस्या से सबसे ज्यादा प्रभावित होते हैं। आज के समाज में पुरुष प्रधानता के वर्चस्व के कारण महिलाओं

के लिए और भी समस्याएँ पैदा होती रहती हैं। विगत कुछ वर्षों में इन कार्यक्षेत्रों में महिलाओं के साथ होनेवाले उत्पीड़नों में काफी तेजी से वृद्धि हुई है।

महिलाओं के साथ लैंगिग भेदभाव

देश में आज भी कार्यस्थलों में स्त्रियों के साथ लैंगिक स्तर पर काफी पक्षपात किया जाता है। कई सारे क्षेत्रों में तो महिलाओं को शिक्षा और नौकरी के लिए बाहर जाने की भी इजाजत इतनी जल्दी नहीं मिलती है। इसके साथ ही उन्हें आजादीपूर्वक कार्य करने या परिवार से जुड़े फैसले लेने की भी आजादी नहीं होती है।

कार्यों के भुगतान में असमानता.

देश में आज भी महिलाओं को अपने पुरुष समकक्षों के मुकाबले कम भुगतान किया जाता है और संगठित क्षेत्रों के मुकाबले यह समस्या असंगठित क्षेत्रों में ज्यादा है, खासतौर से दिहाड़ी मजदूरीवाली जगहों पर तो यह सबसे बदतर है। समान कार्य को समान समय तक पूरा करने पर भी महिलाओं को पुरुषों की अपेक्षा कम भुगतान किया जाता है तथा इस तरह के कार्य महिलाओं एवं पुरुषों के मध्य की शक्ति असमानता को दिखाते हैं। संगठित क्षेत्र में काम करनेवाली महिलाओं को अपने पुरुष समकक्षों की तरह समान अनुभव, योग्यता होने के बावजूद पुरुषों की अपेक्षा कम काम और जिम्मेदारी दी जाती है।

अशिक्षा

भारत में अशिक्षा और बीच में पढ़ाई छोड़ना एक बड़ी समस्या है। वैसे तो नगरीय क्षेत्रों में लड़कियाँ शिक्षा के मामले में लड़कों के बराबर हैं, पर ग्रामीण अंचलों में इस मामले में वह काफी पिछड़ी हुई हैं। देश में महिला शिक्षा दर लगभग 64.6 प्रतिशत है, जबकि पुरुषों की शिक्षा दर लगभग 80.9 प्रतिशत है। काफी सारी ग्रामीण लड़कियाँ, जो विद्यालय जाती भी हैं तो उनकी पढ़ाई भी बीच में ही छूट जाती है और वे 10वीं कक्षा भी पास नहीं कर पाती हैं। मगर अभी समाज में उनकी शिक्षा को लेकर बदलाव आने लगा है।

भारत में महिलाओं के विरुद्ध होनेवाले अपराध

वैसे तो पूरी दुनिया में ही महिलाओं के विरुद्ध कई सारी घरेलू हिंसाओं के साथ, दहेज, हॉनर किलिंग और तस्करी जैसे गंभीर अपराध देखने को मिलते

हैं। हालाँकि यह काफी अजीब है कि शहरी क्षेत्रों की महिलाएँ ग्रामीण क्षेत्र की महिलाओं की अपेक्षा आपराधिक हमलों की अधिक शिकार होती हैं। यहाँ तक कि कामकाजी महिलाएँ भी देर रात में अपनी सुरक्षा को देखते हुए सार्वजनिक परिवहन का उपयोग नहीं करती हैं। सही मायनों में महिला सशक्तीकरण की प्राप्ति तभी की जा सकती है, जब महिलाओं की सुरक्षा को सुनिश्चित किया जा सके और पुरुषों की तरह वे भी बिना भय के स्वच्छंद रूप से कहीं भी आ-जा सकें।

देश में महिलाओं के आर्थिक और सामाजिक विकास के लिए महिलाओं का आत्मनिर्भर होना बहुत आवश्यक है और वह आत्मनिर्भरता उनके रोजगार और उद्यमी बनने से ही आ सकती है। महिला उद्यमिता को किसी भी राष्ट्र की आर्थिक प्रगति का एक द्योतक माना जाता है। महिला उद्यमिता अपने आप को न केवल आत्मनिर्भर बनाती है, बल्कि दूसरों के लिए भी रोजगार के अवसरों को पैदा करती है। भारतीय समाज में महिला उद्यमिता को प्रोत्साहन देने के लिए सामाजिक, पारिवारिक और आर्थिक मोर्चों पर बदलाव लाने की बहुत जरूरत है।

- आर्थिक सर्वेक्षण 2019-20 से ज्ञात होता है कि इस वर्ष के प्रारंभ में देश की स्टार्टअप कंपनियों में कम-से-कम एक महिला निदेशक वाली कंपनियों का हिस्सा 43 प्रतिशत ही था।

ध्यान देने योग्य बात यह है कि सेबी (SEBI) के निर्देशानुसार सभी सूचीबद्ध कंपनियों को अपने निदेशक मंडल में कम-से-कम एक महिला को नियुक्त करना आवश्यक है। इन सबसे उनकी संख्या में बढ़ोतरी जरूर हुई है, लेकिन इसे उनकी कारोबारी भागीदारी से जोड़कर नहीं देखा जा सकता।

- 2019 के महिला उद्यमी सूचकांक के 57 देशों में भारत का स्थान 52वाँ रहा है।
- महिला उद्यमियों को आगे लाने के लिए केवल आर्थिक मदद काफी नहीं होती। शिक्षा के बढ़ते आँकड़े भी इस स्थिति में अधिक बदलाव नहीं ला पाए हैं।
- राष्ट्रीय प्रतिदर्श सर्वेक्षण (National Sample Survey) के अनुसार भारत के व्यावसायिक प्रतिष्ठानों में से केवल 14 प्रतिशत प्रतिष्ठान ही महिलाओं द्वारा संचालित होते हैं। इनमें से अधिकतर उद्यम स्व-वित्तपोषित और छोटे स्तर के हैं।

महिलाओं के आर्थिक विकास में भागीदारी कैसे बढ़ाई जाए

- अगर सरकार की नीतियाँ सहयोगी बनें, महिलाओं को नवाचार के लिए उचित आर्थिक सहायता मिल सके तो उनका क्षेत्र विस्तृत हो सकता है।
- 'वूमन एंटरप्रेन्योरशिप इन इंडिया' की रिपोर्ट के अनुसार यदि महिलाओं में उद्यमशीलता को प्रोत्साहन दिया जाए तो देश में पंद्रह से सत्रह करोड़ रोजगार के अवसर पैदा हो सकते हैं। इसके लिए आर्थिक और सामाजिक परिदृश्य को बदलना जरूरी है।
- समाज को रूढ़िवादी सोच से बाहर निकलना होगा। महिलाओं की नवाचार से जुड़ी सोच और प्रयासों को बढ़ावा देना होगा।
- लैंगिक भेदभाव को दूर करना होगा।
- स्त्री शिक्षा को बढ़ावा देना होगा।
- महिलाओं के लिए कौशल विकास केंद्र खोलने होंगे।

आज भारतीय कार्यबल में प्रत्यक्ष श्रमशक्ति में 40 प्रतिशत और अप्रत्यक्ष श्रमशक्ति में 90 प्रतिशत योगदान महिलाओं का ही है। देश को एक ऐसे विकास मॉडल की आवश्यकता है, जो अधिक-से-अधिक महिलाओं को उनकी योग्यता के अनुरूप उद्यमशीलता के लिए प्रोत्साहित करे।

भारत में महिला सशक्तीकरण और उनके विकास के लिए केंद्र व राज्य सरकारों की भूमिका

वर्तमान भारत की केंद्र सरकार द्वारा महिला उत्थान और उसके सशक्तीकरण लिए कई सारी कल्याणकारी योजनाएँ चलाई जा रही हैं। इन्हीं में से कुछ मुख्य योजनाओं के विषय में नीचे बताया गया है।

1. बेटी बचाओ, बेटी पढ़ाओ योजना
2. महिला हेल्पलाइन योजना
3. उज्ज्वला योजना
4. सपोर्ट ट्रेनिंग एम्प्लायमेंट Support to training and employment program for women (STEP)
5. महिला शक्ति केंद्र
6. पंचायती राज योजनाओं में स्त्रियों के लिए आरक्षण

7. स्वच्छ भारत मिशन के चलते अनेक विद्यालयों में महिला प्रसाधन की व्यवस्था हो सकी है। इसके कारण 2013–14 की तुलना में 2018–19 की कन्या पंजीकरण संख्या 25 प्रतिशत बढ़ गई है।
8. 'बेटी बचाओ, बेटी पढ़ाओ' योजना के अंतर्गत लड़कों की तुलना में लड़कियों की पंजीकरण दर बढ़ गई है। शिक्षा के प्राथमिक, माध्यमिक और उच्चतर-माध्यमिक, तीनों ही स्तर पर यह अधिक है।
9. कस्तूरबा गांधी बालिका विद्यालय लड़कियों के लिए आवासीय विद्यालय है। मानव संसाधन मंत्रालय के इस प्रयास से 6.18 लाख लड़कियों को शिक्षा का अवसर प्राप्त हुआ है।
10. माध्यमिक स्तर पर लड़कियों को प्रोत्साहन के रूप में 8.56 करोड़ रुपए की सहायता राशि दी गई है।
11. आई.आई.टी. और एन.आई.टी. जैसे संस्थानों में लड़कियों की संख्या बढ़ाने के लिए अतिरिक्त सीटें रखी गई हैं।

शिक्षा के अतिरिक्त भी सरकार ने उज्ज्वला योजना, स्वाधार गृह, महिला ई-हाट जैसी कई योजनाओं के माध्यम से नारी सशक्तीकरण का प्रयास किया है। धारणीय विकास लक्ष्यों को प्राप्त करने की दिशा में शिक्षा के क्षेत्र में लैंगिक भेदभाव को दूर करके शिक्षा और व्यावसायिक प्रशिक्षण के प्रत्येक स्तर पर वंचितों को लाभान्वित करना होगा। आमतौर पर यह कहा जाता है कि एक कन्या को शिक्षित करके हम पूरे परिवार को शिक्षित कर देते हैं। यही सत्य भी है। अत: देश की सभी लड़कियों को शिक्षित करने की दिशा में आगे बढ़ने का लक्ष्य होना चाहिए।

जिस तरह से भारत सबसे तेज आर्थिक तरक्की प्राप्त करनेवाले देशों में शुमार हुआ है, उसे देखते हुए निकट भविष्य में भारत को महिला सशक्तीकरण के लक्ष्य को प्राप्त करने पर भी ध्यान केंद्रित करने की आवश्यकता है। हमें महिला सशक्तीकरण के इस कार्य को समझने की आवश्यकता है, क्योंकि इसी के द्वारा देश में लैंगिक समानता और आर्थिक तरक्की को प्राप्त किया जा सकता है।

□

13

वनवासी समाज और अंत्योदय

भारत की कुल आबादी की लगभग 9 प्रतिशत जनसंख्या वनवासी और गिरिवासी समाज की है, जिसे हम संविधान की भाषा में अनुसूचित जनजाति भी कहते हैं, जो आज भी ग्रामों, वनों में निवास करती है। वह वन-संपदाओं एवं कृषि आधारित व्यवस्था पर ही निर्भर है। वह वर्षों से सामाजिक तथा आर्थिक स्तर पर बराबरी करने के लिए प्रयासरत है, वह देश में सामाजिक और आर्थिक भागीदारी चाहती है। वह देश के विकास की मुख्यधारा में आना चाहती है। भारत में पूर्ववर्ती और वर्तमान सरकार द्वारा इन्हें मुख्यधारा से जोड़ने के प्रयास लगातार होते रहे हैं। मुख्यधारा के दृष्टिकोण से इन जनजातीय लोगों के जीवन की अनिश्चितता का गहरा संबंध है। आम समाज के दृष्टिकोण में जनजातीय समाज के विकास के लिए किए जा रहे सरकारी और गैर-सरकारी कार्यों को परोपकार की दृष्टि से देखा जाता है। इस दृष्टिकोण से बनाई गई नीतियाँ बार-बार इसलिए विफल हो जाती हैं, क्योंकि ये नीतियाँ जनजातीय समाज और आम समाज को साथ खड़ा करने में कहीं कोई चूक करती रही हैं। इसका परिणाम यह होता है कि जनजातीय समाज की अपेक्षित सामाजिक-आर्थिक प्रगति नहीं हो पाई। यह उन्नति न होना सिर्फ जनजातीय समाज की नहीं, बल्कि समस्त देश की हानि है। पंडित दीनदयाल उपाध्याय हर एक के विकास के सिद्धांत के लिए प्रेरित करते थे। वे समाज के अंतिम सोपान पर बैठे हुए व्यक्ति की उन्नति का लक्ष्य लेकर कार्य करने की प्रेरणा देते थे।

अनुसूचित जनजातीय समाज के समृद्ध आर्थिक, सामाजिक, राजनीतिक, नैतिक और व्यावहारिक जीवन मूल्यों, सांस्कृतिक मूल्यों से लोकतांत्रिक मूल्यों को बहुत दृढ़ता मिल सकती है। आपसी समरसता, सहयोग, विचार-विमर्श के द्वारा लिये गए निर्णय, प्रकृति व अन्य के साथ शांतिपूर्ण वास, पर्यावरण की रक्षार्थ

अपनाए गए उनके वर्षों पुराने, परंतु खरे उतरनेवाले तरीकों एवं नागरिक जीवन के उच्च आदर्शों को स्थापित करनेवाले उनके अभ्यासों से बहुत-कुछ सीखा जा सकता है।

आदिवासी समुदाय समाज के साथ खंड-खंड होकर नहीं, एक होकर कार्य करना चाहता है। पलायन अभी इस समाज की बड़ी समस्या है। नशे की लत ने इन्हें बरबाद कर दिया है। इनके विकास के लिए इन मुख्य बिंदुओं पर चिंतन करना चाहिए।

हमें अपने इस वंचित समाज के आर्थिक और सामाजिक उत्थान के लिए कुछ मिले-जुले प्रयास करने पड़ेंगे और जो प्रयास अभी वर्तमान समय में हो रहे हैं, उनका अध्ययन करके उन्हें और प्रभावी तरीके से लागू करना पड़ेगा। हमें कृषि और वानिकी क्षेत्रों को एक करके इनके विकास के कार्य करने पड़ेंगे।

कृषि-वानिकी भारत में कोई नवीन विचार नहीं है। यह एक ऐसा तकनीकी विज्ञान है, जो वनों में पेड़ों, झाड़ियों, जड़ी-बूटियों आदि के पॉलीकल्चर को प्रोत्साहित करता है, मिट्टी को उपजाऊ बनाकर रखता है तथा भूमि में जल की मात्रा पर्याप्त रखने में सहायक होता है। इसलिए इस विज्ञान से पारिस्थितिकी और अर्थव्यवस्था एक-दूसरे के पूरक बन जाते हैं। स्थिरता या धारणीयता जीवन मूल्य का एक उपाय था। हम पुनः इसे किसान और जनजातीय लोगों के बीच स्थापित करें। वानिकी और कृषि क्षेत्र एवं भारतीय अर्थव्यवस्था में एक क्रांति आ सकती है।

- नदियों और नहरों की बाढ़ से जमीन की रक्षा के लिए एक मुहिम चलाई जाए। इससे मिट्टी की गुणवत्ता तथा भूमि के जल स्तर को यथावत् बनाए रखने में सहायता मिलती है। नदियों के किनारे वृक्ष लगाकर और स्थानीय जलवायु के अनुसार कृषि एवं वानिकी के तरीके में परिवर्तन करके, कृषि-वानिकी के माध्यम से सफलता पाने में सहायता मिल सकती है। इसके साथ ही बाजार की माँग तथा सिंचाई के स्थानीय विकल्पों पर भी कार्य करना चालू किया जा सकता है। इससे पॉलीकल्चर को बढ़ावा मिलता है। इससे आदिवासी और स्थानीय किसानों की आय में बढ़ोतरी होती है। झारखंड, छत्तीसगढ़, तेलंगाना, महाराष्ट्र, ओडिशा, झारखंड, उत्तराखंड और कर्नाटक ने इस प्रकार की कार्यनीति बनानी आरंभ कर दी है। दुनिया में अवैध इमारती लकड़ी बाजार में भारत तीसरा बड़ा आयातक देश है। विश्व

बैंक की रिपोर्ट के अनुसार यह बाजार प्रतिवर्ष 20 प्रतिशत की दर से बढ़नेवाला है। भारतीय आदिवासी किसानों की आय बढ़ाने के लिए यह उत्तम क्षेत्र है। अपने खेतों और वन भूमि में पेड़ लगाने के लिए उन्हें प्रोत्साहित करें। इसके निर्यात से विदेशी मुद्रा भंडार में वृद्धि की जा सकती है। परेशानी के समय ये पेड़ उन लोगों के लिए बीमे का काम करेंगे।

- कृषि-वानिकी से जुड़ा सबसे सफल अभियान 'कावेरी-कॉलिंग' है, जो हमारी मिट्टी और जल को बचाए जाने का अनुपम उदाहरण प्रस्तुत करता है। पीछे के 50 सालों में कावेरी नदी का जल 40 प्रतिशत कम हो गया था तथा हरित क्षेत्र भी 87 प्रतिशत घट गया था। कावेरी बेसिन क्षेत्र के खेतों में अनेक पेड़ लगाकर किसानों की आय का साधन जुटाया गया है। इससे आर्थिक, पारिस्थितिकी और जैव-विविधता के क्षेत्र में अद्‌भुत सफलता प्राप्त की जा सकी है।

वानिकी-कृषि क्षेत्र में एक समग्र दृष्टिकोण की जरूरत है और इसी के माध्यम से हम इसमें लाभ प्राप्त कर सकते हैं।

□

14

भारत का युवा और अंत्योदय

भारत के माननीय प्रधानमंत्री श्री नरेंद्र मोदी युवाओं के विषय में कहते हैं कि "युवा वह है, जो अतीत को भूलकर अपने भविष्य को सँवारने के लिए निरंतर काम करता है। इस शताब्दी को भारतीय सदी बनाने के लिए युवाओं को क्षमता और कौशल प्रदान करना ही देश का लक्ष्य है।"

परिवर्तन सृष्टि का शाश्वत नियम है, लेकिन परिवर्तन का वाहक बनने का सामर्थ्य युवा में ही होता है। स्थापित से लड़ने का जोश एवं प्रबल इच्छाशक्ति युवा वर्ग में परिलक्षित होती है। पूर्व प्रधानमंत्री अटल बिहारी के शब्दों में—"किसने ऐसा दूध पिया, जो रोके गति तूफानी? यह जीवन का ज्वार चली उफनती प्रखर जवानी, युवक हार जाते, लेकिन यौवन कभी न हारा, एक निमिष की बात नहीं, चिर संघर्ष हमारा"। भारत के नौजवान की सोच में भारत माता को परम वैभव पर पहुँचाने का स्वप्न ही हमारे कार्य का प्रेरणा स्रोत है, लेकिन आर्थिक एवं सामाजिक दोनों स्तरों पर सबसे नीचे के पायदान पर खड़े लोगों की समृद्धि एवं समरसता के बिना यह स्वप्न कभी पूर्ण नहीं हो सकता। इस तथ्य को राजनेता, आर्थिक और सामाजिक चिंतक एवं संगठनकर्ता पंडित दीनदयाल उपाध्याय ने बड़ी गहराई और समझ से लिया था। उनके इसी चिंतन से 'अंत्योदय' शब्द का प्रस्फुटन हुआ है।

भारतवर्ष के पुनर्जागरण में नौजवानों ने ऐतिहासिक एवं अद्वितीय भूमिका अदा की है, इसलिए देश के नौजवानों ने अपने असीम कार्यों के द्वारा उदाहरणों की कमी कभी नहीं पड़ने दी। जब तक विकास की सीढ़ियों पर सबसे निचले पायदान पर खड़े व्यक्ति को समाज की मुख्यधारा में नहीं जोड़ा जाता, तब तक राष्ट्र की पुनर्रचना पूर्ण नहीं हो पाएगी। भारत विश्व में सबसे ज्यादा नौजवानोंवाला देश है, भारत के युवा में इस स्वप्न को पूरा करने की सामर्थ्य है। मगर आज भी युवकों की आर्थिक और सामाजिक उन्नति के कई पहलुओं पर अनेक प्रश्न समाज एवं सरकार की तरफ उन्मुख हैं। देश की लगभग 132 करोड़ जनसंख्या में लगभग

50 प्रतिशत जनसंख्या 25 वर्ष से कम उम्र की है एवं इस युवा जनसंख्या का 25 प्रतिशत, 14 वर्ष की उम्र से कम है। ऐसे में अंतरराष्ट्रीय पटल पर जब नौजवानों की भूमिका पर चिंतन हो तो हिंदुस्तान एक अद्वितीय स्थान रखता है, अर्थात् भारतीय युवाओं के आर्थिक विकास को सुनिश्चित करके ही विश्व युवा समाज आगे बढ़ सकता है।

राष्ट्र निर्माण प्रक्रिया का ऊर्जा स्रोत होने के कारण समकालीन मुद्दों पर 'युवाओं के विचारों' को समाज द्वारा गंभीर रूप से समझा जाना चाहिए। समसामयिक देश में वर्तमान परिस्थिति का विश्लेषण अगर हमें युवा भारत के विचारों से करना चाहिए, तो हमें निम्नलिखित विषयों पर ध्यान देने की आवश्यकता पड़ेगी—

- पीढ़ी-दर-पीढ़ी सामाजिक मूल्यों की स्थिति,
- युवा एवं रोजगार की स्थिति,
- वैश्विक मुद्दों पर युवाओं की राय,
- भारत का युवा एवं तकनीक,
- युवाओं द्वारा राजनीतिक चिंतन।

इन उपर्युक्त विषयों के अंतर्गत हमें कुछ मुलभूत बातों का चिंतन करके समझना पड़ेगा।

- **युवाओं में सामाजिक व्यवस्था के तत्त्व** जैसे नैतिक मूल्य, धार्मिक समरसता, शैक्षणिक एवं बौद्धिक कुशलता, सांस्कृतिक सहिष्णुता एवं सहअस्तित्व की भावना,
- **युवाओं में आर्थिक व्यवस्था के तत्त्व** जैसे शैक्षिक एवं कौशल विकास, कार्यक्षमता की उपस्थिति एवं उपलब्ध रोजगार के अवसर, उपभोग एवं उत्पादन के भविष्य की दिशा तथा आर्थिक विकास के भविष्य की दिशा एवं
- **युवाओं में मानव विकास के तत्त्व** जैसे स्वास्थ्य, सुशासन, समेकित विकास, भ्रष्टाचार रहित एवं न्यायपूर्ण समाज निर्माण को महत्त्वपूर्ण रूप से पा सकते हैं।

देश में बेगारी और बेरोजगारी की दर, कुछ वर्षों से विवाद का विषय है। वर्ष 2017-18 के सरकारी श्रम बल सर्वेक्षण से पता लगता है कि यह 6.1 प्रतिशत तक जा पहुँची है। यह अभी चिंता का विषय है। सरकारी रोजगार के आँकड़ों के आधार पर कहा जा सकता है कि 2018 में 47.15 करोड़ लोग रोजगार में संलग्न थे, जबकि 3.09 करोड़ लोग बेरोजगार थे। देश में बेरोजगारी के केंद्र में 15-35

वर्ष तक की युवाओं की जनसंख्या है, जो देश भर के बेरोजगारों में 68 प्रतिशत या 21.1 करोड़ है। इनकी संख्या में अचानक हुई इस वृद्धि के पीछे के श्रम की माँग के कारणों के साथ-साथ श्रम आपूर्ति को भी समझना होगा।

- देश में श्रम आपूर्ति के क्षेत्र में 15-59 आयु वर्ग की जनसंख्या को तेजी से विस्तार मिला है। 2000 के दशक में यह जनसंख्या 4 करोड़ प्रतिवर्ष की दर से बढ़ी है।
- श्रम आपूर्ति का यह स्वरूप भी बहुत कुछ परिवर्तित है। अधिकांश बालिग होते युवा शिक्षित हैं और अलग प्रकार के काम की आकांक्षा रखते हैं। 15-29 वर्ष की महिलाओं में से लगभग 31 प्रतिशत महिलाएँ ही उच्च शिक्षा के लिए महाविद्यालय जा रही हैं। उनकी शिक्षा प्राप्ति और कौशल विकास की गुणवत्ता का पहलू अलग माना जाना चाहिए।
- कृषि के कार्य में लगे कार्यबल में तेजी से कमी आ रही है। वर्ष 2005 में जहाँ भारत में 52 प्रतिशत कार्यबल खेती करता था, वहाँ वर्ष 2018 में यह संख्या घटकर पूरे कार्यबल की 9 प्रतिशत हो गई है। गिरावट होने के कारण खेती में निवेश के ठहराव से उत्पन्न हुई कम उत्पादकता है। निवेश में कमी का कारण नगरों और कस्बों में नए अवसरों की ओर निवेशकों का लगाव होने लगा है।

इसके अलावा भारत में प्रच्छन्न बेरोजगारी की समस्या भी रही है। एक बेरोजगार आदमी, जो घर के कृषि कार्य में हाथ बँटा दिया करता है, उसकी रोजगार प्राप्त में गिनती नहीं की जा सकती। ऐसे युवक ग्राम-अंचलों से निकलकर कस्बों या नगरों में कार्य खोज रहे हैं। देश में ऐसे ये तीन कारण हैं, जिन्होंने गैर-कृषि कार्यों के रोजगारों की माँग को तेजी से बढ़ाने का काम किया है। इनकी माँग रखनेवाला कार्यबल 15-29 आयु वर्ग के ऐसे लोगों का है, जो न तो शिक्षार्थी हैं और न ही कृषि कार्य में लगे हुए हैं। अगर इन सभी को कौशल विकास का प्रशिक्षण दिया जाए तो ये उद्योग, निर्माण और सेवाओं में संलग्न हो सकते हैं। एक अनुमान के अनुसार वर्ष 2005-2012 के बीच ऐसे कार्यबल में प्रतिवर्ष 1.42 करोड़ की वृद्धि हुई है। वर्ष 2012-2018 के बीच यह बढ़कर प्रतिवर्ष 1.75 करोड़ हो गई है। वर्ष 2005-2012 के बीच कृषि कर्म से निकलनेवाले कार्यबल के लिए निर्माण-कार्य में संलग्न होना आसान था, परंतु उसके बाद स्थितियाँ बदल गई हैं।

श्रम की माँग के पिछड़ने के कारण

- वर्ष 2012 के बाद से कृषि-आय और ग्रामीण अर्थव्यवस्था में गिरावट आई है।
- वर्ष 2012-18 के बीच निर्माण कार्य में रोजगार के अवसरों में भारी कमी आई है। यह वर्ष 2012 के 89 करोड़ से गिरकर 16 लाख रह गया है।
- वर्ष 2012-18 के बीच में सूक्ष्म और लघु विनिर्माण उद्योगों में लगे कार्यबल में 10 लाख की कमी आई है। खासतौर पर असंगठित क्षेत्र के उद्योगों को भारी नुकसान पहुँचा है।
- वर्ष 2012 के बाद शिक्षा और व्यावसायिक क्षेत्र, व्यापार एवं संबद्ध सेवाओं में रोजगार के अवसर बढ़े हैं।

सरकारी प्रयास

- ग्रामीण अर्थव्यवस्था को संकट से उबारने के लिए वर्ष 2016-18 के बीच सरकार द्वारा किए गए निवेश ने राहत पहुँचाई है।
- वर्ष 2005 से 2012 तक उद्योगों, निर्माण और सेवाओं में 1.42 करोड़ बेरोजगारों में से केवल 63 लाख लोगों को ही प्रतिवर्ष रोजगार प्राप्त हो सका है।
- गैर-कृषि कर्म क्षेत्रों में श्रमापूर्ति 1.75 करोड़ रही है। परंतु रोजगार की माँग 45 लाख प्रतिवर्ष रही है। माँग और पूर्ति के इस असंतुलन से वर्ष 2012 के बाद संकट गहराता चला गया है।

युवाओं के विकास के लिए हम निम्नलिखित सुझावों के द्वारा उनके सशक्तीकरण में सहायक सिद्ध हो सकते हैं—

- मानव पूँजी में निवेश बढ़े।
- उत्पादक क्षेत्रों का पुनः प्रवर्तन हो।
- छोटे उद्यमों को बढ़ावा देने के लिए कार्यक्रम चलाए जाएँ।
- मानव विकास की प्रक्रियाओं को समाज अपनी प्राथमिकता बनाए।
- नवीन रोजगारों का सृजन करें।
- पुराने कौशल विकास के कार्यों को नवीन विचारों के साथ मिलाकर आधुनिक कार्य पद्धति तैयार की जाए।

- सुशासन स्थापित करने में युवा अपना सहयोग प्रदान करें।
- पर्यावरण संरक्षण, वन उपजों, पानी, छाया एवं स्वच्छ हवा उपलब्ध करने हेतु वृक्षारोपण को अपनी आदत बनाएँ।
- नैतिकता को सामाजिक जीवन में उपयोग में लाएँ।
- अनुशासन को प्रदर्शित कर हमें प्रेरित करें एवं विकास के लिए एक सुरक्षित स्थिति प्रदान करें।

युवाओं को स्व-रोजगार के व्यावहारिक विकल्पों की तरफ भी अपना ध्यान केंद्रित करना चाहिए—

देश में आधे से अधिक लोग स्व-रोजगार में संलग्न हैं। यह किसी उद्यमितापूर्ण देश का सूचक नहीं है, वरन् वह इस बात की ओर सूचित करता है कि हमारे देश का गरीब आदमी बेरोजगार रहकर जीवन निर्वाह नहीं कर सकता। इस कारण उसने अपना छोटा-मोटा व्यवसाय करना शुरू कर दिया। वर्ष 1990 के आर्थिक सुधारों के बाद जन्में भारतीय लोग अपना शोषण नहीं करवाना चाहते। उन्हें या तो संबंधित क्षेत्र में रोजगार चाहिए या वे खुद के लिए कोई काम ढूँढ़ लेना अच्छा मानते हैं।

भारत में स्व-रोजगार के उभरते नए बाजार को 3 आधुनिक परिवर्तनों से कार्य सुविधा और लाभ मिल रहा है—

1. तकनीक,
2. कौशल तथा
3. औपचारिक मंच का मिलना।

देश में ये 3 आधुनिक परिर्वतन ऐसे हैं, जो अपने अधीन रोजगार चलानेवालों को औपचारिक सर्टिफिकेट कार्यक्रमों, संबंधित व्यवसाय से जुड़ी जानकारियाँ, क्रय-विक्रय की जानकारी, बैंक खाते खोलने, ऋण और बीमा कराने की सुविधा देने के साथ ही देश की अर्थव्यवस्था की मुख्यधारा से जोड़ रहे हैं।

मगर इन सभी मामलों में बड़ी दिक्कत सरकारी कामकाज के ढीले रवैये और अधिकारियों द्वारा थोपे गए नियमन की है या इन तीनों मंचों से जुड़े लघु, मध्यम उद्योगों पर स्व-उद्यमियों की निर्भरता की है। कुछ ठोस और औपचारिक फैसले लेकर सरकार स्व-उद्यमियों के रोजगारों को सुरक्षित और मजबूत बनाने में सहायक हो सकती है। तभी वे देश के आर्थिक विकास में अपनी सही भागीदारी निभा सकेंगे।

- प्रथमदृष्टया, ऐसे रोजगारों को परंपरागत फैक्टरी मॉडल के व्यवसायों से प्रथक् समझने की आवश्यकता है। छोटे स्व-उद्यमी और Freelancer

अनुबंध पर काम करनेवाले, अस्थायी मुलाजिम की तरह है। अतः सरकार को इनके आर्थिक सुरक्षा कवर को बढ़ाने की आवश्यकता है। सरकार की विभिन्न योजनाओं के अंतर्गत जैसे राष्ट्रीय पेंशन योजना, कर्मचारी बीमा निधि, प्रॉविडेंट फंड एवं स्वास्थ्य बीमा आदि में इन स्व-उद्यमियों को भी लाभ मिलना चाहिए।

- आयकर कानून की धारा 79 के अंतर्गत आनेवाले Safe Harbors दिशानिर्देशों (ये Social Media Website और वस्तु बाजार से जुड़े हुए हैं) को Cab Aggregators, Food Delivery Platform और Home Services Aggregators तक इसको बढ़ाया जाना चाहिए।
- भारत सरकार कौशल विकास कार्यक्रम पर हर वर्ष करोड़ों रुपए खर्च करती है। इन कार्यक्रमों—प्रधानमंत्री कौशल विकास योजना, प्रधानमंत्री कौशल केंद्र के साथ नेशनल स्किल डेवलपमेंट कॉरपोरेशन (NSDC) और इंस्ट्रियल ट्रेनिंग इंस्टीट्यूट (ITI) जैसे संगठनों को ऑनलाइन प्लेटफॉर्म के साथ जुड़कर ऐसे काम करने चाहिए कि वे प्रशिक्षण को आधुनिक रोजगार ट्रेंड के अनुकूल बनाकर अच्छे अवसर उपलब्ध करा सकें।
- स्व-रोजगार की Training देने के लिए Social Media Platform जैसे—Facebook, Linkedin आदि के साथ भी समझौता किया जा सकता है।
- पारंपरिक रोजगार के साधनों पर भी ध्यान देना चाहिए। उनके प्रशिक्षण केंद्र खोले जाने चाहिए। जैसे—मोची, नाई, धोबी, धानुक, वाहन मेकैनिक, बढ़ई आदि।
- Aggregators को एक National License और Universal Enterprises Number दिया जाना चाहिए, जिससे उन्हें प्रत्येक राज्य या शहर में अलग-अलग प्रयास न करने पड़ें।
- कुछ आवश्यक परिवर्तन के साथ वेतनवाले रोजगार से जुड़े Tax Form16 की तरह ही स्व-रोजगार से जुड़े प्रावधान के सृजन की जरूरत है।

पिछले 5 सालों में सरकारी नीतियों ने वेतन आधारित रोजगार बढ़ाए हैं, परंतु वर्ष 2024 तक 5 खरब डॉलर की अर्थव्यवस्था तक पहुँचने के लिए स्व-रोजगार नियमन नीति की तत्काल आवश्यकता है।

□

15

देश की आत्मनिर्भरता का मूल मंत्र : अंत्योदय

राष्ट्रवाद की प्रेरणा, अंत्योदय के दर्शन और सुशासन के मंत्र के साथ देश के पुनर्निर्माण के लिए संकल्पित सामान्यजनों के कल्याण की प्रामाणिक भावना से योजनाएँ व नीतियों को जब शासन के द्वारा लागू किया जाता है, तब समाज में उनके द्वारा लोगों में उद्यमशीलता बढ़ती है। वे कार्यप्रवण होते हैं, वे राष्ट्रनिर्माण में अपनी भूमिका की भी चिंता करते हैं।

सभी सरकारी और गैर-सरकारी योजनाओं के संबंध में मेरा मानना है कि प्रशासनिक अधिकारियों के हाथ से अनेक स्तरों से छनकर नीचे पहुँचते-पहुँचते उनके अमल का व परिणाम का स्वरूप क्या बनता है, इसकी यथातथ्य सूचना सब ओर से प्राप्त करने की व्यवस्था होनी चाहिए। शासन के उद्देश्यों की प्रामाणिकता, परिवर्तन के लिए आवश्यक साहसी वृत्ति, प्रमुख लोगों की पारदर्शिता व साख परिश्रम इस पर सभी का अटूट विश्वास है। बहुत वर्षों के बाद प्राप्त यह सौभाग्य पूर्ण फलदायी हो, इसके लिए उपरोक्त मुद्दों का विचार करना पड़ेगा। त्रुटिपूर्ण होकर भी सकल घरेलू उत्पाद का मानक अर्थव्यवस्था की सुदृढ़ता व बाट की गति का मापक इस नाते से प्रचलित है। खाली हाथों को काम मिलना चाहिए, उसमें से आजीविका की न्यूनतम पर्याप्त व्यवस्था होना यानी रोजगार, वह भी अपने देश की मुख्य आवश्यकता मानी जाती है। इन दोनों में सबसे बड़ा योगदान हमारे लघु, मध्यम, कुटीर उद्योगों का खुदरा व्यापार तथा स्व-रोजगार के छोटे-छोटे नित्य चलनेवाले अथवा तात्कालिक रूप से काम करनेवालों के सहकारी क्षेत्र का तथा कृषि एवं कृषि पर निर्भर कार्यों का है। जागतिक व्यापार के क्षेत्र में होनेवाले उतार-चढ़ाव तथा आर्थिक भूचालों से समय-समय पर वे हमारी सुरक्षा का भी कारण बने

हैं। अभी भी सुदृढ़ बनी हुई अर्थव्यवस्था हमारे परिवार की आजीविका में योगदान करती रहती है। कभी-कभी इसको अनौपचारिक अर्थव्यवस्था भी कहा जाता है। कुल मिलाकर हमारे आर्थिक चिंतन में अर्थव्यवस्था उत्पादन को विकेंद्रित, उपभोग को संयमित, रोजगार को परिवर्धित तथा मनुष्य को संस्कार केंद्रित बनानेवाली हो तथा ऊर्जा की बचत करनेवाली व पर्यावरण को सुरक्षित रखनेवाली हो, ऐसा सोचकर बढ़े बिना; देश में अंत्योदय तथा अंतरराष्ट्रीय जगत् में संतुलित धारणक्षम व गतिमान अर्थव्यवस्था का उदाहरण बनने का हमारा स्वप्न साकार नहीं हो सकेगा। अंत्योदय दर्शन का सिद्धांत विश्व के सामने भारत का मूलभूत चिंतन, आशा की किरण नजर आता है। यह सिद्धांत भारत की संस्कृति, भारत के संस्कार, उस आत्मनिर्भरता की बात करते हैं, जिसकी आत्मा 'वसुधैव कुटुंबकम्' है। देश जब आत्मनिर्भरता की बात करता है तो आत्मकेंद्रित व्यवस्था की वकालत नहीं करता। भारत की आत्मनिर्भरता में संसार के सुख, सहयोग और शांति की चिंता होती है। यही हमारा 'सर्वे भवन्तु सुखिनः' और सबके कल्याण का दर्शन है।

अगर हमें महात्मा गांधी और दीनदयालजी के विचार दर्शन में देश को आत्मनिर्भर बनाना है तो यह आज के परिप्रेक्ष्य में संभव कार्य है और आज के समय की जरूरत भी है। अगर हम गांधीजी और पंडितजी के जीवन दर्शन की तुलना करें तो हमें दोनों के ही दर्शन में आत्मविश्वास की भावना दिखती है। जीवन के हर पड़ाव में इन दोनों महान् विभूतियों ने असंख्य उदाहरण प्रस्तुत किए हैं। जैसे अपना भोजन स्वयं तैयार करना, अपने कपड़े धोबी से न धुलवाकर खुद धोना हो, साधारण जीवन जीना हो, अपने दैनिक व्यक्तिगत कार्यों के लिए किसी और पर अवलंबित न रहना आदि ऐसे उदाहरण हैं, जो हमें कभी ज्यादा महत्त्वपूर्ण न लगे हों तथा हमें वो समझ न आए हों तो आज के हालातों में मजबूरी में समझ आ रहे हैं। निजी स्तर पर हो या देश के स्तर पर, अगर सबसे बड़े सुधार की कहीं जरूरत है तो वह आत्मनिर्भरता के क्षेत्र में अपनी स्थिति सुधारने की ही दिख रही है। राष्ट्र में खाद्यान्न उत्पादन से लेकर अन्य उत्पादों के लिए बाजार तैयार करने तक हर क्षेत्र में हमें आत्मनिर्भरता चाहिए। इस महामारी के आपातकाल के कारण देश के मौजूदा आर्थिक हालात बता रहे हैं कि स्थितियाँ जटिल हो गई हैं कि हमें गांधीजी के स्वराज्य दर्शन और दीनदयालजी के अंत्योदय दर्शन को एक बार फिर पलटकर देखने की मजबूरी समझ आ रही है। इस समय हमें समझ में आ रहा है कि वस्तुओं के निर्यात के मुकाबले आयात ज्यादा होने से होता क्या है? स्वतंत्रता के पश्चात्

हमें यह पहली बार महसूस हो रहा है कि सिर्फ आयात के सहारे अर्थव्यवस्था को चलाना संभव नहीं है। मगर आज हमें सबसे ज्यादा अगर किसी सुझाव तथा उस पर सजगता की आवश्यकता है तो वह हमारी अर्थव्यवस्था है। हमें और देश को अब आत्मनिर्भरता की ओर अग्रेषित होना ही पड़ेगा।

हमारा भारतीय चिंतन समावेशी विकास की बात करता है। उसमें हर नागरिक के उत्थान के लिए उसे मदद मुहैया कराने की बात पर जोर दिया जाता है। मगर मेरा मानना है कि इस बात का महत्त्वपूर्ण बिंदु यह होना चाहिए कि किसी भी व्यक्ति की ऐसी मदद की जाए जिससे वो आगे खुद अपनी मदद करने के लिए सक्षम हो जाए। वह आत्मनिर्भर बने, स्वावलंबी बने। पिछले एक दशक से अकुशल भारतवासियों को कार्यकुशल बनाने की कौशल विकास मुहिम चल रही है। वह चलते-चलते इस मुकाम पर आ गई है कि देश में कुशल और प्रौद्योगिकी के स्नातकों की फौज खड़ी हो गई है और आज बेरोजगारी की पहाड़ जैसी समस्या से हम रूबरू हैं। हमें प्रौद्योगिकी शिक्षा के साथ-साथ व्यावहारिक रोजगार और व्यावसायिक रोजगार शिक्षा को लागू करना पड़ेगा, जिससे सिर्फ रोजगार ही नहीं, स्व-रोजगार भी बढ़ सके। हमें देश में सिर्फ शहरी चिंतन ही नहीं करना, हमें ग्रामीण और वनवासी चिंतन भी करना होगा, तभी देश को संपूर्ण स्तर पर आत्मनिर्भर बनाया जा सकता है। समावेशी विकास को सुनिश्चित करने के लिए हमें एकात्म मानव दर्शन और ग्रामोदय जैसे विचारों को देश में प्रतिस्थापित करना पड़ेगा।

आज के भारत में समतुल्य वितरण की बात बड़े काम की साबित हो सकती है, जब देश के नए अर्थशास्त्री आर्थिक विकास के लिए अधिक-से-अधिक उपभोग की कार्ययोजना बनाने में लगे हुए हैं। अर्थशास्त्र के विशेषज्ञों के अनुसार अगर देश में ज्यादा उपभोग बढ़े तो ज्यादा माँग हो और ज्यादा माँग हो तो ज्यादा उत्पादन हो। नई सोच के मुताबिक इसी को हम आर्थिक विकास समझ रहे हैं। इस चिंतन का प्रयोग पहले भी देश में प्रयोग करके देख लिया गया है। पहले तो कुछ गुंजाइश भी थी, लेकिन लंबे वक्त तक यह स्थिति बनाए रखना संभव नहीं है। आज की वैश्विक मंदी और महामारी में क्या हम उस स्थिति को खारिज होता हुआ नहीं देख रहे हैं। आज हमें अपने गाँव तक जरूरत का न्यूनतम सामान पहुँचाने में बहुत दिक्कतों का सामना भी करना पड़ रहा है, वहाँ किसान और ग्रामवासियों के पास आर्थिक किल्लतें भी बढ़ रही हैं। छोटा सा शहरी मध्यवर्ग अपनी न्यूनतम जरूरतों को पूरा करने के लिए दिन-रात मेहनत कर रहा है। फिर भी समतुल्य वितरण का लक्ष्य हासिल करने के

लिए उसे काफी संघर्ष करना पड़ रहा है, ऐसे गंभीर आर्थिक हालातों में हमें गांधीजी और दीनदयालजी के दर्शन से प्रेरणा लेनी होगी, जिसमें स्वदेशी, आत्मनिर्भरता, लघु व कुटीर उद्योग, भारी उद्योग, कृषि और ग्राम व शहर के मध्य आपसी संबंधों को मजबूती प्रदान करनी पड़ेगी। उन सभी को आपस में एक-दूसरे पर आत्मनिर्भर बनाना पड़ेगा। हमें इस आत्मनिर्भरता के चिंतन को और गहराई से समझने के लिए गांधीजी के विचार को समझना होगा, वैसे तो दुनिया में कोई भी ऐसा देश नहीं, जो गांधीजी की उपेक्षा कर पाया हो। महत्त्वपूर्ण तथ्य है कि गांधीजी के अपने काल में वैश्विक स्तर पर औद्योगिकीकरण का रूप विकसित हो चुका था। उस समय जो विकसित देश थे, उनके द्वारा गांधीजी को एक आध्यात्मिक व्यक्ति से ज्यादा नहीं समझा गया। जबकि गांधी के सत्याग्रह अलौकिक, आध्यात्मिक क्रियाकलाप की बजाय लौकिक, भौतिक या आर्थिक, सामाजिक जगत् के ही थे। गांधी सत्य, यानी न्याय का आग्रह कर रहे थे। यह माँग सौ फीसदी लौकिक जगत् से जुड़ी माँग थी। अगर एकदम आज की वैश्विक स्थितियों को गौर से देखें तो हमें लौकिक जगत् में परजीवी और आत्मनिर्भरता विषय पर विमर्श करने की जरूरत दिखने लगेगी। जिन्हें हम विकसित अर्थव्यवस्था या विकासशील अर्थव्यवस्थाएँ कह रहे हैं, उनमें कितनी ऐसी हैं, जो आत्मनिर्भर हैं। इस लिहाज से देखें तो वैश्विक स्तर पर जितने भी परजीवी हैं, उन्हें संबोधित करने के लिए गांधीजी हमें याद आते हैं।

उनका सत्याग्रह सिर्फ राजनीतिक स्वतंत्रता तक सीमित नहीं था। वे आत्मनिर्भर भारतीय समाज के निर्माण के लिए निजी स्तर पर भी आत्मनिर्भर होने का आग्रह करते थे। उनकी दूरदृष्टि सोच ने शायद आज की परिस्थिति का आकलन कर लिया हो कि इस वैश्विक संकट में यह हमारी सबसे बड़ी चुनौती होगी। देश में कुटीर उद्योगों के लिए उनकी अपील देशवासियों को निजी स्तर पर आत्मनिर्भर बनाने के लिए थी। उन्होंने जरूरतमंदों को प्रत्यक्ष मदद की बात नहीं कही। जरूरतमंद को कुशल बनाने की बात कही, जिससे वह अपनी मदद खुद कर सके। अगर आधुनिक सामाजिक प्रौद्योगिकी को देखें, जिसे वैज्ञानिक-सामाजिक कार्य कहा जाता है, तो उसके मुताबिक जरूरतमंदों को प्रत्यक्ष सहायता उन्हें परतंत्र ही बनाएगी। लेकिन कितनी उलट बात है कि सिर्फ हम ही नहीं, बल्कि पूरी दुनिया में अपनी सत्ता की स्थापना के लिए जरूरतमंदों को प्रत्यक्ष भेंट का लालच दिया जाता है। गांधीजी वैसे छद्म मानवतावाद के खिलाफ थे। हमें लोगों के लिए सीधी मदद नहीं, उनको आत्मनिर्भर बनाकर रोजगार और काम के द्वारा ही उनकी सहायता करनी चाहिए।

वैश्विक महामारी Covid-19 के बाद देश में एक नई आर्थिक शुरुआत (अंत्योदय दर्शन के साथ)

वैश्विक महामारी Covid-19 के कारण आज हमारे देश में आर्थिक प्रगति रुक गई है। अगर हम वर्तमान समय को देश में अर्थव्यवस्था की दृष्टि से देखें, तो भारत की स्वतंत्रता के बाद से प्रथम बार भारत इस प्रकार का आपातकाल देख रहा है, हमारी पीढ़ी के लिए तो यह एकदम नया अनुभव है। यह संकट वर्ष 2008–09 में आए देश में वित्तीय संकट से भारी और खतरनाक है, परंतु तब कम-से-कम हमारे श्रमिक बंधु अपने काम पर जा रहे थे, हमारा आर्थिक तंत्र मजबूत था और सरकारी कोष भी अच्छी स्थिति में था। उनके रोजगार तथा आजीविका पर कोई संकट नहीं था। इस महामारी के दौर में सभी स्थितियाँ विपरीत हैं। फिर भी सही प्राथमिकताओं एवं समाधान का निर्धारण करके हम देश को खड़ा रख सकते हैं और देश की आर्थिक रफ्तार को बढ़ा सकते हैं। मजदूर तथा जरूरतमंद लोगों की सहायता कर सकते हैं। वैसे संपूर्ण विश्व की आर्थिक हालत इस समय अच्छी नहीं है। इस महामारी को रोकने के उपायों पर अभी कार्य हो रहा है। बड़े-बड़े देशों में भी आर्थिक हालात अस्थिर हो रहे हैं। उद्योग-धंधे बंद हैं, व्यापारिक गतिविधियों पर भी रोक है। लोगों की आजीविका पर संकट व्याप्त है। देश को इस महामारी से बचाने के लिए सरकार ने संपूर्ण देश में लॉकडाउन लागू किया। धीरे-धीरे देश को लॉकडाउन से निकालकर अनलॉक किया जा रहा है। आगे क्या स्थिति होगी, अभी तय नहीं किया जा सकता। सरकारें इस बीमारी से निपटने के लिए लगातार कार्य कर रही हैं। अगर लॉकडाउन समाप्त होने के बाद भी वायरस का आतंक समाप्त नहीं होता है तो हमें पर्याप्त सावधानी और सुरक्षा के साथ एक नए और आत्मनिर्भर भारत की शुरुआत की तैयारी करनी होगी।

- सर्वप्रथम, हमें संक्रमण के स्तर के सही डेटा की जानकारी उपलब्ध हो। काम पर वापस आनेवाले श्रमिकों के स्वास्थ्य की जाँच, सुलभ परिवहन, पी.पी.ई., कार्यक्षेत्र में सामाजिक दूरी आदि की सुविधा की व्यवस्था करनी होगी।
- स्वस्थ युवाओं को सामाजिक दूरी के साथ काम पर लगाया जा सकता है। विनिर्माण उद्योगों में आपूर्ति शृंखला को वापस लाने के लिए प्रोत्साहित करना होगा।
- इस बीच निम्न-मध्यमवर्गीय जनता के जीवन का इस प्रकार से

खयाल रखा जाए कि वह संकट की अवधि का सामना कर सके।

- केंद्र और राज्यों में सार्वजनिक और गैर-सरकारी संगठनों की पहल इस प्रकार की हो कि भोजन, स्वास्थ्य और आश्रय स्थलों की तुरंत व्यवस्था की जा सके। निजी स्तर पर अगले कुछ माह तक ऋण की अदायगी और मकान किराए को लेकर हड़बड़ी न मचाई जाए।
- निर्धनों की मदद करना हमारी प्राथमिकता होनी चाहिए। परंतु हमारी अर्थव्यवस्था अमेरिका और यूरोप की तरह सकल घरेलू उत्पाद का 10 प्रतिशत व्यय करने का बीड़ा नहीं उठा सकती। हम पहले ही आर्थिक संकट से जूझ रहे हैं। अतः हमें कम महत्त्वपूर्ण खर्चों में कटौती करते हुए निवेशकों का विश्वास जीतना होगा। अपनी एक स्वतंत्र आर्थिक परिषद् के गठन की प्रतिबद्धता के साथ सरकार को मध्यावधि ऋण के लक्ष्य को तय करना चाहिए। एन.के. सिंह समिति ने भी ऐसी ही सिफारिश की है।
- पिछले कुछ वर्षों से अनेक लघु और मझोले उद्यमों की हालत खराब है। इनके लिए आर्थिक मदद के रूप में डायरेक्ट बेनिफिट ट्रांसफर तथा अन्य साधनों का सहारा लिया जा सकता है। इससे घरों में चलने वाले सूक्ष्म उद्योगों को सर्वाधिक लाभ होगा।
- अधिक संख्या में श्रमिकों को रोजगार देनेवाले उद्यमों के लिए स्मॉल इंडस्ट्रीज डेवलपमेंट बैंक ऑफ इंडिया को कुछ राहतकारी शर्तों के साथ ऋण देने को तैयार करना होगा। सरकार को चाहिए कि इन छोटे उद्यमों के वृद्धिशील बैंक ऋण की पहली हानि का उत्तरदायित्व लेने को तैयार रहे।
- इस समय बड़ी फर्में भी छोटे सप्लायर के लिए निधि का इंतजाम कर सकती हैं। ये बॉण्ड मार्केट में धन की वृद्धि कर, इसका लाभ आगे दे सकती हैं। दुर्भाग्यवश, आज के कॉरपोरेट बॉण्ड मार्केट को इससे ज्यादा लेना-देना नहीं है। इसके लिए आर.बी.आई. अधिनियम में बदलाव की आवश्यकता होगी।
- निजी फर्मों की वांछित तरलता को बनाए रखने के लिए प्रत्येक सरकारी एजेंसी और सार्वजनिक क्षेत्र की इकाइयों को अपने बिलों का तुरंत भुगतान करना चाहिए।

- आर.बी.आई. ने बैंकिंग में पहले ही काफी तरलता बना रखी है। ऋण घाटे के लिए और तरलता काम नहीं करेगी। गैर–निष्पादित संपत्ति बढ़ेगी। बेरोजगारी बढ़ने के साथ रिटेल ऋण भी बढ़ेगा।

सरकार को चाहिए कि वह आर्थिक क्षेत्र के विशेषज्ञों से अतिशीघ्र परामर्श लेकर देश को आर्थिक संकट से उबारे। यह कहा ही जाता है कि भारत में संकट के दौरान ही सुधार होते हैं। यह वही उत्तम समय है, जब सरकार को सामाजिक, राजनीतिक और आर्थिक परिदृश्य को सुधारने की दिशा में तत्परता दिखानी चाहिए।

देश के आदरणीय प्रधानमंत्रीजी ने लगभग इन सभी विचारों को ध्यान में रखकर देश को आर्थिक संकट से उबारने के लिए 22 लाख करोड़ का राहत पैकेज घोषित कर दिया है। देश को आत्मनिर्भर बनाने के लिए भी भारत की वर्तमान सरकार संकल्प के साथ कार्य कर रही है। जिसके कारण इस वैश्विक महामारी के समय हम अपनी और देश की स्थिति को मजबूत रख सकेंगे। यह देश की आर्थिक और सामाजिक मजबूती के लिए अति महत्त्वपूर्ण कदम है।

□

16

संयमित उपभोग के सिद्धांत पर आधारित देश का विकास

हमारी संस्कृति में एकात्म समाज-रचना का भाव है, जिसमें पंक्ति में अंतिम छोर पर खड़े व्यक्ति का विकास भी निहित किया गया है। आर्थिक नीतियों के मूल में मानव का समग्र विकास होना चाहिए, क्योंकि वह एकात्म स्वरूप है। दीनदयालजी कहते हैं कि अर्थ तभी संचित किया जा सकता है, जब उपयोग पर नियंत्रण हो। आर्थिक रूप से कमजोर देश तब कर्ज में डूब जाते हैं, जब वे उत्पादन और उपयोग के आर्थिक संपन्न देशों के प्रारूप को अपनाते हैं। दीनदयालजी कहते हैं कि हम सभी को ध्यान देना चाहिए कि फल तोड़ते समय पेड़ को किसी प्रकार की क्षति न पहुँचे। इस कहावत के अनुसार यह बताया गया कि उद्योगों के कच्चे माल के लिए प्राकृतिक संसाधनों का अत्यधिक भोग न करके नियंत्रित उपयोग का मूल सिद्धांत अपनाना चाहिए। पंडित दीनदयाल उपाध्यायजी सदैव सीमित और संयमित उपभोग की बात करते थे। वे संयमित उपभोग को देश के आर्थिक विकास का आधार मानते थे। इस सिद्धांत को हमें समझने की आवश्यकता है। इसके लिए हमें दीनदयाल के समान ही इस विचार को प्रतिपादित करनेवाले महापुरुषों के विचारों के साथ तुलनात्मक अध्ययन करना है, जैसे राष्ट्रपिता महात्मा गांधी के व्यक्तित्व और कृतित्व ने न केवल हिंदुस्तान, बल्कि दुनिया के अनेक प्रसिद्ध प्राणिवर्ग को प्रभावित किया है। देखनेवाली बात यह है कि महात्मा गांधी के इस उत्कृष्ट विचार ने अंतरराष्ट्रीय स्तर पर भी कई ग्रंथों को प्रभावित किया है। परंतु विश्व के विकास का भविष्य का प्रारूप तैयार करनेवाला अंतरराष्ट्रीय समाज, उनके सिद्धांतों को शामिल नहीं कर पा रहा है। इन समय धारणीय विकास के लक्ष्यों की चारों ओर चर्चा है। सन् 1908 में महात्मा गांधीजी ने हमें धारणीय विकास का

मार्ग प्रशस्त किया था। अपने विचार 'हिंद स्वराज' में उन्होंने भौतिक वस्तुओं और सेवाओं के लिए हमारी खोज को देखते हुए मानव के भविष्य के लिए खतरे को रेखांकित किया था।

दीनदयाल शोध संस्थान के निदेशक अतुल जैन ने अपने एक लेख में लिखा कि सन् 2015 में, संयुक्त राष्ट्र के 17 धारणीय विकास लक्ष्यों में से 12वाँ 'स्थायी खपत और उत्पादन पैटर्न' को सुनिश्चित करने से संबंधित था। गांधीजी की महानता के प्रति यह सच्ची श्रद्धांजलि थी। हालाँकि इस घोषणा की प्रस्तावना में गांधीजी या भारतीय मूल्यों का कोई उल्लेख नहीं किया गया था। अगर हम धारणीय विकास लक्ष्यों के उपभाग को ध्यान से पढ़ें तो पाते हैं कि वे 'हिंद स्वराज' के दर्शन को ही प्रतिबिंबित कर रहे हैं। गांधीजी के द्वारा प्रतिपादित सिद्धांतों को धारणीय विकास लक्ष्यों में स्थान दिए जाने का स्पष्ट अर्थ यह है कि यह मात्र कल्पना की उड़ान भर नहीं थी, अपितु लक्ष्यों को प्राप्त करना था। इसका प्रमाण दीनदयाल शोध संस्थान और ऐसे ही अन्य संस्थानों द्वारा विकसित किए गए विकास मॉडल में मिलता है। महान् विचारक पंडित दीनदयाल उपाध्याय की स्मृति को बनाए रखने के लिए इस शोध संस्थान की स्थापना की गई थी। दीनदयाल उपाध्यायजी ने महात्मा गांधीजी की विरासत को अग्रेषित किया था। दीनदयालजी की मृत्यु के पश्चात् उनके समसामयिक विचारक राष्ट्रऋषि नानाजी देशमुख ने इस दर्शन को कार्यरूप में बदलने का संकल्प लिया तथा इसे व्यावहारिक और वास्तविक रूप में समाज के हित के लिए स्थापित किया। भारत के पिछड़े इलाकों में शिक्षा, जीवन-विज्ञान, आजीविका, प्रौद्योगिकी, सामाजिक चेतना सहित मानव जीवन के सभी पहलुओं एवं आयामों का मॉडल हमें चित्रकूट, गोंडा, बीड और नागपुर में देखने को मिलता है।

महात्मा गांधीजी को यह स्वीकार करने में कोई दिक्कत नहीं हुई कि उनके दिए हुए विचार पुराने हो सकते हैं। इसलिए उन्हें इस संबंध में अपने विचार की दिशा बदलने में भी कोई समस्या नहीं थी। परंतु उन्होंने अपने मूल सिद्धांत अहिंसा और स्वदेशी को नहीं छोड़ा। उदाहरण के लिए, दोनों ही महान् व्यक्तित्व यह मानते थे कि स्वदेशी ज्ञान और संस्कृति का सम्मान किया जाना चाहिए। भारत के पुनर्निर्माण में स्वदेशी अर्थव्यवस्था को आधारशिला के रूप में अपनाना चाहिए। विदेशी निर्भरता कम और स्वदेशी पर सरकार तथा नागरिकों का ध्यान होना चाहिए, क्योंकि स्वदेशी अपनाना न प्रतिक्रियावादी है, न पुरातनवादी, न वयोवृद्ध

विचारधारा का पूरक है, न ही पिछड़े सोच का प्रतीक है। यह हमारे व्यक्तित्व और राष्ट्र के गौरव का विषय है। इस प्रकार का दृष्टिकोण अधिक खपत के उस विचार से बिल्कुल भिन्न है, जिसे लालच का कारण और परिणाम दोनों ही माना जा सकता है।

महात्मा गांधीजी और दीनदयालजी की तरह ही नानाजी देशमुख ने भी ग्रामीणों को ही देश के संसाधनों का ट्रस्टी माना था। इसके साथ-साथ दोनों ही महापुरुष लोगों की परिवर्तित होती आकांक्षाओं के अनुरूप तकनीकी प्रगति के भी पक्षधर थे। उन्होंने अनावश्यक उपभोग को सदैव नकारा। अपने मॉडल का विकास करते हुए नानाजी भी इसी दृष्टिकोण को लेकर चले। दोनों ही मानते थे कि सामंजस्यपूर्ण विकास, सांस्कृतिक मानदंडों के बल पर ही हो सकता है। देशी ज्ञान एवं बुद्धिमत्ता में उनका अटूट विश्वास था। वे दृढ़ता से कहते रहे कि स्थानीय संसाधनों और प्रतिभाओं के साथ ही इसे हासिल किया जा सकता है।

गांधीजी ने अपने जीवन के माध्यम से धारणीय उपभोग के गुण सिखाए। कई अवसरों पर उन्होंने जवाहरलाल नेहरू को, उनकी विलासिता के लिए संसाधनों की बरबादी पर डाँटा भी था। उन्होंने प्राकृतिक संसाधनों का इस्तेमाल एक धर्म की तरह करने की बात कही थी। भारतीय परिप्रेक्ष्य में 'दोहन' का निकटतम अंग्रेजी अनुवाद 'हार्नेसिंग' लगता है। यह शब्द बताता है कि प्राकृतिक संसाधनों का उपयोग सम्मानपूर्वक और सावधानीपूर्वक किया जाना चाहिए, ताकि हम आनेवाली पीढ़ियों के लिए एक बेहतर दुनिया छोड़ सकें। कहने की आवश्यकता नहीं कि यह संसाधनों के विवेकपूर्ण इस्तेमाल को सुनिश्चित करेगा।

भारत के हर क्षेत्र की सामाजिक और भौगोलिक विशेषताएँ भिन्न हैं। यहाँ 127 प्रकार के कृषि-जलवायु क्षेत्र हैं। जब नीति-निर्माता केवल आँकड़ों के आधार पर नीतियाँ बनाने का प्रयत्न करते हैं तो वे इसलिए असफल हो जाते हैं।

2008 में फ्रेंच राष्ट्रपति ने सकल घरेलू उत्पाद में आर्थिक प्रदर्शन और सामाजिक विकास के संकेतकों की सीमाओं को जाँचने के लिए एक आयोग का गठन किया था। इस आयोग ने पाया कि किसी क्षेत्र के विकास को अनेक विभिन्नताएँ नियंत्रित करती हैं। इस आयोग के गठन के सौ साल पहले ही गांधीजी ने यह बात कह दी थी। उन्होंने अर्थशास्त्र और विकास की विकेंद्रीकृत प्रणाली की आवश्यकता को रेखांकित किया था, जिससे कि स्थानीय भिन्नताओं के आधार पर योजनाओं का निर्माण किया जा सके।

स्थायी उपभोग के सही अर्थ को समझे बिना सतत विकास की बात करना महज बयानबाजी होगी। प्राकृतिक संसाधनों के संयमित उपभोग के बिना हम उसके शोषण से नहीं बच सकते और तभी उत्पादन के पैटर्न में धारणीयता आ सकती है। उपाध्यायजी ने भी संयमित उपभोग के भारतीय सिद्धांत को मान्यता दी है। विभिन्न शास्त्रों और सांस्कृतिक परंपराओं को देखते हुए उन्होंने भारतीयों की मितव्ययिता को उनके धर्म के उल्लास के साथ जोड़ा है। उनका मानना है कि इससे संसाधनों का दोहन कम होगा। वे धन के वाहियात प्रदर्शन और दिखावटी जीवन पद्धति के विरुद्ध थे। धारणीय विकास लक्ष्यों के उपभाग 12 में भी यही सिद्धांत निहित है।

□

17

अंत्योदय के साथ भारत की आर्थिक पुनर्रचना का प्रारूप

देश के आर्थिक चिंतक डॉ. बजरंग लाल गुप्तजी भारत में एक ऐसी प्रणाली को विकसित करने की सलाह देते हैं, जिसमें वस्तुओं का स्वस्थ उपभोग और उत्साहपूर्ण उत्पादन भी हो सके। भारत के लिए वह एक ऐसी प्रणाली की मोटी रूपरेखा तैयार करते हैं। डॉ. बजरंग लाल गुप्तजी कहते हैं कि "आज पूँजीवादी व साम्यवादी दोनों ही प्रकार की विचारधारा असफल साबित हो रही हैं। पूँजीवादी विचारधारा दोषपूर्ण आर्थिक समानता, विषमता और शोषण करनेवाली प्रणाली है तो वहीं साम्यवादी विचारधारा पहल तथा प्रेरणा को समाप्त कर देती है। पूँजीवादी और साम्यवादी विचारधारा प्रणालियों का अच्छा विकल्प धर्म (मतलब नैतिक मूल्यों) के प्रकाश में व्यक्तियों द्वारा संचालित एवं नियंत्रित विकेंद्रित स्वावलंबी अर्थतंत्र है। किंतु इस विकेंद्रित अर्थतंत्र को पहले की अपेक्षा अधिक उत्पादक बनाया जाना चाहिए।

आर्थिक विकेंद्रीकरण के लिए जरूरी है कि उत्पादन की इकाइयाँ छोटी रहें। 10 से 15 ग्रामसभाओं को मिलाकर एक इष्टतम सामुदायिक इकाई हो सकती है, जो भारत में कृषि-औद्योगिक उत्पादन में वृद्धि करने के लिए कुशलता से काम कर सकेगी और इसे स्वावलंबी ग्राम्यसमाज के रूप में स्थापित किया जा सकता है। यह रचना स्थानीय पहल, कौशल और उद्यम का उपयोग करने के पर्याप्त अवसर प्रदान कर सकेगी। इस प्रकार, भारत के गाँवों को स्वशासित इकाइयों के रूप में पुनर्गठित एवं पुनर्जीवित कर क्षतिग्रस्त आर्थिक, राजनीतिक तंत्र के पुनर्गठन की जरूरत है।

डॉ. बजरंग लाल गुप्तजी भारतीय दर्शन की भारत की इस प्रणाली के बारे में कहते हैं कि एकात्म दृष्टि की होने के कारण कृषि और उद्योग के बारे में यह अथवा

वह की नीति को ठीक नहीं मानती। यह तो अर्थव्यवस्था के कृषि एवं औद्योगिक क्षेत्रों के बीच पूरकता एवं पारस्परिक सहयोग में विश्वास रखती है। किंतु यह सभी संबंधों की अपने ढंग से परिभाषा प्रस्तुत करती है, जो वर्तमान संबंधों के प्रारूप से पूर्णतः पृथक् और भिन्न है। इसके अनुसार कृषि को अर्थव्यवस्था का प्रमुख एवं आधारभूत क्रियाकलाप माना जाना चाहिए। इस प्राथमिक क्रिया के चारों ओर कृषि आधारित उद्योगों एवं आवश्यक कुटीर व लघु उद्योगों का गठन किया जाना चाहिए। इस समूह शृंखला के चारों ओर ऐसे भारी एवं बड़े उद्योगों की स्थापना की जानी चाहिए, जो प्रथम एवं द्वितीय समूहों की सहायता के लिए आवश्यक हो। देश की विशाल अर्थव्यवस्था की विभिन्न समसामयिक समस्याओं का समाधान कर उसे शीघ्रता से प्रगति के रास्ते पर आगे बढ़ाने की दृष्टि से आज सर्वाधिक महत्त्वपूर्ण भूमिका लघु उद्योग क्षेत्र की है। रोजगार वृद्धि, आय व धन वितरण में समुचित समानता बनाए रखने, भारत की विशाल श्रमशक्ति, स्थानीय संसाधनों व कौशल का सर्वोत्तम उपयोग करने, औद्योगिक विकेंद्रीकरण तथा निर्यात बाजार के लिए विभिन्न वस्तुओं का उत्पादन करने आदि अनेक दृष्टियों से भारतीय अर्थव्यवस्था में लघु उद्योगों की महत्त्वपूर्ण भूमिका व स्थान है। किंतु आज भारत के लघु उद्योग क्षेत्र को वित्तीय संसाधनों, समय एवं समुचित कीमत पर कच्चे माल की अनुपलब्धता, उचित दर पर पर्याप्त बिजली न मिल पाना, मशीनों, उपकरणों व संयंत्रों का नवीनीकरण न हो पाना, उत्पादन की बिक्री, सरकारी संरक्षण का अभाव व घोर उपेक्षा, बड़ी कंपनियों एवं विदेशी फर्मों की प्रतियोगिता आदि अनेक समस्याओं से जूझना पड़ रहा है। इस ओर तुरंत ध्यान देकर भारत के लघु क्षेत्र को सशक्त व समर्थ बनाया जाना चाहिए।

परिवार संस्था को सच्चे अर्थों में भारतीय भावनाओं के अनुरूप पुनर्स्थापित किया जाना चाहिए। परिवार एक सामाजिक इकाई के साथ-साथ आर्थिक इकाई के रूप में भी क्रियाशील रहे। हमें प्रत्येक स्तर पर परिवार भावना को जाग्रत् करने का प्रयास करना चाहिए।

यह दृष्टिकोण सरकार-आश्रित अथवा बाजार-आश्रित अर्थायाम में विश्वास नहीं करता। यह तो जनाश्रित अर्थव्यवस्था अथवा जन-हिस्सेदारी के माध्यम से विकास में विश्वास करता है। सरकार तो जनता के अभियान में सहयोग करने की भूमिका अदा करे। अतः वैज्ञानिकों, तकनीशियनों, प्रशासकों, सामाजिक कार्यकर्ताओं, समाज-वैज्ञानिकों, संपन्न समाज के महानुभावों के परस्पर सहयोग के

आधार पर विकास की रचना बननी चाहिए। इस प्रकार हम जनोन्मुखी सामाजिक-आर्थिक प्रणाली की स्थापना करना चाहते हैं।

अंत में डॉ. बजरंग लाल गुप्तजी इस बात पर जोर देना चाहते हैं कि हम इस दृष्टिकोण के अनुसार समाज का पुनर्गठन चाहते हैं। इस संपूर्ण दर्शन में दो बातें अतिआवश्यक हैं—पहली, आत्मविश्वास और प्रगति की तीव्र इच्छा और दूसरी, राष्ट्रीय हितों के लिए समर्पित नैतिक नेतृत्व।

□

18

दीनदयालजी का स्वप्न : लघु-कुटीर उद्योग

भारत में संभवतः पंडित दीनदयाल उपाध्याय ऐसे व्यक्ति थे, जिन्होंने आजाद भारत में लघु एवं कुटीर उद्योग के द्वारा समाज के बेरोजगार वर्ग को रोजगार और स्व-रोजगार देने की चिंता की है। दीनदयालजी इस व्यवस्था को भारत के विकास की सीढ़ी मानते हैं। दीनदयालजी के बारे में कहा जाता है कि वह अनोखा व्यक्तित्व न सिर्फ स्वप्नदृष्टा था बल्कि उन्होंने समस्याओं को उजागर करने के साथ-साथ इनके समाधान भी प्रस्तुत किए। अपनी पुस्तक 'एकात्म मानववाद' में उन्होंने सर्वप्रथम स्व-रोजगार के सिद्धांत को प्रतिपादित किया है, क्योंकि उन्होंने सबसे आखिर में खड़े व्यक्ति अथवा अंत्योदय के बारे में विचार किया है, क्योंकि वे जानते थे कि लघु व कुटीर उद्योग में इसी व्यक्ति के आधार पर विकास का निर्माण हो सकता है। और बातों को जाने भी दें, किंतु पूँजी की कमी और अधिक जनसंख्या की समस्या की मजबूरी को देखते हुए हमें लघु व कुटीर उद्योग मॉडल के रूप में देश के विकास मॉडल पर सोचना होगा।

भारत में उत्पादन और राष्ट्रीय आय की बढ़ोतरी में लघु व कुटीर उद्योगों का असीम योगदान है। देश में कुटीर उद्योग परंपरागत उद्योग हैं, इनमें कम लागत और पूँजी निवेश होता है तथा कम कर्मचारियों के द्वारा ही वस्तुओं का निर्माण कर लिया जाता है। वैसे लघु उद्योग में भी कम लागत और पूँजी का निवेश होता है। लघु उद्योग एक ऐसा औद्योगिक उपक्रम है, जो मशीन एवं संयंत्र में कम निवेश के द्वारा आरंभ किया जा सकता है। केंद्र सरकार व राज्य सरकारें लघु उद्यम हेतु ऋण उपलब्ध करा रही हैं और इससे उत्पादन बढ़ाने में सहायता प्राप्त हो रही है तथा बेरोजगारों को रोजगार प्राप्त हो रहा है। देश अर्थव्यवस्था में कुटीर एवं लघु उद्यम का स्थान पुरातन समय से ही अति महत्त्व का रहा है। एक समय था, जब भारतीय ग्रामीण

उद्योग उत्पाद का निर्यात दुनिया के अधिकतर राष्ट्रों में करता था। भारतीय वस्तुओं का बाजार उत्कर्ष शिखर पर था। किंतु औपनिवेशिक शासन में ग्रामीण उद्योगों का क्षरण हो गया। इस कारण से हमारे देश की ग्रामीण अर्थव्यवस्था खराब स्थिति में पहुँच गई है। ग्राम्यविकास में ग्रामोद्योग का अपना महत्त्वपूर्ण स्थान रहा है। ग्राम्य और नगरीय विकास के अभाव में भारत की समृद्धि, संपन्नता व आत्मनिर्भरता अर्थहीन ही मालूम पड़ती है। "विश्वविद्यालय शिक्षा आयोग; 1949 ने अपनी रिपोर्ट में जीवन के महत्त्व को स्पष्ट करते हुए लिखा है कि नगरों का विकास गाँवों से होता है और नगरवासी निरंतर ग्रामवासियों के परिश्रम पर ही पनपते हैं। जब तक राष्ट्र का ग्रामीण कर्मठ है, तब तक ही देश की शक्ति और जीवन आरक्षित है।" ग्राम्यविकास में लघु व कुटीर उद्यम की भूमिका को स्पष्ट करते हुए महात्मा गांधी कहते थे कि "जब तक हम ग्रामीण जीवन को पुराने हस्तशिल्प के संबंध में पुनर्जागरण नहीं करते, हम ग्राम्यांचलों का विकास और पुनर्निर्माण नहीं कर पाएँगे। भारत का किसान तभी पुन: उन्नति कर सकता हैं, जब वे अपनी आवश्यकताओं के लिए शहरों पर निर्भर न होकर गाँवों को स्वावलंबी बनाए। गांधीजी कहते थे कि लघु उद्यम और कुटीर उद्योग के बिना किसान की आर्थिक तरक्की होना थोड़ा सा असंभव–सा लगता है, किसान केवल खेत की फसल से अपनी आजीविका नहीं चला सकता। उसे किसानी के साथ सहायक आय के लिए सहायक उद्योग चाहिए ही।"

महात्मा गांधीजी ने गुलामी के कालखंड में जनता के बदतर आर्थिक हालातों को देखने के बाद राष्ट्रीय आंदोलन एवं जनता की आर्थिक उन्नति के लिए रचनात्मक कार्यक्रमों की रूपरेखा तैयार की। इसमें खादी उद्योग और अन्य प्रकार के ग्रामोद्योग को ग्राम्यविकास की समग्र दृष्टि से काफी महत्त्वपूर्ण माना जाता रहा है। तत्कालीन प्रधानमंत्री पंडित नेहरू भारत के तीव्रगामी आर्थिक विकास के लिए सदैव भारी उद्योगों को अधिक महत्त्व का मानते थे। काफी हद तक उनका विचार कामयाब भी था, मगर उसका लाभ बहुत बड़े सामाजिक वर्ग को नहीं मिल पाता था, यद्यपि फिर भी उन्होंने ग्रामीण अर्थव्यवस्था को मजबूत करने हेतु ग्रामों व कस्बों में लघु एवं कुटीर उद्योगों की स्थापना पर बल देने का कार्य किया। नेहरूजी का विचार था कि गाँवों के विकास के लिए घरेलू उद्योग का विकास स्वतंत्र इकाइयों के रूप में करना बहुत जरूरी है। राष्ट्रीय विकास की योजना बनाने एवं कार्यान्वित करने के लिए सन् 1950 में योजना आयोग का गठन हुआ। जिस बात ने सरकार की दृष्टि को स्पष्ट किया कि लघु एवं कुटीर उद्योग हमारी अर्थव्यवस्था के महत्त्वपूर्ण अंग हैं, जिनकी उपेक्षा नहीं की जा सकती। पिछले कई दशकों से देश में बेगारी और बेरोजगारों की

संख्या निरंतर बढ़ रही है। भारत जैसे कृषि प्रधान देश का सीमित कृषि योग्य भूमि का क्षेत्रफल और कृषि के लिए आती उदासीनता गाँव के बेरोजगार युवाओं को अब नहीं सँभाल पा रही है और ये लोग अब नगरों की तरफ रोजगार की तलाश में पलायन के लिए मजबूर हैं। असुविधाओं और कम पारिश्रमिक पर भी ये लोग कार्य करने के लिए मजबूर हैं। सरकारी स्तर पर भी सीमित नौकरियाँ ही दी जा सकती हैं। इस प्रकार की परिस्थिति में पंडित दीनदयाल उपाध्याय द्वारा प्रणीत—"अंत्योदय के विचार हर हाथ को रोटी और हर हाथ को काम देने के लिए लघु उद्योगों का विकास उपयुक्त रणनीति हो सकता है।" स्वतंत्रता के पश्चात् लघु उद्योगों के विकास के लिए अत्यधिक प्रयास किए गए। वर्ष 1948 में भारत में लघु एवं कुटीर उद्योग बोर्ड की स्थापना हुई तथा प्रथम पंचवर्षीय योजना के समय में इनके विकास हेतु कुल 42 करोड़ रुपए की धनराशि खर्च की गई थी। फिर वर्ष 1951, 1977, 1980 और 1991 की औद्योगिक क्रांति के समय बनी नीतियों की घोषणाओं में लघु एवं कुटीर उद्योगों को प्रमुख स्थान मिला। सभी के एकजुट प्रयासों से लघु व कुटीर उद्योगों की प्रगति हुई तथा इससे भारत में बेरोजगारी दूर करने तथा देश की अर्थव्यवस्था को सुधारने में काफी सहायता मिली है। यदि हम किसी लघु उद्योग क्षेत्र को एक नया नमूना बनाने को कहें तो वहाँ कम समय में नमूना प्राप्त हो जाएगा। अत: लघु क्षेत्र में इस नमूने को तैयार करने में कम समय लगेगा। भारत के लघु उद्योग क्षेत्र में 92 प्रतिशत रोजगार उपलब्ध होता है। यह लघु उद्योग क्षेत्र ही है, जहाँ हम रोजगार पैदा कर सकते हैं, इसलिए यही मॉडल हमारे लिए अनुकूल है और यही कारण है कि दीनदयालजी ने इसका ज्यादा प्रचार किया है।

लघु उद्योग क्षेत्र की एक विशेषता यह भी है कि यह क्षेत्र काम का प्रशिक्षण देने के साथ-साथ अपने यहाँ रोजगार भी प्रदान करता है। अगर हम देश में पलायन को रोकना चाहते हैं तो हमें लघु और कुटीर उद्योगों को बढ़ावा देना चाहिए। लघु व कुटीर उद्योग का मालिक अपने यहाँ अप्रशिक्षित श्रमिक को रोजगार देकर, उसे प्रशिक्षण देकर एक दक्ष और पेशेवर श्रमिक बना सकता है। जो काम सरकार अरबों रुपए खर्च करके बड़े-बड़े प्रशिक्षण केंद्र बनाकर प्रशिक्षण देती है, वही काम रोजगार के साथ लघु उद्योग का उद्योगपति कर सकता है। लघु एवं कुटीर उद्योग के काम को कम लागत और पूँजी के साथ शुरू किया जा सकता है। छोटे-छोटे स्तर पर 10 से 20 लोगों को जगह-जगह रोजगार देने की व्यवस्था हो सकती है। देश के आर्थिक विकास के लिए भारत सरकार भी लघु उद्योग क्षेत्र को विकसित करने के लिए अपना योगदान दे रही है। वह अपनी आर्थिक नीतियों में

इस विभाग और कार्यक्षेत्र पर अपना ध्यान केंद्रित किए हुए है।

सरकार का सूक्ष्म, लघु और मध्यम उद्यम मंत्रालय भारत में लघु उद्योगों की वृद्धि एवं उन्नति के लिए नोडल एजेंसी के रूप में कार्य करता है। लघु व कुटीर उद्योगों का संरक्षण तथा संवर्धन करने के लिए सूक्ष्म, लघु और मध्यम उद्यम मंत्रालय नीतियाँ बनाता है! उन्हें क्रियान्वित करता है। उनकी प्रतिस्पर्धा बढ़ाता है। इस सरकारी उपक्रम की सहायता विभिन्न सार्वजनिक क्षेत्र के उद्यम करते हैं, जैसे—लघु उद्योग विकास संगठन (SIDO) अपनी नीति का निर्माण करने और कार्यान्वयन का पर्यवेक्षण करने, कार्यक्रम, परियोजना, योजनाएँ बनाने में सरकार को सहायता करनेवाले शीर्ष निकाय हैं। इससे लगभग 4.5 लाख उद्यमियों के लाभान्वित होने तथा लगभग 41.5 लाख लोगों को रोजगार मिलने की संभावना व्यक्त की जा रही है। राष्ट्रीय लघु उद्योग निगम लिमिटेड (NCIC) की स्थापना सरकार द्वारा देश में लघु उद्योगों का संवर्धन, सहायता और पोषण करने की दृष्टि से की गई है, जिसका संकेंद्रण उनके कार्यों के वाणिज्यिक पहलुओं पर था। सूक्ष्म, लघु और मध्यम उद्यम मंत्रालय ने 3 राष्ट्रीय उद्यम विकास संस्थानों की स्थापना की है, जो प्रशिक्षण केंद्र, उपक्रम अनुसंधान और लघु उद्योग के क्षेत्र में उद्यम विकास के लिए प्रशिक्षण और परामर्श सेवाओं में लगी हुई हैं। असंगठित क्षेत्र में राष्ट्रीय उद्यम आयोग (NCUS) का गठन असंगठित क्षेत्र में उद्यमों की समस्याओं की जाँच करना अनिवार्य बनाने और उनसे निजात पाने के उपाय सुझाने की दृष्टि से किया गया है। भारतीय लघु उद्योग विकास बैंक (SIDBI) विभिन्न ऋण योजनाओं के माध्यम से लघु उद्योगों का वित्तपोषण करने के लिए शीर्ष संस्था के रूप में कार्य करता है।

भारत में संयुक्त राष्ट्र औद्योगिक विकास संगठन के प्रतिनिधि रेने वान बर्कल द्वारा लिखित—"सूक्ष्म, लघु और मध्यम दर्जे के उद्यम (MSMI) अधिकतर अर्थव्यवस्थाओं की रीढ़ की हड्डी माने जाते हैं। भारत भी इसमें अपवाद नहीं है। वर्ष 2015-16 में भारत के लगभग 6.4 करोड़ एम.एस.एम.ई. ने जी.डी.पी. में 29 प्रतिशत का योगदान दिया। निर्यात में उनकी हिस्सेदारी 45 प्रतिशत रही और मैन्यूफैक्चरिंग के आउटपुट में 33 प्रतिशत। मैन्यूफैक्चरिंग क्षेत्र के लिए 'एस. डी.जी. 9-उद्योग, नवाचार और बुनियादी ढाँचा', एक ऐसे समावेशी और टिकाऊ औद्योगिक विकास का सपना देखता है, जिसमें उद्योग जगत् आर्थिक विकास, सामाजिक समावेश एवं पर्यावरण संरक्षण में योगदान देगा। इस सपने को पूरा करने के लिए ऐसे उद्योगों की नींव रखी जानी चाहिए, जो कि वर्तमान के साथ-साथ भविष्य के अनुरूप हों। इसका अर्थ यह है कि ऐसे कारखाने लगाए जाएँ, जो अपने नए

और उत्तम उत्पादों के साथ राष्ट्रीय और अंतरराष्ट्रीय बाजार में प्रतिस्पर्धा कर सकें, उत्कृष्ट रोजगार प्रदान कर सकें और समुदायों एवं हितधारकों के हितों का ध्यान रखें तथा अपने रोजमर्रा के कामकाज में ही पर्यावरण एवं बिजली संरक्षण जोड़ने की कोशिश करें। हालाँकि अधिकतर मैन्यूफैक्चरिंग एम.एस.एम.ई. फिलहाल स्थिरता एवं समावेश के शुरुआती दौर में हैं, फिर भी बड़ी संख्या में कारखाने भविष्य के लिए तैयार होने की पहल कर रहे हैं।"

लघु व कुटीर उद्योगों के प्रकार

टिफिन बनाने का कुटीर व्यवसाय, नमकीन बनाने का उद्योग, बरतन बनाने का उद्योग, अगरबत्ती बनाने का काम, साड़ी व कपड़ों का कुटीर व्यवसाय, रेस्टोरेंट व बेकरी कॉर्नर, मसाला बनाने का उद्योग, फर्नीचर बनाने का उद्योग, पापड़ बनाने का कुटीर उद्योग, वाशिंग डिटरजेंट पाउडर व साबुन बनाने का उद्योग, कपड़ों की छपाई का कार्य, चूड़ी बनाने का कुटीर उद्योग, सिलाई करने का स्मॉल बिजनेस, मेहँदी लगाने का व्यवसाय, सौंदर्य एवं श्रृंगार प्रसाधन उद्योग, दोना-पत्तल बनाने का लघु उद्योग, गाय, भेड़ व बकरी का पालन, डेयरी उद्योग, आइसक्रीम बनाने का उद्योग, अचार बनाने का उद्योग, मुरगी पालन का उद्योग, आयुर्वेदिक फार्मेसी, प्रिंटिंग इंक उद्योग, कन्फैक्शनरी उद्योग, मोमबत्ती उद्योग, लैटेक्स रबड़ उद्योग, रबड़ की हवाई चप्पल बनाना, प्लास्टिक वस्तुओं का उत्पादन, पॉलीथिन शीट उद्योग, प्लास्टिक की थैलियाँ, पेपर पिन (आलपिन) तथा जेम-क्लिप बनाना, तार से कीलें बनाना, टीन के छोटे डिब्बे-डिब्बियाँ, कॉर्न फ्लेक्स, खिलौना और गुड़िया उद्योग, दियासलाई उद्योग, इस्तेमाल किए गए इंजन ऑयल का पुनर्शोधन, ग्रीस उत्पादन, कटिंग ऑयल, एडहेसिव उत्पादन उद्योग, मच्छर भगाने की क्रीम, सर्जिकल कॉटन, सर्जिकल बैंडेज उद्योग, होजरी उद्योग, रेडीमेड गारमेंट उद्योग, स्विच और प्लग उद्योग, ड्राई सैल बैटरी, बोल्ट एवं नट उद्योग, सोप एंड क्लीनर्स इंडस्ट्री, सिल्क स्क्रीन द्वारा कपड़ों पर छपाई, इलेक्ट्रोप्लेटिंग इंडस्ट्री, टायर रिट्रीडिंग उद्योग, खाद्य रंगों का निर्माण, मक्का स्टार्च, पान मसाले तथा गुटखा, सुगंधित जाफरानी जर्दा, किवाम तथा मसाले, हुक्के, सुगंधित तंबाकू, नसवार पाउडर और पेस्ट, फलों व सब्जियों की डिब्बाबंदी एवं संरक्षण, सॉसेज, केचअप व अचार, दुग्ध पाउडर, बिस्कुट उद्योग, चीनी उद्योग (खाँड़सारी), फलों और फूलों के एसेन्स, चिप्स तथा वेफर्स, नूडल्स एवं सेवइयाँ, माल्ट फूड तथा माल्ट मिश्रित पेय, कत्था निर्माण उद्योग, पेंट निर्माण उद्योग आदि।

□

19

कौशल विकास और भारत सरकार

देश में पिछले 10 वर्षों में भारत की केंद्र सरकारों ने कौशल विकास की दर और गुणवत्ता दोनों में ही वृद्धि की है। तत्कालीन भारत सरकार ने सन् 2009 में राष्ट्रीय कौशल विकास निगम, सन् 2015 में कौशल विकास मिशन और वर्तमान केंद्र सरकार ने सन् 2016 में प्रधानमंत्री कौशल विकास योजना को आरंभ किया था। इससे देश का आर्थिक विकास, सामाजिक गतिशीलता और उद्यमों में उत्पादकता की तेजी बढ़ने की संभावना बहुत बढ़ जाती है। देश की इस विकास यात्रा में कौशल विकास के लक्ष्य में दो तरह की चुनौतियाँ खड़ी हैं। ये चुनौतियाँ कौशल विकास की पारिस्थितिकी से जुड़ी हुई हैं, जो अवरोध बन रही हैं।

1. कौशल विकास के प्रशिक्षण कार्यक्रम में गुणवत्ता की समस्या

बहरहाल भारत में 3 ऐसे संस्थान हैं, जो कौशल विकास कार्यक्रम की गुणवत्ता की प्रक्रिया पर ध्यान रखते हैं। National council for vocational training दीर्घ अवधि के कौशल विकास कार्यक्रम देखता है। National skill development corporation और National skill development center अल्पकालीन कार्यक्रमों के लिए है।

इस कौशल विकास योजना प्रक्रिया के कई अलग स्तरों पर एक असंतुलन है, जिसमें सुधार की बहुत जरूरत है। उदाहरण के लिए, विभिन्न सेवा प्रदाताओं के लिए परिणाम आधारित संवितरण मॉडल में प्रोत्साहन की कमी रहती है, क्योंकि इसमें प्रशिक्षण देनेवाली एजेंसियों की जगह मूल्यांकन एजेंसियों पर अधिक ध्यान दिया जाता है।

2. इस कार्यक्रम में सूचना तंत्र की विषमता

इस योजना के बारे में व्यक्तिगत स्तर पर नौजवानों को इस बात की सटीक जानकारी ही नहीं मिल पाती है कि कौशल विकास उनके किए क्यों और कितना जरूरी है ? रोजगार के अवसरों की माँग और आपूर्ति का सही डाटा नहीं मिल पाता है। उच्च स्तरीय सेवा प्रदाताओं और अच्छे रोजगार के अवसरों की जानकारी के लिए कोई आसान और विश्वसनीय स्थान नहीं मिल पाता है। इसलिए नौजवानों को अपने व्यक्तिगत स्रोतों या प्रशिक्षण प्रदाताओं पर ही निर्भर रहना पड़ता है। इसका दुःखद परिणाम यह होता है कि वे उस क्षेत्र में प्रशिक्षित हो जाते हैं, जिसकी स्थानीय और बदलते रोजगार के बाजार में अधिक माँग नहीं होती है और उनका प्रशिक्षण और समय दोनों ही बेकार जाता है। सरकार के संसाधनों और सुविधाओं का सही उपयोग नहीं हो पाता है। इससे बेगारी और बेरोजगारी दोनों की बढ़ती हैं।

इस समस्या का समाधान

कौशल विकास से जुड़ी पारिस्थितिकी को व्यवस्थित और कार्यदायी करने के लिए तकनीक आधारित परिवर्तन के साथ-साथ बाजार सक्षम व सुसंगठित प्रशासन की भी जरूरत होती है।

- तकनीक आधारित सूचना व्यवस्था से अपेक्षित स्तर तक पहुँचा जा सकता है। Intero-perability और कौशल विकास के लिए इंटरनेट के अधिक उपयोग को बढ़ावा देना होगा।
- आदान-प्रदान के Scalable form और Automotive स्वरूप से कौशल विकास की पारिस्थितिकी एवं प्रशिक्षुओं, सेवा प्रदाताओं और नियोक्ता की निर्णय-क्षमता को उत्कृष्ट किया जा सकता है।

इस हेतु दो प्रयोग किए जा सकते हैं—

- उत्कृष्ट सुरक्षा और विश्वसनीयता को सुनिश्चित करने के लिए Digital Certificate की शुरुआत की जा सकती है।
- प्रशिक्षुओं और प्रशिक्षकों की Public Registry की जाए, ताकि इससे जुड़े लोगों को एक केंद्रीकृत सूचना तंत्र से लाभ मिल सके। साथ ही प्रशिक्षण संस्थानों के लिए Rating का प्रावधान हो। इस आधार पर बाजार में उनकी साख बनेगी।

- कौशल विकास की गुणवत्ता पर नजर रखनेवाले तीन निकायों को मिलाकर National Council for Vocational Education and Training बना दिया गया है। इस निकाय से उम्मीद है कि यह ऐसी User Friendly Guideline विकसित करेगा जिससे इस क्षेत्र के प्रशिक्षण संस्थानों को मान्यता प्रदान करने एवं मूल्यांकन करनेवाली एजेंसी की पहचान और नियमन में मदद मिलेगी।
- National Council For Vocational Education and Training प्रशिक्षुओं और सेवा प्रदाताओं के बीच बाजार आधारित डाटा के अंतर को भी कम करेगा। इस निकाय में न तो उपस्थिति की जरूरत होगी और न ही कागजी औपचारिकता की। इसकी महत्त्वपूर्ण बात यह होगी कि यह अपने निर्णय प्रशिक्षुओं पर आधारित रखेगा।

देश में कौशल विकास कार्यक्रम को आगे बढ़ाने के लिए केंद्र व राज्य सरकारों को पारिस्थितिकी सुविधा की महती भूमिका पर विचार और मंथन करना होगा। इससे नियोक्ता का विश्वास बढ़ेगा और कुशल कर्मचारियों को उन्नति करने में आसानी होगी। इस हेतु तकनीक और प्रशासन को संयुक्त रूप से मिलकर कार्य करना चाहिए। इस मिलन से कौशल विकास कार्यक्रम को दृढ़ता के साथ आगे बढ़ने और लोगों की सहायता करने से कोई नहीं रोक सकता।

□

20

विकास की अवधारणा और सोशल मीडिया

पिछले दो दशकों से इंटरनेट ने हमारी जीवन-शैली को बदलकर रख दिया है। एक नए आभासी समाज और समुदाय का निरंतर निर्माण भी हो रहा है। हमारी जरूरतें, कार्य प्रणालियाँ, अभिरुचियाँ, यहाँ तक कि हमारे सामाजिक मेल-मिलाप और संबंधों के ताने-बाने को रचने में कंप्यूटर और इंटरनेट ही बहुत हद तक जिम्मेदार हैं।

वर्तमान में विकास से संबंधित अनेक पद प्रचलित हैं। इनमें समावेशी विकास, संतुलित विकास, संवहनीय विकास और सतत विकास आदि प्रमुख हैं। इस प्रकार कहा जा सकता है कि विकास एक बहुआयामी शब्द या पद है। विकास गुणात्मक और मात्रात्मक या संख्यात्मक दोनों है। यहाँ यह स्पष्ट करना आवश्यक है कि विकास की अवधारणा एक नहीं, अनेक हैं। भिन्न-भिन्न समाजों, परंपराओं, दर्शनों और सभ्यताओं में विकास को अलग-अलग प्रकार से धारण किया गया है। विकास की धारणा विभिन्न कालखंडों में परिवर्तित होती रही है।

सोशल मीडिया संचार का अत्याधुनिक माध्यम

मानव सभ्यता के विकास में संचार की महत्त्वपूर्ण भूमिका रही है। संचार सार्वकालिक और सार्वभौमिक है। मानव सभ्यता के प्रारंभिक काल से ही संचार के विभिन्न रूपों और माध्यमों की जानकारी मिलती है। मानव विकास के साथ-साथ संचार के रूपों, प्रारूपों, साधनों, उपकरणों, माध्यमों, तरीकों आदि का भी विकास होता आया है। डिजिटल मीडिया और इसके ही एक प्रारूप सोशल मीडिया को संचार के अत्याधुनिक माध्यम के तौर पर जाना जाता है। अत्याधुनिक संचार माध्यम

अर्थात् सोशल मीडिया का मूलभूत कारक इंटरनेट है। यह अनेक कंप्यूटरों को आपस में बिना तार के जोड़नेवाला नेटवर्क है। सामान्यतः सोशल मीडिया से आशय वेबसाइट और एप्लिकेशन आधारित एक ऐसी तकनीकी व्यवस्था से है, जिसमें एक जैसे विचार के लोगों को आपस में साझेदारी, संदेशों के आदान-प्रदान का अवसर व क्षमता प्रदान करता है। सोशल मीडिया सिर्फ संचार नहीं है, यह संवादात्मक संचार है। इसमें उपयोगकर्ता को कई प्रकार की सुविधाएँ उपलब्ध होती हैं। उपयोगकर्ता न सिर्फ सूचनाएँ, विचार व अभिरुचियाँ ही, वरन् अपनी प्रतिक्रियाएँ, टिप्पणियाँ आदि भी फोटो, वीडियो और संकेत-चिह्नों के माध्यम से प्रेषित कर सकता है। इसमें सबसे खास बात यह है कि कोई भी उपयोगकर्ता अपनी पसंद, रुचि और अनुकूलता के आधार पर व्यक्ति की पहचान कर उससे संपर्क कर मित्र बन या बना सकता है।

निश्चित ही संचार तकनीक ने एक नई दुनिया को जन्म दिया है। इस नई दुनिया का नाम है 'आभासी दुनिया' अर्थात् 'वर्चुअल वर्ल्ड'। यह ऐसी दुनिया है, जहाँ अत्यंत निकट का अथवा कोसों दूर बैठा व्यक्ति आपसे जुड़ सकता है, अपनी बात कह सकता है, आपकी बात पढ़-सुन सकता है। एक ऐसी व्यवस्था है, जहाँ दूरी और समय बहुत कम प्रासंगिक रह गए हैं। यह एक ऐसी संचार-संवाद की व्यवस्था है, जहाँ तकनीक पर निर्भरता के अलावा आप बहुत स्वतंत्र और स्वावलंबी होते हैं। इसके द्वारा उपयोगकर्ता अपने विचारों, भावनाओं, सूचनाओं आदि को विभिन्न प्रारूपों में साझा करता है। तीव्रता, स्वतंत्रता और तकनीक पर निर्भरता सोशल मीडिया की प्रमुख विशेषता प्रतीत होती है।

सोशल मीडिया पूर्णतः तकनीक आधारित माध्यम

सोशल मीडिया पूर्णतः डिजिटल माध्यम है। यह तकनीक आधारित साझेदारी है। बिना तकनीक और उपकरण के यहाँ संप्रेषण की कल्पना भी बेमानी है। इसलिए कहा जा सकता है कि सोशल मीडिया के लिए कंप्यूटर या मोबाइल उपकरण अनिवार्य है। दरअसल सोशल मीडिया का उपयोगकर्ता यहाँ अपने-अपने उपकरणों की साझेदारी करता है। कैलिफोर्निया विश्वविद्यालय के प्रोफेसर मैन्युअल कैसट्ल के मुताबिक सोशल मीडिया के विभिन्न माध्यमों फेसबुक, ट्विटर आदि के जरिए जो संवाद करते हैं, वह मास कम्युनिकेशन न होकर मास सेल्फ कम्युनिकेशन है। मतलब हम जनसंचार तो करते हैं, लेकिन जन स्व-संचार करते हैं और हमें पता नहीं होता कि हम किससे संचार कर रहे हैं। या फिर हम जो बातें लिख रहे हैं, उसे कोई पढ़ रहा या देख रहा भी होता है।

सोशल मीडिया मुद्रित या इलेक्ट्रॉनिक माध्यमों (मीडिया) से गुणवत्ता, पहुँच, आवृत्ति, उपयोगिता, तात्कालिकता और स्थायित्व की दृष्टि से बहुत भिन्न है। इसमें अनेक सूचना प्रदाता और अनेक सूचना ग्राहक या प्रापक होते हैं। अधिकांशतः ये एक-दूसरे से जुड़े होते हैं। जबकि मुद्रित एवं इलेक्ट्रॉनिक माध्यम सामान्यतः एकालापी (मोनोलॉगिक) होते हैं, जिसमें एक सूचनादाता और अनेक ग्राहक/प्रापक होते हैं।

आज सोशल मीडिया की अनेक वेबसाइट प्रचलन में हैं। इनके उपयोगकर्ताओं की संख्या करोड़ों में है। विश्लेषकों ने इसके नकारात्मक व सकारात्मक प्रभावों के बारे में विस्तार से बताया है। सोशल मीडिया समान रुचि, विचार के व्यक्तियों को जोड़ने व अपना समुदाय विकसित करने की सहूलियत देता है। यह वाणिज्य व व्यापारिक गतिविधियों के लिए भी काफी उपयोगी है। वर्तमान समय में राजनीतिक दल भी बढ़-चढ़कर उपयोग कर रहे हैं। किंतु सोशल मीडिया का उपयोग नकारात्मक और असामाजिक गतिविधियों के लिए भी खूब हो रहा है। यह नकारात्मक उपयोग और नकारात्मक प्रभाव अपेक्षाकृत अधिक दर्ज किया जा रहा है। अध्ययन के अनुसार, इंटरनेट उपयोगकर्ता अन्य वेबसाइट की तुलना में सोशल नेटवर्किंग साइट पर कई गुणा अधिक समय व्यतीत करते हैं। 13 से 17 वर्ष आयु के 60 प्रतिशत से अधिक किशोरों ने अपना खाता सोशल नेटवर्किंग साइट पर बना रखा है। सोशल मीडिया का उपयोग वाणिज्य, व्यापार और प्रबंधन के लिए भी बड़े पैमाने पर किया जा रहा है। इसके द्वारा ग्राहकों की पहचान, उनसे संपर्क और इस संबंध को निरंतर बनाए रखने तथा विज्ञापन आदि कार्य किया जा रहा है। जन-सामान्य तक पहुँच होने के कारण सामाजिक मीडिया को लोगों तक विज्ञापन पहुँचाने का सबसे अच्छा जरिया समझा जाता है।

सोशल मीडिया का तकनीकी पक्ष

अब थोड़ा सोशल मीडिया की तकनीक को समझने का प्रयास किया जाए। यहाँ एक बात स्पष्ट है कि डिजिटल मीडिया कंप्यूटर या मोबाइल फोन नेटवर्क स्वतंत्र और स्वायत्त उपकरणों (कंप्यूटरों या मोबाइल) का संकलन है। इन्हें कई तरीकों से आपस में जोड़ा जा सकता है। एक बहुत छोटे सीमित क्षेत्र के कंप्यूटरों को आपस में जोड़ने के नेटवर्क को 'लोकल एरिया नेटवर्क' कहा जाता है। वहीं 1 से 2 कि.मी. की परिधि में विभिन्न कंप्यूटरों को परस्पर जोड़ने के नेटवर्क को

'मेट्रोपोलिटिन एरिया नेटवर्क' कहा जाता है। लगभग 40 से 50 कि.मी. से अधिक की परिधि में फैले कंप्यूटर नेटवर्क को 'वाइड एरिया नेटवर्क' कहा जाता है। इंटरनेट के लिए प्रयुक्त कंप्यूटर को 'होस्ट' कहा जाता है। प्रत्येक कंप्यूटर या मोबाइल फोन वस्तुतः एक-दूसरे उपकरण को विशिष्ट अंकों से पहचानता है।

सूचना प्रौद्योगिकी से संबंधित विभिन्न विषयों के जानकार और लेखक बालेंदु शर्मा दधीचि के अनुसार 1966 में डारपा (D¬RP¬Defence advanced Research Projects agency) ने आरपानेट (¬RP¬NET-The advanced Research Projects Agency Network) के रूप में कंप्यूटर जाल बनाया, जो कि चार स्थानों से जुड़ा था। 1969 में अमेरिकी रक्षा विभाग के द्वारा स्टैनफोर्ड अनुसंधान संस्थान के कंप्यूटरों की नेटवर्किंग करके इंटरनेट की संरचना की गई। 1971 में संचिका अंतरण नियमावली (FTP) विकसित हुआ, जिससे संचिका अंतरण करना आसान हो गया। बाद में इसमें भी कई परिवर्तन हुए और 1972 में बॉब कॉहन ने अंतरराष्ट्रीय कंप्यूटर संचार सम्मेलन में इसका पहला सजीव प्रदर्शन किया। अमेरिकी सेना की सूचना और अनुसंधान संबंधी आवश्यकताओं को ध्यान में रखते हुए 1973 में यू.एस. एडवांस रिसर्च प्रोजेक्ट एजेंसी ने कंप्यूटरों के द्वारा विभिन्न प्रकार की तकनीकी और प्रौद्योगिकी को एक-दूसरे से जोड़कर एक नेटवर्क बनाने तथा संचार संबंधी मूल बातों (कम्युनिकेशन प्रोटोकॉल) को एक साथ एक ही समय में अनेक कंप्यूटरों पर नेटवर्क के माध्यम से देखे और पढ़े जाने के उद्देश्य से एक कार्यक्रम की शुरुआत की। इसे इंटरनेटिंग प्रोजेक्ट नाम दिया गया, जो आगे चलकर 'इंटरनेट' के नाम से जाना जाने लगा। 1980 के दशक के अंत तक अंतरराष्ट्रीय स्तर पर नेटवर्क सेवाओं व इंटरनेट उपभोक्ताओं की संख्या में अभूतपूर्व वृद्धि हुई और इसका इस्तेमाल व्यापारिक गतिविधियों के लिए भी किया जाने लगा। इसी वर्ष बिल गेट्स का आई.बी.एम. के साथ कंप्यूटरों पर एक माइक्रोसॉफ्ट ऑपरेटिंग सिस्टम लगाने के लिए सौदा हुआ। आगे 1 जनवरी, 1983 को आरपानेट (¬RP¬NET) एक बार पुनः पुनर्स्थापित हुआ और इसी वर्ष इंटरनेट समुदाय के सही मार्गदर्शन एवं टी.सी.पी./आई.पी. के समुचित विकास के लिए अमेरिका में इंटरनेट एक्टिविटी बोर्ड (I¬B) का गठन किया गया। इंटरनेट इंजीनियरिंग टास्क फोर्स तथा इंटरनेट रिसर्च टास्क फोर्स इसके दो महत्त्वपूर्ण अंग हैं। इंजीनियरिंग टास्क फोर्स का काम टी.सी.पी./आई. पी. प्रोटोकोल के विकास के साथ-साथ अन्य प्रोटोकोल आदि का इंटरनेट में समावेश करना है। जबकि विभिन्न सरकारी एजेंसियों के सहयोग के द्वारा इंटरनेट

एक्टिविटीज बोर्ड के मार्गदर्शन में नेटवर्किंग की नई उन्नतिशील परिकल्पनाओं के विकास की जिम्मेदारी रिसर्च टास्क फोर्स की है, जिसमें वह लगातार प्रयत्नशील रहता है। इस बोर्ड व टास्क फोर्स के दो और महत्त्वपूर्ण कार्य हैं—इंटरनेट संबंधी दस्तावेजों का प्रकाशन और प्रोटोकोल संचालन के लिए आवश्यक विभिन्न आइडेंटिफायर्स की रिकॉर्डिंग। आईडेंटिफायर्स की रिकॉर्डिंग इंटरनेट एसाइंड नंबर्स अथॉरिटी उपलब्ध कराती है, जिसने यह जिम्मेदारी एक संस्था इंटरनेट रजिस्ट्री (आई.आर.) को दे रखी है, जो डोमेन नेम सिस्टम यानी डी.एन.एस. रूट डाटाबेस का भी केंद्रीय स्तर पर रखरखाव करती है, जिसके द्वारा डाटा अन्य सहायक डी.एन.एस. सर्वर्स को वितरित किया जाता है। इस प्रकार वितरित डाटाबेस का इस्तेमाल होस्ट तथा नेटवर्क नामों को उनके यू.आर.एल. पतों से कनेक्ट करने में किया जाता है। उच्चस्तरीय टी.सी.पी./आई.पी. प्रोटोकोल के संचालन में यह एक महत्त्वपूर्ण कड़ी है, जिसमें इ-मेल भी शामिल है। उपभोक्ताओं को दस्तावेजों, मार्गदर्शन व सलाह-सहायता उपलब्ध कराने के लिए समूचे इंटरनेट पर नेटवर्क इंफॉर्मेशन सेंटर्स (सूचना केंद्र) स्थित हैं। इसी वर्ष नवंबर 1983 में पहली क्षेत्रीय नाम सेवा पॉल मोकपेट्रीज द्वारा सुझाई गई तथा इंटरनेट सैनिक और असैनिक भागों में बाँटा गया। 1984 में एप्पल ने पहली बार फाइलों और फोल्डरों, ड्रॉप डाउन मेनू, माउस, ग्राफिक्स आदि युक्त आधुनिक सफल कंप्यूटर लॉञ्च किया। 1986 में अमेरिका की नेशनल साइंस फाउंडेशन ने एक सेकंड में 45 मेगाबाइट संचार सुविधावाली एन.एस.एफ. नेट सेवा का विकास किया, जो आज इंटरनेट पर संचार सेवाओं की रीढ़ है। इस प्रौद्योगिकी के कारण एन.एस.एफ. नेट बारह अरब सूचना पैकेट्स को एक महीने में अपने नेटवर्क पर आदान-प्रदान करने में सक्षम हो गया। इस प्रौद्योगिकी को और अधिक तेज गति देने के लिए अमेरिका के नासा और ऊर्जा विभाग ने अनुसंधान किया और एन.एस.आई. नेट और ई.एस. नेट जैसी सुविधाओं को इसका आधार बनाया। आखिर 1989-90 में टिम बर्नर्स ली ने इंटरनेट पर संचार को सरल बनाने के लिए ब्राउजरों, पन्नों और लिंक का उपयोग करके विश्वव्यापी वेब—(WWW वर्ल्ड वाइडवेब-डब्लू.डब्लू.डब्लू.) से परिचित कराया। 1991 के अंत तक इंटरनेट इस कदर विकसित हुआ कि इसमें तीन दर्जन देशों के पाँच हजार नेटवर्क शामिल हो गए, जिनकी पहुँच सात लाख कंप्यूटरों तक हो गई। इस प्रकार चार करोड़ उपभोक्ताओं ने इससे लाभ उठाना शुरू किया। इंटरनेट समुदाय को अमेरिकी फेडरल सरकार की सहायता लगातार उपलब्ध होती रही, क्योंकि मूल रूप से इंटरनेट अमेरिका के अनुसंधान कार्य का

ही एक हिस्सा था, और आज भी यह न केवल अमेरिकी अनुसंधान कार्यशाला का महत्त्वपूर्ण अंग है, वरन् आज की इंटरनेट प्रणाली का बहुत बड़ा हिस्सा भी शिक्षा व अनुसंधान संस्थानों एवं विश्वस्तरीय निजी व सरकारी व्यापार संगठनों की निजी नेटवर्क सेवाओं से ही बना है। 1996 में गूगल ने स्टैनफोर्ड विश्वविद्यालय में एक अनुसंधान परियोजना शुरू की, जो कि दो साल बाद औपचारिक रूप से काम करने लगी। 2009 में डॉ. स्टीफन वोल्फरैम ने वोल्फरैम अल्फा की शुरुआत की।

भारत में इंटरनेट 1980 के दशक में आया, जब एर्नेट (Educational Research Network) को भारत सरकार के इलेक्ट्रॉनिक्स विभाग और संयुक्त राष्ट्र उन्नति कार्यक्रम (UNDP) की ओर से प्रोत्साहन मिला। सामान्य उपयोग के लिए इंटरनेट 15 अगस्त, 1995 से उपलब्ध हुआ, जब विदेश संचार निगम लिमिटेड (VSNL) ने गेटवे सर्विस शुरू की। भारत में इंटरनेट प्रयोग करनेवालों की संख्या में तेजी से वृद्धि हुई है और वर्तमान 400 मिलियन यानी 40 करोड़ से अधिक लोगों तक इंटरनेट की पहुँच हो चुकी है, जो कि देश की कुल जनसंख्या का करीब 33 फीसदी और दुनिया के सभी इंटरनेट प्रयोक्ता देशों के हिसाब से महज 10 फीसदी है। मौजूदा समय में इंटरनेट का प्रयोग जीवन के सभी क्षेत्रों सोशल मीडिया, इमेल, बैंकिंग, शिक्षा, ट्रेन इंफॉर्मेशन-रिजर्वेशन, ऑनलाइन शॉपिंग, अंतरिक्ष प्रौद्योगिकी, बीमा, विभिन्न बिल घर बैठे जमा करने और अन्य सेवाओं के लिए भी किया जा रहा है।

ताजा आँकड़ों के अनुसार टेलीफोन उपभोक्ताओं की संख्या के मामले में भारत ने अमेरिका को पीछे छोड़ दिया है। इंटरनेट प्रयोक्ताओं की संख्या के मामले में भी भारत दिसंबर 2015 में अमेरिका से आगे निकल चुका है। इंटरनेट एंड मोबाइल एसोसिएशन ऑफ इंडिया और आई.एम.आर.बी. के आँकड़ों के अनुसार दिसंबर 2015 तक भारत में इंटरनेट यूजर्स की संख्या 40 करोड़ का आँकड़ा पार कर चुकी है। भारत में पिछले एक साल में इंटरनेट प्रयोक्ताओं की संख्या में 49 फीसदी की भारी-भरकम वृद्धि हुई है। यह नया मीडिया भारतवर्ष में देर से प्रचलित हुआ, लेकिन धीरे-धीरे इसने समाज के हर वर्ग में अपनी जगह बना ली है।

प्रमुख नेटवर्किंग साइट

सामाजिक या सामुदायिक मीडिया डिजिटल मीडिया का सर्वाधिक लोकप्रिय रूप है। यह लोगों को पारस्परिक मंच के रूप में उपलब्ध है। सामाजिक मीडिया के कई रूप हैं, जिनमें इंटरनेट फोरम, वेबलॉग, सामाजिक ब्लॉग, माइक्रोब्लॉगिंग,

विकीज, सोशल नेटवर्क, पॉडकास्ट, फोटोग्राफ, चित्र, चलचित्र आदि सभी आते हैं। वर्तमान समय में प्रमुख सामाजिक नेटवर्क मीडिया इन नामों से विख्यात हैं—फेसबुक, ट्विटर, लिंक्ड-इन, फ्लिकर, गूगल प्लस, टू, माईस्पेस, वे एन, इंस्टाग्राम, विंडोज लाइव मैसेंजर, ऑर्कुट, गूगल प्लस, व्हाट्सएप व नेट लॉग के साथ ही यू ट्यूब भी सोशल नेटवर्किंग साइट्स में गिने जाते हैं।

इंटरनेट और सोशल मीडिया का प्रभाव

सूचना तकनीक के तीव्र विकास ने सूचना क्रांति को जन्म दिया है। इस सूचना क्रांति के महत्त्वपूर्ण अंग इंटरनेट और इंटरनेट आधारित सूचना उपकरणों ने मनुष्य पर गहरा प्रभाव डाला है। पिछले दो दशकों से इंटरनेट ने हमारी जीवनशैली को बदलकर रख दिया है और हमारी जरूरतें, कार्य प्रणालियाँ, अभिरुचियाँ और यहाँ तक कि हमारे सामाजिक मेल-मिलाप और संबंधों के ताने-बाने को रचने में कंप्यूटर और इंटरनेट ही बहुत हद तक जिम्मेदार हैं। स्पष्टत: मीडिया क्रांति ने मानव संस्कार को एक नया रूप दिया है। मानव व्यवहार मीडिया निर्भर हो रहा है। समाज संस्थागत तौर पर भले ही कमजोर हो, लेकिन एक नए आभासी समाज और समुदाय का निरंतर निर्माण भी हो रहा है। एक जमाने में संचार की कमी थी या बहुत ही कम उपस्थिति थी, लेकिन आज संचार माध्यम और संदेशों की अधिकता है। प्रत्येक समाज अपनी आवश्यकताओं के अनुसार संचार व्यवस्था विकसित करता है। लेकिन आज स्थिति उलट गई दिखती है। अब संचार व्यवस्था ही समाज और समुदाय का निर्माण कर रही है। मीडिया का प्रभाव स्पष्ट है। वर्तमान मीडिया मानव स्वभाव, दृष्टि, विवेक, ज्ञान, संवेदना, स्मरण, सहनशीलता और व्यवहार आदि पर गहरा प्रभाव उत्पन्न कर रहा है। यह प्रभाव सकारात्मक कम, नकारात्मक ज्यादा है। हिंसा, घृणा, उत्तेजना, उग्रता, अनैतिकता आदि की वृद्धि में जन माध्यमों, विशेषकर सोशल मीडिया का प्रभाव स्पष्ट देखा जा सकता है। अनेक अध्ययनों में मनुष्य के नैसर्गिक गुणों पर नए संचार माध्यमों के नकारात्मक प्रभावों का उल्लेख मिलता है।

यह कहना ठीक ही होगा कि सोशल मीडिया ने देश और दुनिया में कई आंदोलनों को जन्म दिया, उसे गति और परिणति दी है। सोशल मीडिया के प्लेटफॉर्म सिर्फ व्यक्तिगत जानकारियों के लिए ही प्रयोग में नहीं लाए जा रहे, बल्कि राजनीतिक और सामाजिक मामलों में भी उपयोग हो रहा है। मिस्र के तहरीर चौक और ट्यूनीशिया के जैस्मिन रिवॉल्यूशन में इस सामाजिक मीडिया की

महत्त्वपूर्ण भूमिका को कैसे नकारा जा सकता है। 2011 में अरब में हुए आंदोलन में मीडिया, खासकर इंटरनेट, मोबाइल तकनीक के अलावा फेसबुक और ट्विटर ने अहम भूमिका निभाई। लीबिया और सीरिया में भी यही हाल रहा। भारत में भी सोशल मीडिया को कई आंदोलनों का जनक माना जाता है।

विश्वसनीयता का अभाव, अवांछित सूचनाओं की भरमार, धन–समय की बरबादी, लत, तलब और मानसिक बीमारी का कारण, मानव निष्क्रियता को प्रोत्साहन, भेड़चाल, अश्लीलता को मिल रहा बढ़ावा, रिश्तों में विश्वास का अभाव, निजता को खतरा आदि सोशल मीडिया के नकारात्मक पहलू हैं।

शहरी युवाओं को इंटरनेट व सोशल मीडिया की लत सी लग गई है। सोशल मीडिया अपने प्रयोगकर्ताओं को मानसिक रूप से बीमार भी कर रहा है। एसोसिएट चैंबर ऑफ कॉमर्स (एसोचैम) द्वारा देश के कई मेट्रो शहरों में कराए गए एक सर्वे (वर्ष 2014) की एक रिपोर्ट के अनुसार 8 से 13 वर्ष की उम्र के 73 फीसदी बच्चे फेसबुक जैसी सोशल साइटों से जुड़े हुए हैं, जबकि उन्हें इसकी इजाजत नहीं है। शोधकर्ताओं के अनुसार इन बच्चों के 82 फीसदी माता–पिताओं ने बच्चों को खुद का समय देने के बजाय उन्हें व्यस्त रखने के लिए खुद ही बच्चों के नाम से फेसबुक अकाउंट्स बनाए थे। वहीं अमेरिका की यूनिवर्सिटी ऑफ वर्जीनिया में मनोविज्ञान के प्रोफेसर टिमोथी विल्सन की 'साइंस मैगजीन' में छपी रिपोर्ट के अनुसार 67 फीसदी पुरुष और 25 फीसदी महिलाएँ मोबाइल, टैब, कंप्यूटर, टी.वी., म्यूजिक व बुक आदि इलेक्ट्रॉनिक गजट के बिना 15 मिनट भी सुकून से नहीं रह पाए और विचलित हो गए तथा उन्होंने इसकी जगह इलेक्ट्रिक शॉक लेना मंजूर कर लिया। टिमोथी के अनुसार हमारा दिमाग मल्टी टास्किंग का अभ्यस्त हो गया है तथा हम हाइपर कनेक्टेड दुनिया में रह रहे हैं, इसके बिना जीना हमें बेहद मुश्किल और कष्टदायी लगता है। आज लोग आमने–सामने की मुलाकात की जगह वर्चुअल संवाद करना अधिक पसंद कर रहे हैं। विशेषज्ञों द्वारा सलाह दी जा रही है कि अधिकतम दिन में दो–तीन बार 15–20 मिनट का समय ही इनके लिए निश्चित करना चाहिए।

सोशल नेटवर्किंग साइटें नई पीढ़ी के लोगों को जोड़ने का अच्छा जरिया भले ही हों, मगर इसके कई नुकसान भी झेलने पड़ रहे हैं। इंडस्ट्री चैंबर एसोचैम ने दिल्ली, बेंगलुरु, चेन्नई, इंदौर, मुंबई, पुणे, चंडीगढ़ और कानपुर में करीब 4000 कॉर्पोरेट कर्मचारियों द्वारा दिए गए जवाब पर आधारित अपनी एक नई स्टडी के आधार पर बताया है कि कॉर्पोरेट सेक्टर के कर्मचारी दफ्तरों में हर रोज औसतन एक घंटा वक्त ट्विटर और फेसबुक जैसी सोशल नेटवर्किंग साइटों पर बरबाद कर

रहे हैं, जिससे उनकी करीब साढ़े बारह फीसदी प्रोडक्टिविटी, यानी उत्पादकता पर खासा असर पड़ रहा है। इसी कारण कई आई.टी. कंपनियों ने इन साइटों का इस्तेमाल बंद करने के लिए अपने सिस्टम्स में सॉफ्टवेयर लगा दिए हैं। अकसर सोशल नेटवर्किंग साइट्स पर दोस्ती के साथ ही खासकर लड़के-लड़कियों में मित्रता के रिश्ते बनते हैं। सोशल साइट्स के जरिए शादी के नाम पर धोखाधड़ी के अनेक प्रकरण दर्ज किए गए हैं। यह माध्यम बड़े पैमाने पर अश्लीलता को बढ़ावा दे रहा है। सोशल मीडिया के कारण व्यक्ति की निजता भी खतरे में है।

सोशल मीडिया और विकास के अंतर्संबंध

इस तरह सोशल मीडिया और विकास का अंतर्संबंध है। इससे स्पष्ट है कि वर्तमान मीडिया पाश्चात्य (यूरोपीय) विकास के प्रारूप को समर्थन करनेवाला ही सिद्ध हुआ है। मीडिया के कारण व्यक्तिवाद, बाजारवाद, पूँजीवाद आदि को प्रश्रय मिला है। वाणिज्य, व्यापार, प्रबंधन और लोकतंत्र को मीडिया (सोशल) से सहयोग मिला है। किंतु अगर विकास की भारतीय दृष्टि के परिप्रेक्ष्य में कहा जाए तो वर्तमान मीडिया नकारात्मक ही सिद्ध हुआ है। एकात्म किंतु बहुआयामी विकास व्यक्ति, समष्टि, सृष्टि और परमेष्टि की दृष्टि से मीडिया की भूमिका का विचार करें तो निष्कर्ष निराशाजनक प्रतीत होते हैं। मीडिया सूचना, शिक्षा और मनोरंजन प्रदाता की अपनी निर्दिष्ट भूमिका से विमुख होता हुआ प्रतीत हो रहा है। वर्तमान मीडिया का अधिकांश स्थान और समय मनोरंजनयुक्त है। उपयोगकर्ताओं को मिलनेवाली सूचनाएँ भी या तो अवांछित हैं या फिर अनुपयोगी। शिक्षात्मक मीडिया तो जैसे नदारद है। मनुष्य के नैसर्गिक गुणों के विकास में सोशल मीडिया की भूमिका नगण्य सिद्ध हो रही है। सोशल मीडिया से वांछित तत्त्वों की कमी और अवांछित तत्त्वों में वृद्धि देखी जा रही है। वर्तमान मीडिया (सोशल) विश्वास, आस्था, मूल्यों, नैतिकता, सत्य, प्रमाण, संवेदना आदि से निरपेक्ष हो गई लगती है। प्रारंभिक मीडिया में मानवीय तत्त्वों की प्रधानता थी, जबकि वर्तमान मीडिया में तकनीक की प्रधानता है। तकनीक प्रधान मीडिया बाजार, व्यावसायिक लाभ, व्यक्ति और पूँजी सापेक्ष है। वर्तमान मीडिया व्यक्ति और समष्टि की बात तो करता है, लेकिन प्रकृति (सृष्टि) और परमेष्टि की बात नहीं करता। पाश्चात्य मीडिया पाश्चात्य विकास अवधारणा को तो सहयोग देता है, लेकिन यह भारतीय विकास की अवधारणा के अनुकूल प्रतीत नहीं होता। जब कभी भी विकास की धारणा में परिवर्तन होगा तो निश्चित ही मीडिया का स्वरूप और प्रारूप भी उसी के अनुकूल होगा।

□

21

आर्थिक प्रगति की नीतियों से विकास का अंत्योदय

दुनिया में आर्थिक जगत् का वैश्विक दृश्य तेज प्रवाह से परिवर्तित हो रहा है। जिस नीति को चीन की कंपनियों ने वर्ष 1978 में अपनाया था, आज भारत में 2020 आते-आते भारतीय कंपनियाँ भी उसी मॉडल को अपनाने लगी हैं। देश में कंपनियाँ उपभोक्ताओं को अपने उत्पादन के निकट लाने का प्रयास निरंतर कर रही हैं। ऑटोमेशन का उपयोग उद्योगों में बढ़ने से मजदूरी कम हो गई है।

वर्तमान परिवेश में विकसित राष्ट्रों का धीमी गति से कार्य करना विकासशील राष्ट्रों के लिए लाभ की बात है। अब पारंपरिक उद्योग शैली से हटकर उद्यमी आज की विकसित और पुरानी शैली को मिलाकर नए वैज्ञानिक प्रयोगों द्वारा नई विधि पर कार्य कर रहे हैं, जैसे उत्पादन से पहले वह उसके डिजाइन पर काम करते हैं, शोध और रखरखाव की स्थिति का ध्यान रखते हैं। क्रय-विक्रय, लाभ-हानि पर अग्रिम नीति बनाते हैं। मगर फिर भी हम अपने कुशल श्रमिकों, बेहतर बुनियादी ढाँचे, पर्याप्त उपभोक्ताओं, पूँजी, विश्वस्तरीय विश्वविद्यालयों और हाइटेक कंपनियों के साथ विकसित देशों का प्रभाव निरंतर बढ़ भी रहा है। मगर यह चीन की 30 वर्ष पहले की नीति से अलग है। इस समय अगर हम अपने सस्ते और प्रशिक्षित श्रम का लाभ उठाना चाहते हैं तो हमें अपनी अर्थव्यवस्था की नीति में 5 नीतिगत सुधारों की जरूरत होगी। जिससे हम भारत में स्व-रोजगार, अल्प-रोजगार और पूर्ण रोजगार दे पाएँगे।

1. भारत की केंद्र सरकार—हमारे भारत में केंद्रीय शासन व्यवस्था में विभागों और मंत्रालयों की संख्या विकसित देशों से भी ज्यादा है। जहाँ दुनिया के बड़े देश, जैसे जापान में कुल 11 मंत्रालय हैं, संयुक्त राज्य अमेरिका में कुल 23

हैं और यूनाइटेड किंगडम में कुल 22 हैं, वहीं हमारे देश में यह संख्या लगभग 53 है। भारत की केंद्र सरकार के कई सारे मंत्रालय राज्यों के मामलों में भी हस्तक्षेप करते हैं और कई मंत्रालयों का आपस में संबंध भी है। भारत की वर्तमान सरकार ने इस व्यवस्था में काफी बदलाव किए हैं और कुछ बदलाव अभी बाकी हैं। राज्यों की सरकारों और केंद्र सरकार के बीच निधि, पदाधिकारियों और कार्य सौंपे जाने पर आपसी विचार होना चाहिए। नौकरशाही में भी बड़े परिवर्तन की जरूरत है। नौकरशाही के प्रदेश कैडर को समाप्त कर अखिल भारतीय स्तर पर सभी सेवाओं का एक ही कैडर होना चाहिए।

2. भारत में उच्च शिक्षा और शोध—उच्च शिक्षा के क्षेत्र में अभी भारत की स्थिति बहुत अच्छी नहीं है। हमारे यहाँ अभी ACEDMIC शिक्षा पर ज्यादा जोर दिया जाता है, PROFESSIONAL शिक्षा पर नहीं। आज भी देश में शोध के क्षेत्र में कुल पंजीकरण की संख्या कम है और स्नातकों व परास्नातक के स्तर पर काफी भिन्नता है। इसमें सुधार के लिए पंजीकरण को 60 प्रतिशत तक ले जाना होगा। उच्च शिक्षा का आधार व्यावसायिक हो और नवाचार को प्रोत्साहित किया जाए। इससे बेरोजगार स्नातकों की संख्या कम होगी। वेतन और उत्पादकता में बढ़ोतरी होगी।

3. देश में श्रम कानून—अर्थव्यवस्था के सिद्धांत में श्रम और पूँजी एक-दूसरे पर आश्रित हैं। हमें पारिश्रमिक के रूप में सकल आय और हाथ में आनेवाली आय के मध्य का अंतर कम करना होगा। कर्मचारियों के सामाजिक हितों की सुरक्षा के लिए कर्मचारी बीमा, भविष्य निधि और रोजगार कानून में बदलाव लाने होंगे। इसका प्रभाव औपचारिक रोजगार में 45 से 55 प्रतिशत बढ़ोतरी के रूप में होगा।

4. सार्वजनिक बैंक के क्षेत्र में—भारतीय रिजर्व बैंक ऑफ इंडिया को अपने नियमन, नियोजन और निरीक्षण की पद्धति में सुधार करना होगा। अर्थशास्त्रियों के साथ चिंतन करने की आज जरूरत है। निजी क्षेत्र के उद्योगों के लिए सुधारात्मक ऋण नीति बनानी होगी। निजी क्षेत्र के बैंकों में प्रतिस्पर्धा बढ़ानी होगी और सार्वजनिक बैंकों के प्रशासन और मानव संसाधन में गुणवत्ता लानी होगी। इससे सकल घरेलू उत्पादन अनुपात के लिए क्रेडिट को 60 प्रतिशत से बढ़ाकर 100 प्रतिशत किया जा सकेगा। सूक्ष्म, लघु और मध्यम उद्यम के क्षेत्र में उन्नति के और प्रभावी आसार बढ़ेंगे।

5. EASE OF DOING BUSINESS (व्यापार में सुगमता)—नियोक्ता-नियमन और अनुपालन की एक लंबी शृंखला को तार्किक बनाए जाने

की आवश्यकता है। इन प्रक्रियाओं का डिजीटलीकरण हो। इससे भ्रष्टाचार में कमी आएगी। इसके चलते मानव पूँजी, निवेश और विकास आधारित उत्पादकता में सरकार और व्यवसायियों की भूमिका बढ़ेगी।

जलवायु परिवर्तन और आर्थिक विकास पर शोध करनेवाले नोबेल पुरस्कार विजेता अर्थशास्त्री पॉल रोमर के अनुसार, "पूरा विश्व भारत के प्रति 'सशर्त रूप से आशावादी' है। हमें इस सोच में से सशर्त को हटाने की क्षमता विकसित करनी होगी।"

□

22

वर्तमान प्रासंगिकता में अंत्योदय दर्शन और भारत सरकार की संकल्पना

भारत में सांस्कृतिक, सामाजिक, राजनीतिक, आर्थिक विकास को लेकर बुद्धिजीवियों ने विभिन्न-विभिन्न विचारधाराओं को प्रतिपादित किया है। करीब-करीब सभी विचारधारा समाज के राजनीतिक, सामाजिक और आर्थिक उन्नति के मूल सूत्र के रूप में स्वयं को प्रदर्शित करती हैं। उपभोगवाद हो, समाजवाद हो या उदारवाद हो, ये सभी विचारधाराएँ समाज की समस्याओं के समाधान का अपना मजबूत दावा करती हैं। परंतु इनके दावों की सफलता का सवाल आज भी बहस और चर्चा का मुद्दा है। आजादी के पश्चात् देश में विचारधाराओं का प्रभाव कैसा रहा, इन विषयों पर व्यापक परिचर्चा समाज के विद्वानों के मध्य होती रही है। देश में लोकतंत्र की जब स्थापना हुई और देश के प्रधानमंत्री जवाहरलाल नेहरू ने समाजवादी नीति के प्रति अपने गहरे आकर्षण के कारण देश को लंबे कालखंड तक समाजवाद की आर्थिक नीतियों के अनुरूप चलाया और उसका व्यापक प्रभाव अभी भी देश की राजनीतिक और सामाजिक व्यवस्था में काफी हद तक दिखाई देता है।

जब पंडित जवाहरलाल नेहरू समाजवाद से प्रेरित नीतियों का सहयोग लेकर भारत की दशा-दिशा तय करने का निर्णय कर रहे थे, तब दीनदयाल उपाध्याय अनेक महत्त्वपूर्ण तथ्यों और बिंदुओं को लेकर उन नीतियों का विरोध कर रहे थे, साथ ही भारत के लिए भारतीय दर्शन की वैचारिक पृष्ठभूमि का भी प्रतिपादन कर रहे थे, वे देश के विकास के लिए एक शुद्ध, व्यावहारिक, वैज्ञानिक, आध्यात्मिक और सभी के कल्याण के लिए उपयुक्त दर्शन को चाहते थे, जो भारतीय जीवन के अनुकूल हो। पंडित दीनदयाल उपाध्याय पूँजीवाद, समाजवाद और साम्यवाद

को व्यक्ति कल्याण का संपूर्ण सूत्र नहीं मानते थे। उनका मत था कि ये सभी वाद भारतीय विचार नहीं होने के कारण ही भारत की समस्याओं से लड़ने और समाधान देने में सक्षम नहीं हैं। दीनदयालजी ने भारतीय विचार से प्रेरित एकात्म मानव दर्शन का वैचारिक आदर्श सिद्धांत देश के सम्मुख प्रस्तुत किया, जिसमें मनुष्यों को संपूर्णता में एक इकाई मानकर उसकी संपूर्ण आवश्यकताओं को जानने एवं उनकी संतुलित आपूर्ति करने का सूत्र प्रस्तुत किया है।

दीनदयाल उपाध्याय के अनुसार, "व्यक्ति मन, बुद्धि, आत्मा व शरीर का एक समुच्चय है।" अत: मनुष्य के विषय में इन चारों को विभक्त करके नहीं समझा जा सकता, ये सभी आपस में अंतर्संबद्ध हैं। सीधे शब्दों में कहें तो दीनदयालजी द्वारा व्यक्ति से परिवार, परिवार से समाज, समाज से राष्ट्र और फिर मानवता और चराचर सृष्टि के बीच अंतर्निहित, पूरक संबंध की जरूरत पर विचार किया गया है। वे व्यक्ति को परिवार से, परिवार को समाज से, समाज को राष्ट्र और राष्ट्र को चराचर सृष्टि से पृथक् करके नहीं देखते। दीनदयालजी का मानना था, प्रत्येक व्यक्ति को 'मैं' और 'मेरा' विचार त्यागकर 'हम' और 'हमारे' विचार का पाणिग्रहण करना चाहिए। एकात्म मानव दर्शन विचारधारा में 'यत पिंडे, तत ब्रह्मांडे, अर्थात् जो ब्रह्मांड में है, वही पिंड में भी है' का भाव नजर आता है।

मनुष्यों की जरूरतों का संबंध भी इसी व्यापकता में निहित है। मानव की आवश्यकताएँ भी उसकी सामाजिक, आर्थिक, राजनीतिक, सांस्कृतिक एवं धार्मिक इच्छाओं के अनुरूप ही होती हैं। इसलिए व्यक्ति की इच्छाओं की पूर्ति अथवा उसकी संतुष्टि के समाधान को विभक्त करके नहीं खोजा जा सकता। वे प्राणिमात्र का हर उस दृष्टिकोण से मूल्यांकन करने की बात करते हैं, जो उसके समग्र जीवनचक्र में छोटी अथवा बड़ी आवश्यकताओं के रूप में संबंध रखती हैं। उन्होंने मानवमात्र से जुड़े सवालों की समाधानयुक्त विवेचना अपने वैचारिक लेखों में की है। भारतीय अर्थनीति का स्वरूप क्या हो, इन मूल विषयों को दीनदयाल उपाध्याय ने 'भारतीय अर्थनीति विकास की दिशा' में रखा है। धर्म और अर्थ को वह परस्पर संबद्ध करके देखते थे। उनका मानना था कि धर्म सर्वोपरि है, पर हमें यह नहीं भूलना चाहिए कि अर्थ के अभाव में धर्म का पालन नहीं किया जा सकता।

एक प्रसिद्ध उक्ति है—जो भूख से मर रहा हो, वह कोई पाप करने से जरा भी नहीं हिचकिचाएगा। उपाध्यायजी ने सरकार द्वारा व्यापारिक गतिविधियों में हाथ डालने से असहमति प्रकट की। उनका स्पष्ट मानना था कि शासन को व्यापार नहीं

करना चाहिए और व्यापारी के हाथ में शासन नहीं आना चाहिए। 1960 के दशक में जो चिंताएँ उन्होंने अपने लेखों तथा विचारों के माध्यम से प्रस्तुत की थीं, वे चार दशक की बहुधा समाजवादी नीतियोंवाली शासन प्रणाली में समस्या की शक्ल में दिखने लगी थीं। वे उस दौरान लाइसेंस राज में भ्रष्टाचार की चिंताओं से शासन को अवगत कराते रहे। विकेंद्रित व्यवस्था के वे पक्षधर थे तथा सामाजिक क्षेत्रों के अतिवादी राष्ट्रीयकरण के खिलाफ थे। वे जानते थे कि यह देश मेहनतकश लोगों का है, जो अपनी बुनियादी जरूरतों के लिए राज्य पर आश्रित कभी नहीं रहे हैं।

जनतंत्र में देश का सबसे बड़ा शक्ति केंद्र 'केंद्र सरकार' होती है। केंद्र सरकार शक्ति केंद्र होने के साथ-साथ देश की दिशादर्शक भी है। इसलिए राष्ट्रहित को ध्यान में रखकर विचार करनेवाले लोगों का सत्ता में रहना अत्यंत आवश्यक है, यह बात किसी भी एक राजनीतिक दल की बात नहीं है। जो भी राजनीतिक दल सत्ता में आए, उसकी पृष्ठभूमि राष्ट्रहित को ध्यान में रखकर, देशहित को सर्वोपरि मानकर, देश का गौरव बढ़ाने में योगदान देनेवाली होनी चाहिए, सिर्फ भारत में ही नहीं, दुनिया के हर देश में उसके नागरिकों का यही विचार होता है।

केंद्र सरकार ही देश की अर्थनीति, विदेश नीति, शिक्षा नीति तय करती है। सरकार ही सामाजिक कमजोरियों को दूर करके सामाजिक विकास की योजनाएँ बनाती है। आजादी के पश्चात् भारत अधिकतर क्षेत्रों में आगे तो बढ़ा है, मगर अभी भी देश के समक्ष बहुत सारी चुनौतियाँ खड़ी हैं। राष्ट्र में सुरक्षा, बेरोजगारी, गरीबी, अशिक्षा जैसी समस्याएँ हैं। अंत्योदय की अवधारणा है कि इन समस्याओं का हल निकालनेवाली प्रामाणिक सरकार या राजनीतिक समूह ही भारत में सामाजिक और आर्थिक परिवर्तन ला सकता है। इस प्रकार की विचारधारा का राजनीतिक समूह सत्ता में आना चाहिए। जो दीनदयालजी के एकात्म मानव दर्शन और अंत्योदय के विचार को समाज-रचना के लिए प्रासंगिक बना सके। समर्थ भारत की संकल्पनाओं की पूर्ति के लिए वर्तमान में विद्यमान सरकार सकारात्मक कार्य इस दिशा में कर रही है। मैं समझता हूँ कि गरीबी और ग्राम विकास को ध्यान में रखकर, गाँव-गाँव में बिजली पहुँचाना, किसान को फसल के उचित दाम उपलब्ध कराने की दिशा में सरकार ने कार्य किया है। गत कई वर्षों में पूरे देशभर में कई किलोमीटर महामार्गों का निर्माण हुआ है। अब देश में आवागमन की गति बढ़ गई है, जिसके कारण देश आगे बढ़ रहा है। देश को समर्थ करने की प्रक्रिया तो कई वर्षों से चल रही

है। विगत सरकारों ने भी इस दिशा में बहुत महत्त्वपूर्ण कार्य किए थे और वर्तमान सरकार ने अपने कार्यों में जनविकास की योजनाओं को अत्यंत महत्त्वपूर्ण स्थान दिया है। साथ ही विश्व के मंच पर भी भारत की गरिमा बढ़ाई है। भारत की गिनती अब दुनिया के शक्तिशाली राष्ट्रों में हो रही है, योग को दुनिया के 90 प्रतिशत देशों द्वारा स्वीकार किया जाना अपने आप में बहुत बड़ी बात है, 'समर्थ भारत' के अंतर्गत भारत के विचारों को दुनिया की स्वीकार्यता तक ले जाना भी अत्यंत महत्त्वपूर्ण उपलब्धि है।

इस अनुच्छेद में भारत सरकार की सोलहवीं और सत्रहवीं लोकसभा के समय में हुए योजना कार्यों पर समीक्षा की जा रही है। यह भारत की राजनीतिक व सामाजिक व्यवस्था का ऐसा समय है, जिसमें एक पक्ष केवल पूँजी और धन संपदा को बढ़ाने और बनाने में विश्वास रखता है, वहीं दूसरा पक्ष संचित पूँजी और धन-संपदा के समान हिस्सेदारी की बात करता है। यहाँ चिंता करनेवाली बात यह है कि जो पूँजी बढ़ाने व बनाने की बात करनेवाला बँटवारे की बात नहीं करता। इससे भी बड़ी और कड़वी बात यह है कि पूँजी बनानेवाला समानता को खत्म करता है और बँटवारे की बात करनेवाला स्वतंत्रता को। अगर हम ध्यान दें तो दोनों ओर से वर्ग संघर्ष को ही बल मिलता है। ऐसे में समाज को बचानेवाले एक ऐसे सह-अस्तित्ववादी दर्शन की जरूरत है, जो नई-नई चुनौतियों से जूझने की ताकत रखता हो। आज के वर्तमान भारत में राजनीतिक, सामाजिक और आर्थिक व्यवस्था में लोगों का विश्वास बढ़ाने के लिए यह बहुत आवश्यक है। आज केंद्र की शासन व्यवस्था में भारतीय जनता पार्टी (2014 से 2021 वर्तमान तक) की सरकार है। इस सरकार में कई सरकारी योजनाओं का नामकरण पंडित दीनदयाल उपाध्याय के नाम पर किया गया है, क्योंकि वर्तमान केंद्र सरकार की शासन व्यवस्था का आधार पंडित दीनदयाल द्वारा स्थापित एकात्म मानव दर्शन और अंत्योदय का सिद्धांत है। ये सभी योजनाएँ सह-अस्तित्व और सबका साथ-सबका विकास की आधारभूत संकल्पना पर आधारित है। सबका साथ-सबका विकास अंत्योदय दर्शन की ही एक प्रतिनिधि सोच है। व्यक्ति की सामाजिक-राजनीतिक और आर्थिक स्थिति उसके परिश्रम, विवेक और उसकी पहचान पर निर्भर करती है। इसलिए वर्तमान सरकार ने योजनाओं की व्यवस्था सभी की आवश्यकता को ध्यान में रखकर की।

2014 में बनी मोदी सरकार के द्वारा जन-धन योजना की शुरुआत की गई, जिसके तहत बिना भेदभाव और जाति-धर्म के आधार पर करोड़ों खाते खोले गए,

जिनकी वर्तमान संख्या-38.08 करोड़ है। सरकार के द्वारा उठाया गया यह कदम समाज में लोगों को औपचारिक अर्थव्यवस्था में शामिल करके आर्थिक माध्यम से समानता स्थापित करने का यह तरीका अंत्योदय का एक बहुत बड़ा उदाहरण है। वर्तमान में एकात्मता स्थापित करने का सबसे बड़ा उपाय है, जाति-धर्म भेदभाव के बिना सबको समान दृष्टि से देखते हुए उठाए गए आर्थिक कदम। जो लोग आर्थिक रूप से कमजोर थे और आज भी खाना बनाने की पुरानी व्यवस्था पर आश्रित थे, उन्हें उज्ज्वला गैस वितरण योजना के माध्यम से 10 करोड़ परिवारों को रसोई गैस देने का कार्य वर्तमान की मोदी सरकार ने किया। गरीब आदमी को समाज की मुख्यधारा में जोड़ने के लिए भारत के प्रधानमंत्री नरेंद्र मोदी स्वास्थ्य बीमा योजना 'आयुष्मान भारत योजना' लाए जिसमें नमो केयर के तहत 5 लाख रुपए का स्वास्थ्य बीमा लगभग 10 करोड़ परिवारों को मिलेगा। इससे अभी तक लगभग 12.45 करोड़ लोग लाभार्थी हो चुके हैं। श्रम शक्ति के हित के लिए सभी प्रकार के सेक्टर में कार्य करनेवाले कर्मचारियों के EPF खातों में 12 प्रतिशत का योगदान सरकार करेगी जिससे भविष्य में आनेवाली परेशानियों से लड़ने में वो सक्षम बन सकें। आर्थिक रूप से पिछड़े और गैर-सरकारी क्षेत्रों और आम नागरिकों के लिए अटल पेंशन योजना की शुरुआत हुई जिससे उनके भविष्य को उज्ज्वल और सुरक्षित बनाने का कार्य वर्तमान की मोदी सरकार के द्वारा किया गया। लगभग 1.67 करोड़ लोग इसमें अपना पंजीकरण करा चुके हैं। इस सरकार की अंत्योदय योजना के विषय के साथ समाज हित में सबसे बड़ा कार्य है प्रधानमंत्री आवास योजना, हर व्यक्ति का सपना होता है, उसका स्वयं का घर हो। मगर आर्थिक रूप से पिछड़े हुए लोगों के लिए वह सपना सिर्फ सपना बनकर ही रह जाता है। मगर मोदी सरकार ने उनका यह सपना पूरा किया और प्रण लिया कि 2022 तक भारत के हर नागरिक के पास स्वयं का आवास होगा। बिजली और पानी आज देश के विकास में महत्त्वपूर्ण वस्तुएँ हैं, समाज इन पर अभिलंबित है। मगर पंडित दीनदयाल उपाध्याय के एकात्म मानव दर्शन से प्रेरणा लेकर भारत की वर्तमान मोदी सरकार ने दीनदयाल ग्राम ज्योति योजना के तहत 18 हजार ग्रामों में बिजली पहुँचाने का कार्य किया और सौभाग्य योजना के अंतर्गत लगभग 4 करोड़ घरों को रोशनी देने का कार्य वर्तमान सरकार ने किया। भारत के प्रधानमंत्री कहते हैं कि स्वस्थ वातावरण से ही स्वस्थ मन और शरीर का विकास होता है, इसलिए उन्होंने भारत में स्वच्छ भारत मिशन के द्वारा स्वच्छता के प्रति लोगों को जागरूक और

लगभग 8 करोड़ शौचालय का निर्माण संपूर्ण भारत में कराया। हाल ही में देश के प्रधानमंत्री श्री नरेंद्र मोदी ने वैश्विक महामारी कोविड-19 से लड़ने और देश की आर्थिक गति को बढ़ावा देने के लिए 20 लाख करोड़ के राहत पैकेज की मंजूरी दी है। जो देश को इस संकटकाल में उबारने का कार्य करेगा। इस राहत पैकेज से देश के विभिन्न वर्गों को, आर्थिक व्यवस्था की कड़ियों को 20 लाख करोड़ रुपए का संबल मिलेगा, सपोर्ट मिलेगा। 20 लाख करोड़ रुपए का यह पैकेज, 2020 में देश की विकास यात्रा को, आत्मनिर्भर भारत अभियान को एक नई गति देगा।

भारत की वर्तमान केंद्र सरकार समाज के हर वर्ग के लिए अनेक प्रकार की लाभकारी योजनाएँ गरीबों के कल्याण के लिए चला रही है

हमारा भारत विविधता में एकता के लिए जाना जाता है, यही कारण है कि भारत के नीति-निर्माताओं को देश के हर नागरिक की आवश्यकताओं को ध्यान में रखते हुए विभिन्न लाभकारी कार्यदायी योजना बनाने की आवश्यकता होती है। इन सबको आधार मानकर भारत सरकार समय-समय पर सभी स्तरों पर समाज के जरूरतमंद वर्ग के लिए कल्याणकारी योजनाओं की घोषणा करती है। देश में ये योजनाएँ केंद्रीय, राज्य विशिष्ट, केंद्र एवं राज्यों के मध्य एक संयुक्त गठबंधन हो सकती हैं। इस प्रपत्र में हम सरकार की अनेक कल्याणकारी योजनाओं तथा उनके पहलुओं को संक्षिप्त में इंगित करने का प्रयास करेंगे। इन कार्यक्रमों की शुरुआत राष्ट्रहित में वर्तमान मोदी सरकार एवं पिछली सरकारों द्वारा की गई है।

1. देश को समर्पित योजनाएँ

- मेक इन इंडिया
- स्वच्छ भारत मिशन
- ऑपरेशन ग्रीन्स मिशन
- उज्ज्वला योजना
- डिजिटल इंडिया मिशन
- नमामि गंगे योजना
- सेतु भारतम योजना
- सागरमाला प्रोजेक्ट

- उदय (UDAY)
- प्रधानमंत्री नेशनल न्यूट्रिशन मिशन/राष्ट्रीय पोषण मिशन

2. कृषि और किसान कल्याण के लिए सरकार की विभिन्न योजनाएँ

- प्रधानमंत्री फसल बीमा योजना
- पी.एम. किसान मानधन योजना
- किसान सम्मान निधि योजना
- पी.एम. किसान सम्मान निधि योजना हेल्पलाइन नंबर
- फ्री सोलर पैनल योजना
- मृदा स्वास्थ्य कार्ड योजना (सॉइल हेल्थ कार्ड)
- प्रधानमंत्री कृषि सिंचाई योजना (पी.एम.के.एस.वाई.)
- मौसम-आधारित फसल बीमा
- परंपरागत कृषि विकास योजना
- बागबानी के समन्वित विकास के लिए मिशन (एम.आई.डी.एच.)
- पशुधन विपणन आदि।

3. शहरी क्षेत्रों के विकास हेतु योजनाओं का रूप

- स्मार्ट सिटी योजना
- अमृत OR AMRIT (अफोर्डेबल मेडिसिन एंड रिलाएबल इंप्लाट्स फॉर ट्रीटमेंट)
- शहरी हरित परिवहन योजना (GUTS)
- नेशनल हेरिटेज सिटी डेवलपमेंट एंड ऑग्मेंटेशन योजना (हृदय योजना)
- पिल्ग्रिमेज रेजुवेनशन एंड स्पिरिचुअल ऑग्मेंटेशन ड्राइव (प्रसाद योजना)

4. ग्राम्यविकास के लिए सरकार की योजनाएँ

- सर्व शिक्षा अभियान
- ग्रामोदय से भारत उदय
- दीनदयाल उपाध्याय ग्रामीण कौशल योजना

- सांसद आदर्श ग्राम योजना
- प्रधानमंत्री ग्रामीण आवास योजना
- महात्मा गांधी राष्ट्रीय ग्रामीण रोजगार गारंटी योजना (MGNREGS)
- प्रधानमंत्री ग्राम सड़क योजना
- प्रधानमंत्री ग्राम सिंचाई योजना

5. भारत के उद्यमी और व्यावसायिक क्षेत्र के लिए सरकार की योजना

- फेम इंडिया स्कीम
- मार्केट एश्योरेंस स्कीम
- कंडोनेशन ऑफ डिले स्कीम
- सृष्टि स्कीम
- सोशल सिक्योरिटी स्कीम
- रियल एस्टेट बिल
- व्यापारियों के लिए भीम आधार एप
- खाद्य संसाधन उद्योग के लिए संपदा योजना
- पावरलूम (विद्युत् से चलनेवाला करघा) उद्योग के लिए सौर ऊर्जा योजना
- कृषि में मशीनरी के उपयोग को बढ़ावा देने के लिए योजना
- GST E-Way Bill
- ग्रैच्युटी भुगतान के लिए संशोधित बिल 2018
- स्वर्ण बॉण्ड योजना
- स्वर्ण मौद्रिकरण योजना
- साइबर सुरक्षित भारत प्रोग्राम

6. भारत के भविष्य युवाओं के लिए सरकार की लाभकारी योजनाएँ

- प्रधानमंत्री रोजगार योजना
- Start Up and Stand Up India कार्यक्रम योजना
- दीनदयाल उपाध्याय स्वनियोजन योजना
- प्रधानमंत्री मुद्रा योजना
- प्रधानमंत्री कौशल विकास योजना

- प्राइम मिनिस्टर इंप्लॉयमेंट जनरेशन प्रोग्राम
- प्राइम मिनिस्टर रिसर्च फेलोशिप स्कीम
- नेशनल अप्रेंटिसशिप प्रमोशन स्कीम

7. जनता के भविष्य को सुरक्षित व आत्मनिर्भर बनानेवाली प्रधानमंत्री पेंशन योजनाएँ

- कर्मयोगी मानधन योजना
- प्रधानमंत्री वय वंदना योजना
- अटल पेंशन योजना
- प्रधानमंत्री जीवन ज्योति बीमा योजना
- प्रधानमंत्री सुरक्षा बीमा योजना
- रेलवे यात्री बीमा योजना

8. महिला विकास से संबंधित सरकार की हितकारी योजनाएँ

- बेटी बचाओ बेटी पढ़ाओ कार्यक्रम
- फ्री सिलाई मशीन योजना
- प्रधानमंत्री सुकन्या समृद्धि योजना
- बालिका अनुदान योजना
- सुरक्षित मातृत्व आश्वासन सुमन योजना
- उज्ज्वला योजना
- स्कीम फॉर एडोलसेंट गर्ल्स (सबला)
- तीन तलाक कानून

9. गरीबों के उत्थान के लिए भारत सरकार की योजनाएँ

- जन धन योजना
- अंत्योदय अन्न योजना
- प्रधानमंत्री आवास योजना
- प्रधानमंत्री उज्ज्वला योजना
- श्रमेव जयते योजना

10. स्वास्थ्य के क्षेत्र में सरकार की भागीदारी

- प्रधानमंत्री आयुष्मान भारत योजना
- टी.बी. मिशन 2020
- मिशन इंद्रधनुष
- प्रधानमंत्री भारतीय जन औषधि परियोजना

11. भारत के जनजातीय क्षेत्रों के लिए सरकार की महत्त्वाकांक्षी योजना

- राष्ट्रीय आदिवासी उत्सव
- वन धन योजना
- लघु वन उत्पाद (MFP)
- लघु वन उत्पाद के लिए न्यूनतम समर्थन मूल्य योजना
- एकलव्य विद्यालय व आश्रम विद्यालय योजना
- रोशनी : आदिवासियों के लिए कौशल विकास योजना आदि।

पंडित दीनदयाल उपाध्याय अंत्योदय की बात करते थे, उनके हृदय में कतार के अंतिम व्यक्ति तक खुशहाली और समृद्धि का प्रकाश पहुँचाने की इच्छा सदैव रही है। पंडितजी के वैचारिक दृष्टिकोण में जिस अंत्योदय की अवधारणा का जिक्र आता है, यह समाज के अंतिम छोर पर खड़े व्यक्ति को सक्षम, सबल और स्वावलंबी बनाने की उनकी चिंता का ही प्रतिफल था। भारत की वर्तमान मोदी सरकार ने अंतिम व्यक्ति को सक्षम, सबल और स्वावलंबी बनाने की दिशा में कार्य को आगे बढ़ाया है। समाज में नई व्यवस्था खड़ी करनी चाहिए, समाज को समता युक्त और शोषणमुक्त बनाना चाहिए, क्योंकि राष्ट्र की सर्वांगीण उन्नति के लिए आवश्यक है कि सभी का उत्थान हो, समाज में प्रेम और समरसता का वातावरण बने। सबका साथ हो, सबका विकास हो। यही पंडित दीनदयाल उपाध्यायजी के एकात्म मानव दर्शन से उत्पन्न अंत्योदय विचार की परिकल्पना है, जिसे भारत की वर्तमान मोदी सरकार ने अपनाया है।

□

23

स्वदेशी : भारत के विकास की एक दिशा

एकात्म मानववाद और अंत्योदय विचार के प्रणेता पंडित दीनदयाल उपाध्यायजी ने भारत के विकास के लिए एक ऐसा स्वदेशी सामाजिक-आर्थिक मॉडल प्रस्तुत किया, जिसके विकास के केंद्र में मनुष्य है। भारत की आजादी से पूर्व देश में कई स्वदेशी के जन-आंदोलन हुए, स्वदेशी को देश का अभिन्न अंग बनाने के लिए कई प्रकार की नीतियाँ बनाई गईं, उस समय दीनदयालजी ने स्वदेशी को भारत की आत्मा बनाने के लिए अनेक स्तरों पर लोगों के साथ विचार-विमर्श किया और स्वदेशी को अपने जीवन दर्शन में अभिभूत कर लिया। जब हम स्वदेशी का चिंतन करते हैं तो हमारे मन में स्वदेशी की कल्पना होती है; अपने राष्ट्र का और अपने देश में निर्मित या उत्पादित माल। सामान्य शब्दों में, किसी भौगोलिक क्षेत्र में उत्पन्न, निर्मित या उत्पादित वस्तुओं, नीतियों और विचारों को भी 'स्वदेशी' कहते हैं। जब देश में आजादी का आंदोलन चल रहा था, तब वर्ष 1905 के बंग-भंग आंदोलन से स्वदेशी के आंदोलन को काफी उत्साह मिला, यह आंदोलन तब वर्ष 1911 तक चला और महात्मा गांधीजी के सभी आंदोलन में यह सबसे सफल आंदोलन था। भारत के लोगों में आजादी के साथ-साथ स्वदेशी के लिए भी श्रद्धा उत्पन्न हो गई थी। समसामयिक राष्ट्रीय क्रांतिकारी अरविंद घोष, वीर सावरकर, डॉ. हेडगेवारजी, लोकमान्य तिलक और लाला लाजपत राय इस स्वदेशी आंदोलन के मुख्य उद्घोषक थे। आगे चलकर यही आंदोलन संपूर्ण देश के स्वतंत्रता आंदोलन का केंद्रबिंदु बना। महात्मा गांधीजी ने इसे स्वराज की आत्मा कहा।

मगर स्वदेशी को लेकर दीनदयालजी के विचार बहुत ही अलग थे और उस समय स्वदेशी का समाज में प्रचलित अर्थ था विदेशी वस्तुओं का बहिष्कार और स्वदेश में निर्मित माल का उपयोग। परंतु पंडितजी स्वदेशी की इस व्याख्या से

संतुष्ट नहीं थे, वह स्वदेशी की पूर्ण व्याख्या नहीं थी। स्वदेशी देश के स्वाभिमान से जुड़ा विषय है। स्वदेशी जहाँ स्वदेशी अभिमान में अर्थात् भावनात्मक है, वहीं वह देश की अर्थव्यवस्था से भी जुड़ा हुआ है। दीनदयालजी स्वदेश में बनी हुई वस्तु तक ही अपनी दृष्टि को सीमित नहीं रखते थे। सामाजिक कार्यकर्ता बाबासाहेब आपटे ने दीनदयालजी के साथ हुए अपने वार्त्तालाप के संस्मरण हेतु अपनी पुस्तक में लिख रखा है। दीनदयालजी ने उनसे कहा था, "मैं उन वस्तुओं को, जिनका स्वदेश में निर्माण तो किया जाता है, किंतु उनका सारा लाभ विदेशों को भेज दिया जाता है, स्वदेशी मानने को तैयार नहीं हूँ।" यह भावना दीनदयालजी के मन में स्वदेशनिष्ठा को शत-प्रतिशत ज्वलंत रखती थी। स्वदेशी की परिभाषा को हमें पंडित दीनदयालजी के शब्दों में समझना चाहिए, पंडितजी की परिभाषा में स्वदेशी उपभोग की वस्तुओं के साथ भाषा, व्यवहार, वस्त्र के साथ-साथ पारंपरिक शिष्टाचार, लोकनीति और लोक व्यावहारिक आदि सभी मानव जीवन की महत्त्वपूर्ण बातों का समावेश था।

पंडित दीनदयाल उपाध्यायजी स्वदेशी के विषय पर अपने विचार रखते हुए कुछ सवाल रखते थे कि स्वदेशी क्या है? क्या स्वदेशी कोई वस्तु है? या स्वदेशी कोई मंत्र है? इस पर सवालों की और उनके समाधानों की एक निम्नलिखित शृंखला है—

- स्वदेशी कोई वस्तु नहीं, एक चिंतन है।
- स्वदेशी भारत के जीवन दर्शन का एक तंत्र है।
- स्वदेशी मंत्र है सुखी जीवन का।
- आज स्वदेशी एक शस्त्र है युग परिवर्तन का, भारत के विकास का।
- स्वदेशी समाधान है भारत की बेरोजगारी का।
- स्वदेशी कवच है शोषित होने से बचने का।
- स्वदेशी स्वाभिमान है श्रमशीलता का।
- स्वदेशी संरक्षक है प्रकृति और पर्यावरण व जीव-जंतुओं का।
- आज स्वदेशी एक आंदोलन है सादगी और सम्मान का।
- स्वदेशी आज संग्राम है जीवन और मरण का।
- स्वदेशी आधार है समाज की सेवा का।
- स्वदेशी उपचार है मानवता के विकास का।
- स्वदेशी उत्थान है समाज व राष्ट्र के सम्मान और स्वाभिमान का।

1. स्वदेशी क्या है ?

उ. स्वदेशी देश के स्वाभिमान से जुड़ा विषय है। स्वदेशी वह है, जिससे हमें अपनेपन का भाव उत्पन्न हो जाए। जो हमारे इर्दगिर्द उत्पन्न हुआ हो, क्योंकि इसके बिना देश में आर्थिक उन्नति तीव्र गति से नहीं हो सकती है।

2. स्वदेशी कहाँ है ?

उ. जो कुछ हमें प्रकृति और अपने राष्ट्र में उपलब्ध हो जाए, वही स्वदेशी है।

3. स्वदेशी की हमें आवश्यकता कब और कितनी है ?

उ. देश के आर्थिक विकास के साथ-साथ, हमें जब सामाजिक सुख और शांति मिले तब और जिससे देश की आवश्यकताओं की पूर्ति हो जाए, उतनी। उपभोग नहीं, उपयोग के भाव तक हमें प्राप्त हो जाएँ।

4. स्वदेशी को बढ़ावा कैसे और कब तक ?

उ. स्वदेशी को बढ़ावा देने के लिए हमें अपने देश में निर्मित वस्तुओं के उपयोग का संकल्प लेकर उनका उपभोग भी करना होगा। हमें जीवनपर्यंत स्वदेशी के विचारों को आत्मसात् करना है।

वैसे जनसंघ था एक राजनीतिक दल, परंतु दीनदयालजी की प्रखर स्वदेशी वृत्ति की प्रेरणा से उसका गहरा नाता भारतीय संस्कृति और राष्ट्र भक्ति से भी जुड़ा हुआ था। पंडितजी कहते थे कि देश की समस्याओं का समाधान पाश्चात्य दर्शन का आधार लेकर नहीं किया जा सकता, उसके लिए हमें अपने राष्ट्र को ही आत्मनिर्भर बनाना पड़ेगा। यही दीनदयालजी का स्वदेशी चिंतन था। पंडितजी देश के आर्थिक और सामाजिक विकास को स्वदेशी निष्ठा के साथ पूर्ण करने का संकल्प देखते थे। पंडित दीनदयालजी ने जब एकात्म मानव दर्शन का प्रतिपादन किया होगा, तब भी उनके मन में स्वदेशी की भावना का साकार रूप रहा होगा। पंडित दीनदयालजी के स्वदेशी से भारत के विकास के लिए निम्नलिखित उद्देश्य थे—

- भारत की सुरक्षा, एकता को सुनिश्चित करना
- एक आत्मनिर्भर राष्ट्र का निर्माण
- भारतीय सांस्कृतिक मूल्यों को बढ़ावा देना
- प्राकृतिक संपदा का संरक्षण

- सभी क्षेत्रों एवं सभी समाजों का संतुलित विकास

हमें दीनदयालजी के विचारों को समझने के लिए उनके द्वारा प्रतिपादित एकात्म मानव दर्शन के विचार को समझना चाहिए।

पंडितजी का चिंतन सदैव भारत के युवा, किसान, मजदूर और देश के सामाजिक और आर्थिक विकास पर केंद्रित रहा है। उन्होंने सदैव स्वावलंबी और समृद्ध भारत का स्वप्न देखा और उसको साकार करने का मार्ग हम सभी के समक्ष प्रस्तुत किया। हमें यह समझना होगा कि देश में जो भी विकास अभी तक हुआ है, वह वास्तव में स्वदेशी के आधार पर ही हुआ है। स्वदेशी में भाषा, वेशभूषा, भेषज (औषधि), शिक्षा, रीति-रिवाज, भौतिक उपयोग की वस्तुएँ, कृषि, लघु व कुटीर उद्योग, व्यवसाय, कार्य कौशल व न्याय व्यवस्था आदि भारत को अगर हमें सामाजिक, आर्थिक, राजनीतिक, विज्ञान, तकनीकी, उत्पादन, सुरक्षा आदि क्षेत्र में समर्थ एवं शक्तिशाली बनाना है तो हमें स्वदेशी के मूल मंत्र को अपनाना ही पड़ेगा; और कोई दूसरा विकल्प हमारे पास नहीं है। देश की वर्तमान सरकार इस विषय पर प्रशंसापूर्ण कार्य कर रही है।

आज हमारा भारत फिर से आत्मस्वावलंबी बन रहा है। आज चिकित्सा के क्षेत्र में हमारा देश विश्व के अग्रणी देशों में से एक है। आज अंतरिक्ष अनुसंधान के क्षेत्र में भारतीय अंतरिक्ष अनुसंधान केंद्र, जो पूरी तरह से भारतीय प्रौद्योगिकी के आधार पर विकसित हुआ है, उसने संपूर्ण विश्व में अपनी कामयाबी को स्थापित कर दिया है। आज विश्व के बड़े-बड़े राष्ट्र भी अपने अंतरिक्ष यानों को अंतरिक्ष की कक्षा में स्थापित करने के लिए भारतीय 'पी.एस.एल.वी.' का सहयोग ले रहे हैं। सामरिक क्षेत्र में परमाणु विस्फोट कर हम पहले ही दुनिया को अचंभित कर चुके हैं। आज हमारे पास स्वयं का नेवीगेशन नाविक सिस्टम है। हमारे वैज्ञानिकों ने स्वदेशी तकनीकी से अग्नि प्रक्षेपास्त्र जैसे कई आयुधों का निर्माण करके अपने दुश्मनों को दहशत में कर रखा है। संपूर्ण विश्व में हमारे देश के वैज्ञानिकों, डॉक्टरों और इंजीनियरों ने अपनी योग्यता और योगदान के बल पर अपनी धाक जमा रखी है। भारत की वर्तमान सरकार आयातों पर अपनी निर्भरता कम कर रही है और हमारे निर्यातों में वृद्धि को प्रोत्साहित कर रही है, हमारे सॉफ्टवेयर इंजीनियर अथक मेहनत से अपने सॉफ्टवेयर के बढ़ते निर्यात के कारण देश की इकोनॉमी को लाभान्वित कर रहे हैं।

इन सभी क्षेत्रों में हमारी प्रगति किसी भी दृष्टिकोण से विदेशी निवेश और

भूमंडलीकरण के कारण नहीं, बल्कि हमारे संसाधनों, हमारे वैज्ञानिकों और उत्कृष्ट मानव संसाधनों के कारण हो रही है। सरकार को अब और ज्यादा स्वदेशी, यानी स्वदेशी संसाधन, स्वदेशी प्रौद्योगिकी और स्वदेशी मानव संसाधनों के आधार पर विकास करने को बढ़ावा देना चाहिए। आज जब अमरीका और यूरोप सरीखे सभी देश भयंकर आर्थिक संकट से गुजर रहे हैं, तब भारत में स्वदेशी के आधार पर आर्थिक विकास ही एकमात्र विकल्प है।

भारत के जन के मानस को समझकर ही देश के विकास का मॉडल तय करना चाहिए। एकात्म मानववाद के जनक पं. दीनदयाल उपाध्याय के कतार के अंतिम व्यक्ति की चिंता का मॉडल बनना चाहिए। महात्मा गांधी के रामराज्य की अवधारणा को समझना चाहिए। भारत की नब्ज को पहचानकर, महसूस करके, उसके अनुरूप अब नीतियाँ बननी चाहिए। भारत में अब एक ऐसा मॉडल बनना चाहिए, जिसमें व्यक्ति, परिवार, समाज, नगर, राज्य और देश की जरूरतों को ध्यान में रखा जा सके, जिसमें सबके बारे में विचार हो सके। स्वदेशी और सर्वस्पर्शी मॉडल के माध्यम से ही हम विश्व के सामने एक समृद्धशाली राष्ट्र के रूप में स्थापित हो सकते हैं। हमारे देश में फिर कोई असहाय और मजबूर नहीं होगा। देश स्वाभिमान और स्वावलंबन के साथ आत्मनिर्भर होकर विश्व का मार्गदर्शन करेगा।

□

24

आपदाओं से निपटने के लिए राजनीतिक सामंजस्य की आवश्यकता

भारत को विविधताओं से भरा राष्ट्र माना जाता है। हमारे यहाँ भाषा से लेकर विभिन्न विचारों में भी भिन्नता है। मगर हम सभी भारतीय विविधता में एकात्मता का परिचय देते हैं। हमारी संस्कृति हमें एक रहना सिखाती है। हमारा देश एकात्म समाज-रचना के तत्त्व को स्वीकार्य करता है, विघटन के नहीं। हम दूसरे के सुख-दुःख में सहयोगी रहते हैं। सामाजिक जीवन चक्र एक-दूसरे के सहयोग से आगे बढ़ता है। जब आज संपूर्ण विश्व कोरोना जैसी वैश्विक महामारी का दंश झेल रहा है, इस महामारी के दौर में हमें सामाजिक और राजनीतिक सामंजस्य की महती आवश्यकता है। हमारे देश में लगभग 32 लाख सामाजिक संगठन पंजीकृत हैं और लगभग 48 क्षेत्रीय दल प्रदेशों में और 8 राष्ट्रीय स्तर के राजनीतिक दल हैं। सभी दलों के अपने-अपने राजनीतिक चिंतन और विचारधाराएँ हैं। सब अपने विचार को सर्वश्रेष्ठ और पूर्ण समझते हैं। इसलिए वे अपने विचार के विपरीत की सरकारों द्वारा लिये गए लगभग सभी निर्णयों और नीतियों का विरोध करते हैं। जैसे केंद्र में आज भाजपा की सरकार है जिसका नेतृत्व प्रधानमंत्री नरेंद्र मोदी कर रहे हैं। मान लीजिए, किसी राज्य में उनके विपरीत मत की राज्य सरकार है तो राजनीतिक रूप से उनके निर्णयों का विरोध करेगी ही। यह आज हमारे राजनीतिक चिंतन का मूल बन गया है कि हम विरोध की राजनीति करके सत्ता में रहने या आने का प्रयास कर रहे हैं। बात सही है कि हम अगर विरोध नहीं करेंगे तो सरकारें मनमाने ढंग से कार्य करेंगी और निर्णय लेंगी। सकारात्मक नेतृत्ववाली सरकार सकारात्मक निर्णय लेगी, जो समाज और राष्ट्र के हित में होगा और नकारात्मक नेतृत्ववाली सरकार नकारात्मक निर्णय लेगी। बात अगर हम आज की करें तो ध्यान में आता है कि इस

महामारी से बचने के लिए सरकार ने कई श्रेणियों में देश को बंद किया। कुछेक महीने तो संपूर्ण लॉकडाउन का पालन देश ने किया है। लॉकडाउन के कारण देश में बहुत बड़ी आर्थिक और रोजगार की समस्या मुँह फैलाए हम सभी के सामने खड़ी हो गई है, इस कारण सरकार और लोगों की चिंता और बेचैनी बढ़ गई है। इन सब कारणों को मुद्दा बनाने का प्रयास देश में चल रहा है, इसलिए राजनीतिक क्षेत्र में कुछ आशाएँ भी उत्पन्न की जा रही हैं। वहीं दूसरी तरफ हम सभी अपने आसपास दृश्यों का अवलोकन कर रहे हैं कि मजदूर और मध्यमवर्गीय परिवारों, व्यापारियों, उद्योगपतियों की रोजी-रोटी पर संकट आ खड़ा हुआ है। मजदूर अपने कार्य क्षेत्रों को छोड़कर अपने निवास स्थानों की ओर पलायन कर चुके हैं। वे पैदल और गाड़ियों और सरकारों द्वारा उपलब्ध की जा रही परिवहन व्यवस्था से अपने गंतव्य की ओर चले जा रहे हैं। व्यापार और उद्योग जगत् में छोटे और मझले व्यापारी परेशान हैं। मजदूर नहीं मिलेंगे तो काम कैसे आरंभ होगा ? फिर इस महामारी से बचने के लिए सरकार की नीतियों का अनुपालन करना पड़ेगा। या हम यह मानें कि अभी कुछ समय के लिए देश की विकास गति थम गई है। अभी कुछ बड़ी सामयिक समस्याओं का सामना हमें करना पड़ेगा, चाहे वे आर्थिक हों या खाद्यान्न को लेकर हों। इस महामारी का इलाज अभी दूर-दूर तक दिखाई नहीं देता है। तब तक ये बातें सामान्य होंगी कि नहीं, कुछ नहीं कहा जा सकता। इस संकट के समय हमें एक-दूसरे का विरोध न करके एक-दूसरे के साथ सामंजस्य बनाकर कार्य करना है, न कि इन मुद्दों को राजनीतिक मुद्दा बनाना है। हम सभी को अपने नेतृत्व पर भरोसा रखना होगा।

गृह मंत्रालय के आँकड़ों के अनुसार देश में लगभग 4 करोड़ प्रवासी मजदूर हैं। कुछ अफवाहों और उचित मदद और मार्गदर्शन न मिलने के कारण आज लगभग 75 लाख प्रवासी मजदूरों का बेसहारा होकर परिवार सहित अपने गाँव और घर की ओर जाने का दृश्य, परिस्थिति के प्रति हमारे असंवेदनशील व्यवहार का परिचायक बन गया है, इसमें शासन और प्रशासन की भूमिका महत्त्वपूर्ण है, परंतु बड़े स्तर पर लोग मानवीय आधार पर अपने सामर्थ्य के अनुसार जरूरतमंद लोगों की सहायता कर रहे हैं। मगर कुछ राजनीतिक दल इस विषय पर आधारहीन राजनीति करने का प्रयास कर रहे हैं। समझने की बात यह है कि इस वैश्विक महामारी के चलते न तो राजनीति समाप्त होनेवाली है और न ही प्रशासन की गुणवत्ता पर लोकतांत्रिक बहस। हकीकत में यह देश के प्रधानमंत्रीजी पर निर्भर

करता है कि वे अनपेक्षित स्थिति के दौर में विरोधी आवाजों को स्वतंत्रता देते हुए भी एक राष्ट्रीय जनमत कैसे तैयार करते हैं। वैसे प्रधानमंत्रीजी सभी राजनीतिक दलों के प्रमुख पदाधिकारियों, राज्यों के मुख्यमंत्रियों, केंद्र के मंत्रियों, अधिकारियों और स्वास्थ्य विभाग से संबंधित लोगों के साथ निरंतर चर्चा-परिचर्चा और परामर्श ले रहे हैं। वे सभी के साथ सामंजस्य बनाकर नीति-निर्धारण कर रहे हैं। उन्होंने इस विषय पर राज्य सरकारों की भागीदारी भी सुनिश्चित की है। कई दौरों में उन्होंने देश के मुख्यमंत्रीगणों से परामर्श लिया और मंत्रणा की कि इस चुनौती से किस प्रकार लड़ा जाए। लेकिन सिर्फ भारत ही नहीं, उन्होंने विश्व स्तर पर इस बीमारी को लेकर अन्य देशों के राष्ट्रीय अध्यक्ष और वैज्ञानिकों से भी बात की है। जिसमें भारत ने अमेरिका, ब्राजील और अन्य कई देशों को हाइड्रॉक्सीक्लोरोक्विन (मलेरिया की दवा) को भेजा है। अभी हमारा देश कोरोना से लड़ने के लिए तैयार है। हमारे पास कोविड-19 को समर्पित कुल 930 अस्पताल हैं, जिसमें 158747 आइसोलेशन बेड हैं, कुल 20355 आई.सी.यू. बेड हैं और 69076 ऑक्सीजन बेड हैं। भारत सरकार के मुताबिक 2362 कोरोना समर्पित स्वास्थ्य केंद्रों में 132593 आइसोलेशन बेड, 10903 आई.सी.यू. बेड और 45562 ऑक्सीजन सपोर्ट बेड उपलब्ध हैं, वहीं हमारे पास कोविड की जाँच के लिए कुल 624 लैब हैं। आज (28/05/2020) तक भारत में कोरोना के कुल 1.58 लाख केसों की पुष्टि हो चुकी है, जिसमें से 67,692 लोग स्वस्थ हो चुके हैं और कुल 4,531 की मृत्यु हो चुकी है। वहीं विश्वभर में अमेरिका और ब्राजील जैसे देशों में इसके केसों और मृत्युदर की संख्या अधिक है। विश्वभर में अभी तक कोरोना के कुल 56.90 लाख केसों की पुष्टि हो चुकी है जिसमें से 23,49,598 लोग स्वस्थ हो चुके हैं और कुल 3,55,575 की मृत्यु हो चुकी है। ऐसे में जब हमारे पास दुनिया के बेहतरीन चिकित्सक और पैरामेडिकल स्टाफ है, हमारे यहाँ जनता सरकार का सहयोग कर रही है। इसलिए हमारे यहाँ अभी कोरोना के मरीजों की संख्या अन्य विकसित देशों के मुकाबले कम है। अब हमें कोरोना के साथ-साथ आनेवाली विपत्तियों का भी सामना करना है।

संकट के इस समय में राष्ट्रीय स्तर की बातचीत या विवादों के स्वरूप को संकुचित नहीं किया जाना चाहिए। उदाहरण के लिए, कुछ असामाजिक, कुछ अविवेकी व्यक्तियों की अनुशासनहीनता की वजह से एक पूरे सामाजिक समुदाय की निंदा के प्रयास पर प्रश्न क्यों नहीं उठाए जा सकते? नीतिगत मुद्दों पर देश के विपक्ष को यह पूर्ण अधिकार है कि वह अपनी बातों और नीतियों को सरकार को

बताए, अपनी सलाह सरकार को दे। नीतिगत मुद्दों पर सरकार का सहयोग कर सकते हैं और जहाँ उन्हें लगता है कि सरकार ठीक प्रकार से कार्य नहीं कर पा रही, वहाँ लोकतांत्रिक रूप से सरकार का विरोध कर सकते हैं, मगर सकारात्मक और विवेचनात्मक रवैये के साथ। उदाहरणस्वरूप वह इस बात के लिए परामर्श दे सकते हैं कि देश के वंचित वर्ग की सहायता हेतु सरकार अपने राहत पैकेज को बढ़ा सकती है। हाशिए पर रह रहे वर्ग के लिए सरकार की अनुकंपा उसका दायित्व है, जिसे संविधान की प्रस्तावना में भी वर्णित किया गया है। वैसे केंद्र सरकार ने इस संकट की घड़ी में देश को आर्थिक रूप से संबल बनाने के लिए 20 लाख करोड़ रुपए के आर्थिक राहत पैकेज की घोषणा की है, उसमें सभी के हितों को ध्यान में रखकर नीति बनाने का प्रयास केंद्र सरकार ने किया है।

आज की वर्तमान परिस्थितियों को ध्यान में रखते हुए हम विपक्ष से अपेक्षा कर सकते हैं कि उसके असंतोष का स्वर विभाजनकारी न हो। न ही वह ज्ञान या अनुभव के दम पर ऐसा दंभ दिखाए, जो प्रतिकारक हो सकता हो। सबसे महत्त्वपूर्ण बात यह है कि अभी एक ऐसी राजनीति की कल्पना करने का समय है, जो हमारे समय की चुनौतियों का सामना कर सके। आज संपूर्ण विश्व और हमारा देश एक नए संसार को रचने के इतिहास के चौराहे पर खड़े हैं; उस समय यह नहीं कहा जाना चाहिए कि हमारी राजनीति 'अराजक अक्षमताओं' या 'लालची अवसरवादियों' द्वारा संचालित हो सकती है। ऐसी धारणा किसी भी भारतीय राजनीतिक दल को स्वयं के बारे में नहीं बनने देनी चाहिए। हमें दुनिया को यह बताना और दिखाना पड़ेगा कि हम संकट की घड़ी में देश और समाज के साथ खड़े होते हैं। हम अपनी राजनीतिक महत्त्वाकांक्षाओं को राष्ट्रहित में त्याग देते हैं। आज हमें भारत में इस विचार और सामंजस्य के साथ कार्य करनेवाले राजनीतिक दलों की आवश्यकता है।

कभी-कभी यह प्रश्न उठता है कि हमारी राजनीति का मानचित्र किस प्रकार का होना चाहिए और हमें इसकी सीमाओं को कैसे परिभाषित करना चाहिए? इसकी शुरुआत हम एक ईमानदार पावती के साथ कर सकते हैं। आज हमें यह स्वीकार करने का वक्त है कि सार्वजनिक स्वास्थ्य और चिकित्सा अनुसंधान के लिए अल्प वित्तीय आवंटन और अपर्याप्त स्वास्थ्य सेवा प्रणाली मानव स्थिति के प्रति संवेदनशीलता के असफल होने का संकेत देती है। हमें यह भी स्वीकार करना चाहिए कि सभी प्राणियों का जीवन अंतर्संबंधित है। यह भी कि एक अच्छे

जीवन के लिए चरम का त्याग और संयम को अपनाना अत्यावश्यक है। मगर इसकी जिम्मेदारी हम सिर्फ सरकार पर नहीं डाल सकते, यह हम सभी की नैतिक जिम्मेदारी है कि हम सरकार के सहयोग कार्यों में अपना योगदान दें। हम आर्थिक और सामाजिक प्रगति एक साथ करें। हमें फिर से अपने जीवन को प्रकृति के नजदीक ले जाकर उसका सम्मान करते हुए उसे अपने जीवन में अपनाना पड़ेगा।

वर्तमान स्थिति, पारिस्थितिक अधिकता के बीहड़ों, सामंजस्यपूर्ण जीवन के सिद्धांतों के उल्लंघन और एक व्यक्ति के आंतरिक और सामाजिक जीवन के बीच संतुलन के बारे में वार्ता करना चाहती है। यह संकट, परिवार और मित्रों के सतत भावनात्मक बंधनों के प्रति हमारी उपेक्षा के लिए हमें चेता रहा है, वह हमें रिश्तों के महत्त्व को समझने की प्रेरणा दे रहा है। यह जीवन के आधारभूत सत्य को हमारे सामने ला रहा है। वह आपस में मतभेदों और मनभेदों को समाप्त कर एकात्म होने की प्रेरणा हमें दे रहा है। इसने हमें रिश्तों की अहमियत को सिखाया है। भले ही हमने इसके डर से यह सब किया, परंतु आज हमें अपने सामाजिक उत्तरदायित्वों का बोध भी हुआ है। जीवन नश्वर है और भौतिक संपदा का मोल सीमित है। आज हम में इन सब तथ्यपूर्ण बातों का चिंतन जाग्रत् हुआ है।

इस समय ने हमें स्वयं से यह प्रश्न करने को विवश कर दिया है कि आध्यात्मिक समाज में करुणा का भाव कैसे आया? चिकित्सकों के साथ की जा रही मारपीट और बर्बरता के साथ एक पुलिस अधिकारी का हाथ काट दिए जाने जैसी गंभीर विपत्तियों को दूर करना, समाज में सकारात्मक भाव जाग्रत् करना हमारी राजनीति का अंतिम उद्‌देश्य होना चाहिए। इन सभी अमानवीय घटनाओं की निंदा या आलोचना कर देने से समस्या का समाधान नहीं निकलेगा। आधुनिकता की चुनौतियों से निपटने के लिए राजनीति और कल्याणकारी राज्य की पुनरावृत्ति की जानी चाहिए। हमें अपनी प्रणालियों की अपर्याप्तताओं, गलत प्राथमिकताओं के विनाशकारी परिणामों, भूख और निराशा के खिलाफ गलत उपायों के बारे में सजग रहना चाहिए, ताकि इनको संबोधित करके, हम एक न्यायसंगत और समावेशी सामाजिक व्यवस्था के करीब जा सकें।

आओ हम सभी मिलकर नए भारत में राजनीति को, 'आदर्श को साकार करनेवाला खेल' बनाने का उच्चतम प्रयास करें। आज हमें एक ऐसे नेतृत्व की जरूरत है, जो लोगों में आशा का भाव जगाए और उन्हें साकार करने की क्षमता प्रदान करे। हमारी इच्छाशक्ति तो ऐसे समाज की स्थापना करना चाहती है, जो

'हृदयों का विस्तार' करे। एक ऐसा समाज, जिसमें आर्थिक दक्षता और सामाजिक न्याय असंगत नहीं हो; एक ऐसा समाज, जो जीवन और आजीविका की एकता को पहचानने से इनकार नहीं करता हो; एक ऐसी सामाजिक व्यवस्थाएँ, जहाँ कानून समान रूप से लागू होता हो; एक ऐसी प्रणाली, जो सभी की मानवीय गरिमा के लिए प्रतिबद्ध हो।

माननीय प्रधानमंत्री नरेंद्र मोदीजी को जानकारी है कि लोकतांत्रिक शक्ति स्थायी रूप से केवल नागरिकों के स्नेह और कृतज्ञता की नींव पर खड़ी हुई है। वर्तमान में हम संतोष के साथ कह सकते हैं कि उन्होंने जीवन और आजीविका के प्रबंधन के लिए राजनीतिक नेताओं और राज्य सरकारों को शामिल करके अच्छा कार्य किया है।

हम सभी को यह सदैव ज्ञात रखना चाहिए कि इतिहास किसी व्यक्ति की देन नहीं है। अत: आज जो मानवता के अस्तित्व के लिए युद्ध लड़ा जा रहा है, वह समग्र एवं सामूहिक रूप से लड़ा जाए और जीता जाए। हम सभी पहले भारतीय हैं, बाद में कुछ और, हमें हमेशा इस बात का ध्यान रखना है। दलों का गतिरोध समाज के हितों के रक्षण के लिए हो, न कि स्वयं के संरक्षण के लिए।

□

25

कोविड-19 भारत के लिए एक चेतन मंत्र

मानव जाति के इतिहास में सबसे अधिक अनुमानित आपदा आज के समय में आई है, जो कोविड-19 यानी कोरोना वायरस के रूप में जानी जा रही है। इस वैश्विक महामारी ने कुछ माह के अंदर ही पूरी दुनिया के विकास की गति को स्थिर कर दिया है। हर जगह इसका भय व्याप्त है। अभी तक इसके बढ़ते कदमों को थामने के लिए कोई भी वैक्सीन ईजाद नहीं हो पाई है। इसको और अधिक फैलने से रोकने के लिए सभी देशों की सरकारें और विश्व स्वास्थ्य संगठन निरंतर कोशिश कर रहे हैं। वैक्सीन बनाने के लिए शोध किए जा रहे हैं। हमारे भारतीय वैज्ञानिक भी इस पुण्य कार्य में अपना महत्त्वपूर्ण योगदान दे रहे हैं। यह महामारी लंबे समय तक व्याप्त रह सकती है। इसलिए हम सभी को अब इसके साथ ही जिंदगी जीने की आदत बना लेनी चाहिए, जिस प्रकार हमने प्लेग, स्वाइन फ्लू, पोलियो, एड्स, कैंसर और टी.बी. जैसी घातक बीमारियों के साथ बनाई है।

27 मई, 2015 को बिल्स गेट्स ने TED के कार्यक्रम में कहा था कि अगले 20 वर्षों में 10 मिलियन के आसपास मृत्यु दर का आँकड़ा जाएगा। इसका कारण उन्होंने युद्ध या प्राकृतिक आपदा नहीं बताया, बल्कि उन्होंने आनेवाली वायरसरूपी संक्रामक महामारियों के बारे में सचेत किया था। उन्होंने बताया कि सन् 1990 में 'द एंथ्रोपोलॉजी ऑफ इंफेक्शियस डिसीज' पर मार्किया इनहॉर्न और पीटर ब्राउन ने शोध द्वारा अनुमान लगाया कि संक्रामक रोगों की संभावना "सभी युद्धों, गैर-संक्रामक रोगों और प्राकृतिक आपदाओं की तुलना में अधिक जीवन हानि का दावा करती है।" संक्रामक रोग हमारे सबसे पुराने, सबसे घातक दुश्मन हैं।

वर्तमान समय में विश्व के बड़े दार्शनिकों में से एक नसीम निकोलस तालेब ने अपनी प्रसिद्ध पुस्तक 'द ब्लैक स्वानश' में एक ऐसी दुर्लभ, अनपेक्षित, विषम

और व्यापक प्रभाव डालनेवाली घटना की परिकल्पना की है, जो पूरे वैश्विक परिदृश्य को बदलकर रख देती है। आज कोरोनारूपी इस वैश्विक महामारी के संकट में भी इस बात की तुलना करते हुए उससे जुड़े बहुत सारे तर्क दिए जा सकते हैं, लेकिन इन सब बातों और तर्कों का कोई अर्थ नहीं निकलता है। वर्तमान परिप्रेक्ष्य में सामने खड़ी इस महा विनाशकारी महामारी को रोकने के लिए एक ठोस समाधान की जल्द-से-जल्द आवश्यकता है। इन सभी के चलते हमारा ध्यान एक साथ विज्ञान और ईश्वर की तरफ जाता है, क्योंकि आज हमें दोनों पर पूर्ण श्रद्धा की आवश्यकता दिखती है। हमने जो सृष्टि के नियमों के साथ खिलवाड़ किया है और प्रकृति के जीवन चक्र को बिगाड़ा है, यह सब उसी का नतीजा है, जिसका परिणाम इन संक्रामक महामारियों के रूप में हमें मिल रहा है। आज वास्तव में हमें प्रकृति के नियमों के अनुसार अपनी जीवनचर्या को जीने की महत्त्वपूर्ण आवश्यकता है।

हमें भारतीय जीवन दर्शन से इसमें प्रेरणा लेने की जरूरत है, जहाँ ईश्वर और प्रकृति का सीधा संबंध मनुष्य के साथ जुड़ता है। जहाँ पेड़ों से लेकर पशुओं तक की आराधना की जाती है। जहाँ भूमि को माँ, गाय को माता और तुलसी के पौधे को भी माँ का पवित्र दर्जा दिया गया है। जहाँ मनुष्य और प्रकृति में संतुलन व्याप्त है। जहाँ मानव के जन्म लेते ही उससे तीन ऋण चुकाने का संकल्प ले लिया जाता है, जो प्रकृति के संतुलन और समाज के विकास के लिए आवश्यक है। पहला ऋण प्रकृति का, दूसरा पितृ ऋण का तथा तीसरा ऋषि ऋण का है, जो समाज के संतुलन को बनाने में सहायता प्रदान करता है। हमें सदैव प्रकृति का संरक्षण और संवर्धन करना चाहिए। हमें समाज को अच्छे और उत्कृष्ट नागरिक देने हैं। हमें आध्यात्मिक, व्यावहारिक और सामाजिक शिक्षा समाज के हर वर्ग को देने का संकल्प लेना चाहिए, जिससे उनमें समाज और राष्ट्र सेवा का भाव सदैव विद्यमान रहे। आज उस जाग्रत् भाव के कारण ही हम इस संकट की घड़ी में भी अपने जरूरतमंद समाज की मदद आगे बढ़कर कर पा रहे हैं। यही हमारे समाज की एकात्म भाव से निर्मित समाज-रचना है, जो आध्यात्मिक, सामाजिक होने के साथ-साथ वैज्ञानिक भी है।

आज मजबूरीवश हमने कोरोना से लड़ने के लिए संपूर्ण भारत को इस लॉकडाउन में बंद रखा है, जो सुरक्षा की दृष्टि से देखा जाए तो अच्छी व्यवस्था है। वैसे चीन के वुहान शहर से शुरू हुए इस लॉकडाउन की नकल मजबूरीवश दुनिया

के अनेक राष्ट्रों ने की है। भारत सहित अनेक देशों की जीवनचर्या इस लॉकडाउन से रुक-सी गई है। इस स्थिति को विज्ञान की भाषा में 'सस्पेंडेड एनीमेशन' कहा जाता है। हाइबरनेशन भी एक ऐसी प्रक्रिया है, जिसे मौसमी संकट से निपटने के लिए कई पशु इस्तेमाल में लाते हैं। इसमें उनकी शारीरिक प्रक्रिया इतनी सुस्त हो जाती है कि न्यूनतम की माँग करती है। मौसम के सुधरने पर शरीर अपनी सामान्य गतिविधियाँ करने लगता है। आज हमारा समाज भी हाइबरनेशन की स्थिति में है।

हम सभी के लिए यह एक ऐसा समय है, जो भविष्य में घटित होनेवाली गतिविधियों के लिए हमें सतर्क और मुस्तैद रहने के संकेत दे रहा है। इसमें सबसे पहला संकेत तो हमें अंग्रेजी दवाइयों के लिए मिल रहा है। इस वायरस से निपटने में ये दवाइयाँ आज निष्फल सिद्ध हो रही हैं। भविष्य में हमें इस प्रकार की आपदाओं के लिए अपना ही एक तंत्र विकसित करना चाहिए, जो कम कीमतवाला हो तथा दया, समानता पर आधारित हो। इस हेतु को पूर्ण करने के लिए भारत की सरकार अनुसंधान के लिए अधिक-से-अधिक निवेश करे और वैज्ञानिकों को नए-नए शोधों के लिए बढ़ावा दे। हमें अपनी प्राचीन चिकित्सा पद्धति आयुर्वेद पर भी अधिक शोध करने चाहिए, क्योंकि वह हजारों वर्षों से भारतीय जीवन का हिस्सा रही है। आज भी भारतीय परिवारों में हर छोटे-छोटे स्वास्थ्य के विषयों पर आयुर्वेद का सहारा लिया जाता है। हमारे चिकित्सा संस्थानों को एलोपैथी और आयुर्वेद दोनों के संयुक्त परीक्षण भी करने हैं, जिससे हम किसी भी बीमारी या महामारी को समूल नष्ट कर सकें।

इस महामारी ने हमें जीवन के मूल्य को समझने में मदद की है। भौतिकवाद और आध्यात्मिकपूर्ण जीवन के भेद को हमारी आज की पीढ़ी ने इस महामारी के दौर में समझा है। अभी तक धनी वर्ग के लोगों के लिए जीवन का मूल अर्थ अधिक-से-अधिक संसाधनों का उपभोग करना रहा है। वे सामान्यतः तो विलासिता के अभाव की शिकायत कर सकते हैं, परंतु जीवन की बात आते ही वे उससे समझौता कर लेते हैं। दूसरी ओर निर्धन को अपनी मूलभूत आवश्यकताओं की ही पूर्ति चाहिए। उन्हें घूमने-फिरने और विदेश यात्राओं की जरूरत नहीं है। निर्धन जन को कोई भी बड़ी भौतिक सुख-सुविधा नहीं चाहिए, उनकी मूल जरूरत है शुद्ध भोजन, मकान, पहनने के लिए ठीक कपड़े, स्वास्थ्य सुविधाएँ और शिक्षा। यही उनके संपूर्ण जीवन का मूल है।

आज सरकार को भविष्य में देश की अर्थनीति को भी सँभालने की जरूरत है

और भारत सरकार इस पर प्रयास भी कर रही है, अभी उन्होंने एक बड़े आर्थिक राहत पैकेज को देश के आर्थिक विकास के लिए जारी किया है। हमारे अर्थशास्त्री शेयर बाजार के बढ़ने और एक दिन में साफ हो जानेवाली काल्पनिक पूँजी के परिचालन से परेशान हैं। अगर हम वास्तविक आर्थिक परिप्रेक्ष्य की बात करें तो यह भविष्य के लिए बेहतर होगा। आज हमारी विकास दर का अनुमान 1.5–2 प्रतिशत लगाया जा रहा है, जिसे सँभाल लिया जाएगा। वास्तविक संकट दिहाड़ी मजदूरों और मध्यवर्गीय व्यापारियों का है। अभी तक लगभग 2.4 करोड़ लोगों के बेरोजगार होने की संभावना व्यक्त की जा रही है। सरकार को उनके नुकसान की क्षतिपूर्ति करनी चाहिए और स्थानीय स्तर पर रोजगारों का प्रबंध भी करना चाहिए। मगर जो स्किल मजदूर हैं, उन्हें अन्य राज्यों के अपने कार्य से संबधित संस्थानों में जाना होगा वरना उन संस्थानों का कार्य बाधित होगा। हमें अब अपने प्रशिक्षण केंद्रों को और अधिक क्षमता के साथ कुशल बनाना होगा। प्रशिक्षण का अर्थ सिर्फ आई.टी. नहीं बल्कि हर क्षेत्र होना चाहिए। जैसे मेकैनिक, प्रोडक्शन के कार्य, लघु उद्योग से संबंधित कार्य, लघु स्तर के स्किल कार्य आदि।

जब भी मानवजाति पर कोई संकट आता है तो वह हमें कुछ जीवन दर्शन से जुड़ी हुई महत्त्वपूर्ण शिक्षा दे जाता है। यह दौर भी हमें अपनी पारिस्थितिकी पर पुनर्विचार करने के लिए आगाह कर रहा है। आज के इस युग का मंत्र यही है कि हम अपनी सकल घरेलू उत्पाद की धीमी चाल के साथ-साथ धीमी गति से विकास करते जाएँ। इसमें सामाजिक कल्याण भी सम्मिलित हो और राष्ट्र का कल्याण भी। यही भारतीय समाज का आध्यात्मिक और वैज्ञानिक दृष्टिकोण है।

□

26

वैश्विक परिदृश्य में बढ़ता भारत का प्रभुत्व

आज संपूर्ण विश्व कोविड-19 जैसी महामारी का सामना कर रहा है और कोई भी संस्था आज तक यह तय नहीं कर पाई है कि इस संकट का प्रमुख कारण मानवीय है या प्राकृतिक। जहाँ 2019 तक विश्व के शक्तिशाली देश, अत्याधुनिक परमाणु हथियारों, घातक विमानों और तोपों आदि का अनवरत परीक्षण कर एक-दूसरे को नष्ट करने की चुनौती देते रहे हैं, उन्होंने आज इस वायरस के प्रकोप के आगे अपने घुटने टेक दिए हैं। इस महामारी से किस प्रकार निपटा जाए और इसका समाधान कैसे मिले? इसके शोध पर दुनियाभर के स्वास्थ्य वैज्ञानिक और विश्व स्वास्थ्य संगठन जैसी संस्थाएँ लगातार कार्य कर रही हैं, मगर अभी तक कोई ठोस परिणाम हाथ नहीं लगा है। सरकारें अपने नागरिकों की रक्षा के लिए चिंतित हैं। कोविड-19 ने विश्व के ज्ञान और विज्ञान के अहंकार को धराशायी कर सभी को स्तब्ध कर दिया है। अमेरिका, ब्रिटेन, फ्रांस और चीन जैसे स्वयं को विकसित माननेवाले देश भी इस आपदा के सामने विफल साबित होते हुए दिख रहे हैं, परंतु भारत, दक्षिण कोरिया जैसे विकासशील राष्ट्रों ने इस वैश्विक आपदा को अपने प्रशासन और जनता के सहयोग से हानि पहुँचाने की उसकी गति को कम किया है। कई वर्षों के इतिहास में सारी दुनिया का एक साथ बंद होना एक चमत्कार-सा लगा। जहाँ एक ओर हम मंगल तक अपनी पहुँच बना रहे हैं, वहीं दूसरी ओर इन जैविक महामारियों ने अपना रौद्र रूप दिखाना आरंभ कर दिया है। यह महामारी विश्वयुद्ध से भी ज्यादा घातक है। मगर जिस प्रकार से भारत ने इस आपदा का सामना किया है, वह दुनिया के लिए एक प्रेरणा की बात है कि सरकार, प्रशासन और नागरिक किस प्रकार मिलकर बड़ी-से-बड़ी विपदाओं का

सामना भी एकजुटता के साथ कर सकते हैं। मगर इस महामारी का प्रकोप अभी कम होता दिख रहा है, परंतु समाप्त नहीं। लॉकडाउन को धीरे-धीरे हटाया जा रहा है। लॉकडाउन के समय जो समस्या उत्पन्न हुई, उनका प्रदर्शन अब समाज में होने लगा है और इसका दुष्परिणाम दुनियाभर में देखने को मिलेगा।

आज विश्व के बदलते परिवेश में भारत की भूमिका अहम होने जा रही है। धीरे-धीरे जैसे ही यह महामारी कम होगी, वैसे ही विश्व के सामने नए संकट खड़े होंगे। अब शक्ति का ध्रुवीकरण हो रहा है। दुनिया के लगभग सभी देश अब अनेक प्रकार के दबाव का सामना कर रहे हैं। जबकि राष्ट्रवादी भावनाओं से उत्प्रेरित अनेक राष्ट्र आज विश्व समाज की केंद्रीय भूमिका में आ रहे हैं। इस बात के दो मुख्य पक्ष हैं। पहला पक्ष, आज लगभग सभी देश कोरोना वायरस के संकट से अपने दम पर लड़ रहे हैं; और दूसरा पक्ष है चीन के कार्यों को प्रभावित करने में वैश्विक संस्थानों की विफलता से जन्मी वैश्विक आर्थिक गिरावट। आज दुनिया के कई देशों की विकास दर नकारात्मक जा रही है, इस कारण रोजगार का भारी संकट हम सभी के सामने खड़ा हो रहा है।

इस कोरोना वायरस का प्रभाव भले ही दुनियाभर में रहा हो, लेकिन इसके खिलाफ लड़ाई हमारे देश ने अपने राष्ट्रीय स्तर पर ही लड़ी है। सभी देशों की सरकारों को इस महामारी से निपटने के लिए अपने स्तर पर स्वयं तरीके ईजाद करने पर मजबूर होना पड़ा है। इस विषय में हमारा देश भारत कोई अपवाद नहीं है। अगर दक्षिण कोरिया ने अपने मजबूत सार्वजनिक स्वास्थ्य तंत्र के आधार पर यह युद्ध लड़ा है तो भारत ने अपने राजनीतिक और प्रशासनिक तंत्र के दम पर इस संकट का सामना किया है। हमारे नागरिकों का भी इस युद्ध में महत्त्वपूर्ण योगदान रहा। उन्होंने सरकार के दिशानिर्देशों का अनुपालन जैसे सामाजिक दूरी और संपर्क अनुरेखण का कड़ाई से पालन किया है और मानवीय आधार पर जरूरतमंद लोगों की सहायता समाज और सरकार ने मिलकर की है। ऐसा सिर्फ भारत में ही संभव है। इस संदर्भ में पाँच मुख्य बिंदुओं पर विचार किया जाना चाहिए—

1. इस संपूर्ण युद्ध में केंद्र सरकार और राज्य सरकारों के एकात्म भाव से मिलकर कार्य करने से अच्छे परिणाम मिले। इसमें राजनीतिक संगठनों की प्रबल इच्छाशक्ति ने भी देश को बचाने के लिए अपना महत्त्वपूर्ण योगदान दिया है, क्योंकि सरकार के शासन रूप में यही राजनीतिक शक्तियाँ कार्य करती हैं।

2. वैशिष्ट्य जीवनमूल्य, परंपराओं के आधार पर भारतीय समाज व शासन का सार्थक प्रयास रहा है। देश की इस विकराल परिस्थिति में समाज ने आगे आकर कार्य किया है। मानवीय आधार पर असहाय प्राणियों की मदद की है। प्रवासी मजदूर और निर्धन लोगों की जरूरतों को पूरा करने का प्रयास समाज में हुआ है। समाज और सरकार ने एकरूप होकर अपना कार्य किया है।
3. औपनिवेशयुगीन जिला प्रशासन प्रणाली की प्रभावशीलता पर भरोसा। जिलाधिकारी, पुलिस महाअधीक्षक और जिले के मुख्य चिकित्सा अधिकारी की त्रिमूर्ति कोर यूनिट को ही अंततः लॉकडाउन सुनिश्चित करने और लागू करने के लिए तैनात किया गया है।
4. पुलिस बल पर आधारित संपर्क–ट्रेसिंग की गहनता से छानबीन करना। असामाजिक तत्त्वों के गुट का पता लगाने के लिए बड़े पैमाने पर पुलिस द्वारा प्रयास किए जा रहे हैं। दुनिया के दूसरे सबसे अधिक आबादीवाले देश में ऐसा कर पाने की कोशिश ही एक बहुत बड़ा उदाहरण है।
5. हमारी आपदा प्रबंधन संरचना का ठोस होना आज लगभग राष्ट्रीय स्तर 1 संस्थान पर और 29 राज्यों में आपदा केंद्र बन चुके हैं। यह प्रणाली पिछले एक दशक में विकसित हुई है और प्राकृतिक आपदाओं से प्रभावित कुछ राज्यों में मजबूत हो गई है। इसके लिए ओडिशा का उदाहरण लिया जा सकता है।

आज के वर्तमान परिदृश्य में भारत इन जैसी चुनौतियों का मजबूती के साथ सामना करने में सक्षम है, लेकिन हमें यह मानना ही पड़ेगा कि आज मजबूत राजनीतिक इच्छाशक्ति और सरकारी प्रशासनिक मजबूत तंत्र प्रणाली इस महामारी से देश को बचाने का सफलतम प्रयास कर पा रही है। दूसरे शब्दों में कहें तो भारत आज वैश्विक स्तर पर एक मजबूत शक्ति के रूप में उभर रहा है।

दूसरी तरफ चीन को इस महामारी के लिए दोषी ठहराना एक और बात है, लेकिन वास्तविक समस्या तो यह है कि इस कोविड–19 महामारी ने चीन पर देशों की बढ़ती आर्थिक निर्भरता को सामने लाकर खड़ा कर दिया है। अब लगभग सभी देशों का इससे बाहर आना एक चुनौती है और उद्योगों के चीन से स्थानांतरण के लिए अन्य उपनिवेश तलाशना मजबूरी है। भारत उस अवस्था में अच्छा विकल्प है,

हमें भी उनके स्वागत के लिए मजबूती के साथ तैयारी करनी चाहिए।

आपूर्ति और उपकरणों के लिए चीन पर निर्भर देशों को बीजिंग से जूझते रहना होगा। भारत को भी सरकारी स्तर पर स्वास्थ्य उपकरणों की आपूर्ति पर विचार करना होगा।

चीन का अभी तक विश्व के लगभग हर व्यापारिक क्षेत्र में बोलबाला ऐसा है कि अभी तक WHO और संयुक्त राष्ट्र संघ दोनों ही उस पर दंडात्मक काररवाई करने के लिए कोई समय-सीमा तय नहीं कर पा रहे हैं।

आपूर्ति या स्वास्थ्य पक्ष पर चीन को प्रभावित करने में सक्षम किसी मध्यस्थ के न होने के कारण इसे देशों की सरकारों के व्यक्तिगत निर्णय पर छोड़ दिया गया है। इसने भारत जैसे देशों को घरेलू स्रोतों को तलाशने और उन पर निर्भरता बढ़ाने के द्वार खोल दिए हैं।

अमेरिका जैसे देशों की भी चीन पर बढ़ती निर्भरता ने महामारी से निपटने में उसके हाथ बाँध रखे हैं। इसी निर्भरता को समाप्त करने के लिए भारत ने स्वयं को आत्मनिर्भर बनाने के लिए संकल्प लिया है। देश के प्रधानमंत्री श्री नरेंद्र मोदीजी का इसमें बड़ा विजन है और उन्होंने इस दिशा में अपने कदम बढ़ा दिए हैं।

इस पृष्ठभूमि में राष्ट्रों के लिए स्थानीय विनिर्माण के लिए तार्किक रूप से कदम उठाना तर्कसंगत ही लगता है। संकल्पित राजनीतिक हस्तक्षेप से सप्लाई चेन के लिए विकल्प ढूँढ़ने होंगे। भारत की पोस्ट-लॉकडाउन रणनीति के तहत स्वयं को स्थिति के अनुसार परिवर्तन की योजना है, ताकि दबाव में चल रही घरेलू आर्थिक स्थिति पर सकारात्मक प्रभाव पड़ सके।

घरेलू विनिर्माण की गति को तय करनेवाले रास्ते

कोविड-19 के चलते हमारे प्रधानमंत्री श्री नरेंद्र मोदीजी ने कोरोना वायरस महामारी और लॉकडाउन से प्रभावित भारतीय अर्थव्यवस्था को उबारने और किसानों, प्रवासी श्रमिकों, मध्यमवर्गीय परिवारों, व्यापारियों, उद्योगपतियों समेत समाज के सभी प्रभावित वर्गों और क्षेत्रों को राहत देने के लिए 20 लाख करोड़ रुपए के विशेष आर्थिक प्रोत्साहन पैकेज की घोषणा की है, इस आर्थिक प्रोत्साहन पैकेज को चरितार्थ करने के लिए सरकार को तीन आधार अपनाने चाहिए। इन आधारों में नुमाइशी प्रौद्योगिकी को परिवर्तित करना, घरेलू उद्यमों को बढ़ावा देना और बैंकों को विश्वास में लेकर ऋण के प्रवाह को सतत बनाए रखना है। अगर

हम इस विषय पर अच्छी प्रकार से काम कर सकें तो अगले वित्तीय वर्ष तक हम इस विकास दर को बनाए रख सकते हैं। देश के प्रधानमंत्रीजी ने कहा कि यह आर्थिक पैकेज हमारे श्रमिकों, किसानों, ईमानदार करदाताओं, सूक्ष्म, लघु एवं मझोले उद्यमों और कुटीर उद्योगों के लिए होगा। उन्होंने कहा कि भारत पाँच आधार स्तंभों—अर्थव्यवस्था, बुनियादी ढाँचा, शासन व्यवस्था, जीवंत लोकतंत्र और आपूर्ति शृंखला पर खड़ा हुआ है।

- भारत के विकास की दिशा में पहले हमें कृषि क्षेत्र में प्रौद्योगिकी परिवर्तन की वास्तविकता को धरती पर उतारना होगा।
- भूमि के अधिकार का डिजीटलीकरण करके न्यायालयों के भार को कम किया जा सकता है।
- खेत से घरों तक अन्न पहुँचाने के लिए इ-नाम सुपर किसान व अन्य मंचों का सहारा लिया जा सकता है।
- ऊर्ध्वाधर कृषि को भारतीय नगरों की खाद्य सुरक्षा का कोड बनाया जा सकता है। इससे हम सब्जियों, बेरियों आदि की मृदाहीन खेती कर सकते हैं। इसमें पानी की खपत भी बहुत कम होती है। उत्पादकता दस गुना बढ़ जाती है।
- MSME सेक्टर में मजबूत योजनाएँ लाई जाएँ। लघु उद्योग धंधों का विस्तार किया जाए।
- राष्ट्रीय कृषि एवं ग्रामीण विकास बैंक (नाबार्ड) को निधि देकर इस हेतु तैयार किया जा सकता है। वह फॉलो ऑन पब्लिक ऑफर (एफ.पी.ओ.) के लिए इक्विटी जारी कर सकता है। सूक्ष्म, लघु और मझोले उद्योगों एवं अन्य उद्यमों की क्षमता को देखते हुए उन्हें ऋण मुहैया करा सकता है।
- सूक्ष्म लघु और मझोले उद्योगों के लिए घोषित पैकेज से 5 लाख करोड़ रुपए के ऋण को उपलब्ध कराया जा सकेगा। अब घरेलू आपूर्ति शृंखला को भी इसका लाभ मिल सकता है।
- नॉन बैंकिंग फाइनेंशियल कंपनीज (एन.बी.एफ.सी.) के माध्यम से दिया जानेवाला ऋण भी सार्थक सिद्ध हो सकता है। सरकार की गारंटीवाले इस चैनल को अधिक सुरक्षित बनाने की आवश्यकता है। इसके लिए ऋण-आकलन और देखरेख को डेटा आधारित बनाना होगा।

- विनिर्माण की प्रक्रिया को वहाँ शुरू किया जाए, जहाँ श्रमिक पुनर्स्थापित हो चुके हैं। अगर ऐसा होता है, तो भारत में लगभग एक लाख ऐसे नए स्थान विकसित हो सकेंगे।
- सब्सिडी के माध्यम से कम कीमत पर उच्च गुणवत्तावाले उत्पाद तैयार किए जा सकते हैं।
- भारतीय विनिर्माण क्षेत्र को कम कीमत पर विश्वस्तरीय माल तैयार करने के लिए 3डी प्रिंटिंग तकनीक की आवश्यकता है।
- वाहनों के लिए बायो ईंधन, इलेक्ट्रिक वाहनों के लिए बड़े पैमाने पर कदम उठाना तथा खाद्यान्न के लिए पोषण बढ़ाने में बायो तकनीक का इस्तेमाल जैसी विभिन्न प्रौद्योगिकी को उपयोग में लाए जाने की आवश्यकता है।
- लोकल को ग्लोबल बनाने के लिए निरंतर प्रयास करने होंगे।
- सार्वजनिक हित के लिए पब्लिक सेक्टर एंटरप्राइजेज क्षेत्र को रणनीतिक सेक्टर बनाने की आवश्यकता है।
- उत्पादन के क्षेत्र में आत्मनिर्भरता एवं नीतिगत निर्णयों की आवश्यकता है।
- ग्रामीण और शहरी क्षेत्रों के लिए नए तरीके से रोजगार सृजन की आवश्यकता है, जो भारतीय बिचार पद्धति से जुड़ा हुआ हो।

लगभग 30 करोड़ भारतीय लघु उद्योग गतिविधियों और हस्तशिल्प में संलग्न हैं और अभी वर्क फ्रॉम होम की संस्कृति यहाँ अपना स्थान बना रही है। इस पूरे श्रमिक और कर्मचारी वर्ग के लिए मार्केटिंग और प्रौद्योगिकी के नए तरीकों की खोज की और आवश्यकता है। जिन योजनाओं के आर्थिक स्रोत सूख चुके हैं, उन्हें नगदी हस्तांतरण और लागत में सब्सिडी देकर पुनर्जीवित किया जा सकता है।

सरकार के आर्थिक पैकेज का कितना प्रभाव है, इसका मूल्यांकन उसके कार्यान्वयन के आधार पर ही किया जा सकता है।

□

27

अंत्योदय दर्शन के संबंध में दीनदयालजी का निष्कर्ष

दीनदयालजी का जन्म एक सामान्य परिवार में हुआ था, जहाँ उन्होंने गरीबी को देखा व भोगा था। इसलिए उनकी असामान्य मेधाशक्ति के पीछे एक संवेदनशील अंत:करण विद्यमान था। यह अंत:करण देश की मिट्टी से जुड़ा था, वे गरीबी की पीड़ा को समझते थे। इसलिए दीनदयालजी ने केवल अपने स्वयं के परिवार की गरीबी को मिटाने की बजाय पूरे देश की गरीबी को मिटाने के महाप्रयास हेतु स्वयं को समर्पित किया। उनका आर्थिक चिंतन केवल मध्यम वर्ग की विलासिता के उपकरण तैयार करने तक सीमित नहीं था, अपितु उनकी मुख्य चिंता यह थी कि प्रत्येक हाथ को काम और प्रत्येक खेत को पानी कैसे प्राप्त हो? शरीर और आत्मा को जोड़े रखने के लिए रोटी, कपड़ा और मकान की न्यूनतम मानवीय आवश्यकताओं को पूरा करनेवाली रचना की खोज की दिशा में ही वे अध्ययन करते रहे, किंतु यह अध्ययन केवल बुद्धि विलास से नहीं हो सकता था, उसके लिए वे मानते थे कि अपनी स्वयं की जीवन-शैली में भी परिवर्तन करना होगा। कार, एयरकंडीशनर्स और कंप्यूटरों की कृत्रिम दुनिया से अलग हटकर समाज के अंतिम आदमी की जिंदगी के नजदीक पहुँचना इस संदर्भ हेतु महत्त्वपूर्ण होगा।

पाश्चात्य अर्थों का व्यक्तिवादी दर्शन यह मानता है कि पूँजीवादी सामर्थ्योदयी हैं। उनकी घोषणा रही है कि समर्थ ही जीएगा (Survival of the fittest)। यह एक अमानवीय विचार है, जो समाज का निषेध कर मत्स्य न्याय की स्थापना करता है। पाश्चात्य अर्थों के समाजवादी सरकारोदयी होते हैं। वे व्यक्ति के एवं समाज के व्यक्तित्व का ही निषेध करते हैं तथा एक वर्ग की तानाशाही के माध्यम से सामाजिक समता प्राप्त करने की परिकल्पना करते हैं। यह नितांत अवैज्ञानिक एवं अमानवीय विचार है।

सामाजिक समता के घोषित लक्ष्य के कारण अनेक संवेदनशील व्यक्ति समाजवाद के विचार से जुड़ते रहते हैं तथा अनेक प्रकार से इसे मानवीय बनाने का प्रयत्न भी करते हैं। इसी प्रकार वैयक्तिक सामर्थ्य को सम्मानित करने के कारण एवं लोकतंत्र का पुरस्कर्ता होने के कारण व्यक्तिवाद तथा तथाकथित उदारवाद ने भी अनेक संजीदा व्यक्तित्वों को अपनी तरफ आकर्षित किया है, लेकिन दीनदयालजी मानते हैं कि यह एक मृगमरीचिका है। हमें अपने भारतीय अधिष्ठान पर लौटकर उसे ही युगानुकूल आकार देने के अपने स्वाभाविक कर्तव्य को निभाना होगा, अत: उन्होंने एकात्म मानव की साधना का आह्वान किया था। इस विवेचन में किसी को भी वैचारिक दुरूहता का आभास हो सकता है, किसी को लग सकता है कि यह केवल दार्शनिक अठखेलियाँ हैं, लेकिन दीनदयालजी ने एकात्म मानव के अंत्योदय दर्शन को अपने व्यवहार में जीया था। दीनदयालजी अपने एक विचार-वीथी स्तंभ में मानवीय श्रम एवं नवीन तकनीक (अभिनवीकरण) के संदर्भ में अपना विचार व्यक्त करते हुए कहते हैं कि "अभिनवीकरण का प्रश्न जटिल है तथा केवल मजदूरों तक सीमित नहीं है; अपितु अखिल भारतीय है। वास्तव में बड़े उद्योगों की स्थापना एवं पूँजीवादी अर्थव्यवस्था का आधार ही अभिनवीकरण है। आज का विज्ञान निरंतर प्रयास कर रहा है। ऐसे यंत्रों के निर्माण करने का जिनके द्वारा मनुष्यों का कम-से-कम उपयोग हो। जहाँ जनसंख्या कम है तथा उत्पादन के लिए पर्याप्त बाजार है, वहाँ ये नए यंत्र वरदान सिद्ध होते हैं, परंतु हमारे यहाँ हरेक नया यंत्र बेकारी लेकर आता है।" इसी प्रकार उन्होंने एक अन्य जगह इसी उद्धरण में दुकानहीन विक्रेताओं का सवाल खड़ा किया, "शायद जितने दुकानदार हैं, उनसे ज्यादा संख्या ऐसे लोगों की है, जो बिना किसी दुकान के खोमचों, रेहड़ियों तथा ठेलों के सहारे अपनी जीविका चलाते हैं। दिल्ली नगरपालिका के उपनियमों के अनुसार इन लोगों को पटरियों पर बैठकर सामान बेचने की इजाजत नहीं है। दिल्ली के अधिकारियों के सामने ट्रैफिक की ज्यादा समस्या है, क्योंकि इन पटरीवालों और खोमचेवालों के कारण सड़क पर इतनी भीड़ हो जाती है कि मोटर आदि का निकलना ही दुष्कर हो जाता है। फिर इन दुकानदारों को भी शिकायत है। सामने पटरी पर बैठे व्यापारियों के कारण उनकी दुकानदारी में बाधा पहुँचती है। नगर के सौंदर्य का भी प्रश्न है। टूटे-फूटे ठेलों और गंदे खोमचों से राजधानी की सड़कों का सौंदर्य मारा जाता है। फलत: दिल्ली सरकार ने पटरीवालों के खिलाफ जोरदार मुहिम छेड़ दी है।" दीनदयाल उपाध्याय ने गरीब खोमचेवालों व पुलिस के व्यवहार, उनकी हीनग्रंथियों

व तज्जनित मनोविज्ञान का सजीव वर्णन करते हुए लिखा है, "आज देश में जिस प्रकार भूमिहीन किसानों की समस्या है, वैसे ही दुकानहीन व्यापारियों की समस्या है। हमें इनकी समस्या का हल ढूँढ़ना होगा।"

पं. दीनदयाल उपाध्याय प्रतिपादित एकात्मता के अंत्योदयी संदर्भ को व्यावहारिक रूप से व्याख्यायित करते हैं। भौतिक विकास किसी भी राष्ट्र की अर्थनीति का स्वाभाविक लक्ष्य होता है। पं. दीनदयाल उपाध्याय विकास के पाश्चात्य मॉडल को मानवीय एकात्मता के लिए अहितकर मानते थे। अत: उन्होंने अर्थनीति के भारतीयकरण का आग्रह किया था। वे कहते थे, "देश का दारिद्र्य दूर होना चाहिए, इसमें दो मत नहीं," किंतु प्रश्न यह है कि यह दारिद्र्य कैसे दूर हो? हम अमेरिका के मार्ग पर चलें या रूस के मार्ग को अपनाएँ अथवा किसी अन्य यूरोपीय देश का अनुकरण करें? हमें इस बात को समझना होगा कि इन देशों की अर्थव्यवस्था में अन्य कितने भी भेद क्यों न हों? इन सबमें एक मौलिक साम्य है। सभी ने मशीनों को ही आर्थिक प्रगति का साधन माना है। मशीन का सर्वप्रधान गुण है कम मनुष्यों द्वारा अधिकतम उत्पादन करवाना, परिणामत: इन देशों को स्वदेश में बढ़ते हुए उत्पादन को बेचने के लिए विदेशों में बाजार ढूँढ़ने पड़े। साम्राज्यवाद-उपनिवेशवाद इसी का स्वाभाविक परिणाम बना। इस राज्य-विस्तार का स्वरूप चाहे भिन्न-भिन्न हो, किंतु क्या रूस को, क्या अमेरिका को तथा क्या इंग्लैंड को, सभी को इस मार्ग का अवलंबन करना पड़ा। हमें स्वीकार करना होगा कि भारत की आर्थिक प्रगति का रास्ता मशीन का रास्ता नहीं है। कुटीर उद्योगों को भारतीय अर्थनीति का आधार मानकर विकेंद्रित अर्थव्यवस्था का विकास करने से ही देश की आर्थिक प्रगति संभव है।

पं. दीनदयाल उपाध्याय अंत्योदय के लिए लोकतंत्र को आवश्यक मानते थे, लोकतंत्र राजनीति में अंतिम व्यक्ति की सहभागिता का आश्वासन देता है। दीनदयालजी राजनीतिक लोकतंत्र की सार्थकता के लिए आर्थिक लोकतंत्र को भी परमावश्यक मानते थे। उनका मत है, "प्रत्येक को वोट जैसे राजनीतिक प्रजातंत्र का निष्कर्ष है, वैसे ही प्रत्येक को काम, यह आर्थिक प्रजातंत्र का मापदंड है।" प्रत्येक को काम के अधिकार की व्याख्या करते हुए वे कहते हैं, "काम प्रथम तो जीविकोपार्जन हो तथा दूसरे व्यक्ति को उसे चुनने की स्वतंत्रता हो। यदि काम के बदले में राष्ट्रीय आय का न्यायोचित भाग उसे नहीं मिलता हो तो उसके काम की गिनती बेगार में होगी। इस दृष्टि से न्यूनतम वेतन, न्यायोचित वितरण तथा

किसी-न-किसी प्रकार की सामाजिक सुरक्षा की व्यवस्था आवश्यक हो जाती है।" दीनदयालजी आगे कहते हैं, "जैसे बेगार हमारी दृष्टि में काम नहीं है, वैसे ही व्यक्ति के द्वारा काम में लगे रहते हुए भी अपना शक्ति भर उत्पादन न कर सकना भी काम नहीं है। अल्प रोजगार (Under Employement) भी एक प्रकार की बेकारी है।"

सभी देशों के भूगोल की भाँति इतिहास भी लगभग अलग होता है, संस्कृति अलग होती है, समाज व्यवस्था अलग होती है। इन सभी स्थूल-सूक्ष्म तत्त्वों के समवाय को दीनदयालजी राष्ट्र की 'चिति' कहते थे, जिसे समझे बिना उसकी समस्याओं का समाधान ढूँढ़ा नहीं जा सकता। उदाहरण के लिए, भारत की परिवार-परिकल्पना, जाति-व्यवस्था, परोपकार-भावना या संयम-भावना विश्व के अधिकांश देशों में नहीं है। भारतीय संदर्भ में यदि हम इन तत्त्वों को छोड़कर आर्थिक-सामाजिक समस्याओं का समाधान ढूँढ़ेंगे, तो निश्चित रूप से हम भारत के लिए उपयुक्त समाधान नहीं ढूँढ़ पाएँगे। पं. दीनदयाल उपाध्याय भारतीय 'चिति' के संदर्भ में हमेशा चिंतन करते थे। अत: वे पारंपरिक चिंतकों और पाश्चात्य परंपरा के समर्थकों को खटकते हैं। वस्तुत: यही उनकी मौलिकता है। अन्यथा उन्होंने ऐसा कुछ नहीं कहा है, जो किसी अन्य संदर्भ में किसी भारतीय मनीषी द्वारा नहीं कहा गया हो। उनके चिंतन को किसी पारंपरिक वाद से जोड़ना संभव नहीं है। दीनदयालजी का चिंतन खंडों में नहीं, अपनी समग्रता में स्वीकारणीय है। 'अंत्योदय' का 'अंत्य' उनकी दृष्टि में समाज का अवशिष्ट या निकृष्ट अंग नहीं है। यह समाज एकात्मक है, अलग-अलग अंगों के बावजूद। इसलिए तो एक अंग कटता है तो दूसरा अंग दु:खी होता है तथा आत्मा और परमात्मा दोनों को कष्ट होता है, परमात्मा को भी। तर्क के लिए दार्शनिक कह सकते हैं कि आत्मा तो निर्विकार होती है, निर्विकल्प होती है, उसको तो न कष्ट होता है, न ही आनंद, पर 'आत्मा' की यह परिकल्पना दार्शनिक-आध्यात्मिक दृष्टि से भले ग्राह्य हो, समाज-आत्मा या समूह-आत्मा के प्रसंग में सत्य नहीं है। यह आत्मा अलग-अलग नर-नारियों की अलग-अलग आत्माओं का योग नहीं है। यह अपने आप में एक इकाई है। इस अवधारणा को समझे बिना, दीनदयालजी के एकात्म मानववाद को नहीं समझा जा सकता। जो 'अंत्योदय' को नहीं समझ सकता, वह सामाजिक 'मोक्ष' को नहीं समझ सकता। 'अंत्योदय' कोई राजनीतिक संदर्भ नहीं है, यह आर्थिक योजना भी नहीं है, बल्कि संपूर्ण समाज के चिंतन को झकझोरनेवाली एवं उसे भारतीयता के मूल तत्त्वों से

जोड़कर उसे उदाहरण बनानेवाली एक परिकल्पना है। यह ऊपर के विकास को नीचे ले जानेवाला प्रकल्प भी नहीं है। बल्कि यह अंतिम सोपान पर बैठे व्यक्ति को शीर्ष–शिखर पर ले जानेवाला प्रकल्प है, जिसका आधार संघर्ष नहीं, सहृदय समंजन है। यह मात्र विकेंद्रीकरण नहीं है, अपितु यह क्रमिक उन्नयन है। इसे किसी दल से जोड़कर नहीं देखना चाहिए।

दीनदयाल उपाध्याय का यह चिंतन एक नई सभ्यता तथा एक नई मूल्य व्यवस्था की खोज था। अब आवश्यकता इस बात की है कि इस ग्राम प्रधान देश में अंत्योदय का कार्यक्रम गाँवों से प्रारंभ किया जाए। उन्होंने कहा था, "हमें भारतीय तकनीक अपनानी होगी, ऐसी वैज्ञानिक तकनीक, जो भारतीय परिवेश के अनुकूल हो, यह यहाँ की संस्कृति, चिति और नैतिक श्रद्धा के अनुकूल हो।" जिस दिन भारतीय ग्रामों का कायाकल्प होगा, वहाँ के वंचित लोग विकास की उपलब्धियों का उपभोग कर सकेंगे, उसी दिन वास्तविक 'अंत्योदय' होगा और भारत एक सशक्त एवं संपन्न राष्ट्र के रूप में खड़ा हो सकेगा। यह विकास घेंघा या हाथीपाँव की तरह नहीं होगा, जिसमें गरदन फूल जाती है या पाँव फूल जाते हैं और शरीर कृश एवं दुर्बल हो जाता है। वस्तुत: 'अंत्योदय' का लक्ष्य राष्ट्र शरीर का सर्वांगीण और स्वस्थ विकास करना है। इस दृष्टि से उनका ध्यान सबसे पहले कृषि व्यवस्था की ओर गया, जहाँ सिंचाई की कोई नियमित व्यवस्था नहीं थी, 'हर खेत को पानी' नहीं मिलता था। जहाँ इंद्रदेव की कृपा हुई, पानी बरसा, रोपनी हुई और जहाँ ईश्वर ने आँखें फेर लीं, वहाँ सूखा पड़ गया, खेत में बिवाई फट गई। वे ऐसी व्यवस्था चाहते थे कि किसान को फसल के लिए पर्याप्त पानी सुलभ हो, सिंचाई की समुचित व्यवस्था हो। इसे वे 'अदेवमात्रिका कृषि' कहते थे। वे बड़ी योजनाएँ नहीं चाहते थे। वे छोटी योजनाओं के पक्षधर थे। शुभाखर का 'Small is Beautiful' का सिद्धांत उन्हें पसंद था। वे बड़ी योजनाओं के इसलिए भी विरोधी थे कि उनमें ज्यादा धन लगता है, ज्यादा समय लगता है और उनमें स्थानीय सहयोग प्राय: नहीं होता, समाज का आत्मिक लगाव नहीं होता। वे भारतीय कृषि के अनुकूल उपकरणों को ही ग्राह्य मानते थे। भूमि की प्रकृति का विचार किए बिना कोई कृषि योजना पूर्णत: सार्थक नहीं हो सकती। ट्रैक्टर हो या रासायनिक खाद, हमें अपनी भू-प्रकृति की दृष्टि से उनका परीक्षण करना चाहिए। दीनदयालजी के अनुसार हम विदेशों के परीक्षणों से लाभ अवश्य उठा सकते हैं, किंतु इनका अंधानुकरण नहीं कर सकते। हमें बाहर से प्राप्त ज्ञान के आधार पर अपने यहाँ अनुसंधान केंद्रों से पहले परीक्षण

करके अपने गाँवों की परिस्थितियों की पृष्ठभूमि में ही उसका उपयोग करना चाहिए। कृषि के साथ ही दीनदयालजी कुटीर और लघु उद्योगों के भी हिमायती थे। इसका प्रमुख कारण यह था कि ये उद्योग पूँजी-प्रधान नहीं होते, बल्कि कौशल-प्रधान होते हैं, वे आवश्यकताओं की पूर्ति करते हैं, लालसाएँ नहीं जगाते हैं। इस प्रकार ग्राम जीवन को ध्यान में रखकर ही उन्होंने 'अंत्योदय' की रूपरेखा प्रस्तुत की थी। यह 'पूजा' धूप, दीप, अक्षत, नैवेद्य से की जानेवाली पूजा नहीं थी, अपितु उदार और उन्नत हृदय से प्रेरित और हमारे श्रम-स्वेद के चरणामृत से की गई 'मूर्त पूजा' थी। दीनदयालजी के शब्दों में, हमारी श्रद्धा का केंद्र, आराध्य और उपास्य, हमारे पराक्रम और प्रयत्न का उपकरण तथा उपलब्धियों का मानदंड वह मानव होगा, जो आज शब्दश: 'अनिकेत' और 'अपरिग्राही' है।

अंत्योदय अर्थव्यवस्था का आधार होगा भारत की सर्वकश एकात्म विश्वदृष्टि। यह विश्वदृष्टि अविभाज्य समग्रता की संकल्पना को प्रस्तुत करती है। इस विश्वदृष्टि के आधार पर व्यष्टि, समष्टि, परमेष्टि तथा सृष्टि को अलग-अलग न मानकर इनके बीच सावयवी-अंगांगी संबंध माना गया है, एक ही तत्त्व भिन्न-भिन्न स्तरों पर अपने को प्रकट किए हुए है। अत: इनके बीच एकलयता एवं एकरसता बनी रहनी चाहिए। चूँकि मनुष्य, प्रकृति और पर्यावरण अविभाज्य हैं, अत: मनुष्य को प्रकृति के साथ तालमेल करते हुए सामाजिक रचना चाहिए और इसी को आधार बनाकर हमें अपनी संपूर्ण तकनीकी और आर्थिक संरचना का विकास करना चाहिए। इस विश्वदृष्टि के आधार पर अंत्योदय अर्थव्यवस्था में धरती के सीमित साधनों के मितव्ययतापूर्ण उपयोग एवं प्रकृति के मातृभाव पर जोर देना होगा। डार्विन ने विकासवाद के क्रम में 'सर्वोत्तम का अस्तित्व' नामक एक सिद्धांत दिया था। इस सिद्धांत से प्रभावित होकर पश्चिमी विचारकों ने अर्थव्यवस्था में भी स्वीकार किया है कि प्रतियोगिता एवं संघर्ष के दौरान वही अपना अस्तित्व बनाए और बचाए रखता है, जो दूसरों की तुलना में आर्थिक दृष्टि से अपने को अधिक सशक्त (उत्तम) सिद्ध कर पाता है। आर्थिक दृष्टि से कमजोर व अशक्त अपने आप में कमजोर होता चला जाता है। अत: अपने अस्तित्व को बनाए रखने के लिए प्रत्येक को अपनी अर्थशक्ति का संचय व प्रदर्शन करना होता है। वह अंत्योदय की अर्थव्यवस्था 'सर्वोत्तम के अस्तित्व' के सिद्धांत को स्वीकार नहीं करता। इसका मानना है कि हमें एक ऐसी आर्थिक प्रणाली का विकास करना होगा, जिसमें केवल समर्थ व संपन्न का ही उदय न हो, बल्कि सबका उदय हो,

सबका कल्याण हो और सबके कल्याण की कसौटी हो। समाज के गरीबतम व सबसे कमजोर व्यक्ति का उदय, उसका कल्याण, जिस आर्थिक प्रणाली में गरीबतम व्यक्ति की आवश्यकताओं की पूर्ति हो, वह उसके कल्याण की व्यवस्था होगी, उसमें अपने आप ही समस्त व्यक्तियों का कल्याण हो जाएगा। वह आर्थिक प्रणाली, जिसमें समाज के अंतिम व्यक्ति के कल्याण की व्यवस्था होगी, उसे ही 'अंत्योदय अर्थव्यवस्था' कहा जा सकता है। अंत्योदय व्यवहार में सर्वोदय, सबके कल्याण और सबके मंगल की ही व्यवस्था है। भारत की दुर्दशा को दूर करने के लिए कौन सी नीति, व्यवस्था व प्रणाली को अपनाया जाए, इसके संबंध में गांधीजी ने बहुत ही सटीक व व्यावहारिक मार्गदर्शन दिया था। उनका कहना था कि जब तुम दुविधा में हो, तो उस गरीब व निर्बल का चेहरा याद करो, जिसे तुमने देखा था और सोचो कि क्या तुम्हारा यह कार्य उसके किसी लाभ का होगा ? इसके बाद समाधान तुम्हें खुद ही मिल जाएगा। गांधीजी के विचार ने ही 'अंत्योदय' और 'सर्वोदय' जैसी संकल्पनाओं को जन्म दिया। उनका स्पष्ट मत था कि वही व्यवस्था उत्तम व्यवस्था कहलाएगी, जिसके अंतर्गत दुर्बलतम व्यक्ति को भी वह वही अवसर मिले, जो सबसे अधिक सबल को प्राप्त हो। इस बात को समझाते हुए पं. दीनदयाल उपाध्याय ने कहा है कि हमें एक ऐसी आर्थिक प्रणाली का विकास करना होगा, जिसमें कमानेवाला खाएगा के स्थान पर कमानेवाला खिलाएगा और जो जन्मा है, सो खाएगा, को व्यवहार में उतारा जा सके। वही अर्थरचना मंगलकारी हो सकती है, जो समाज के धारण, पोषण और विकास के लिए आवश्यक सामाजिक–नैतिक नियमों और मर्यादाओं से मुक्त हो। हमें मानवीय संवेदनाओं से परिपूर्ण, प्रेम, स्नेह, सहयोग, सेवा और समर्पण जैसी सामाजिक व नैतिक गुणोंवाली एक मानवीय व्यवस्था का विकास करना होगा। अर्थ चिंतन एवं अर्थ व्यवहार को न तो नैतिकता से अलग किया जा सकता है और न ही अलग किया जाना चाहिए। नैतिकता से युक्त अर्थशास्त्र गरीब एवं कमजोर व्यक्तियों का हितसाधक होगा और जो ऐसा नहीं करना चाहता, उसे उचित व न्यायपूर्ण नहीं कहा जा सकता। अत: अंत्योदय अर्थव्यवस्था एक ऐसी आर्थिक प्रणाली होगी जिसमें नैतिकता, अर्थशास्त्र और पारिस्थितिकी (Ethics, Economics and Ecology) के बीच समन्वय के आधार पर अर्थतंत्र व अर्थव्यवहार चलेगा। जो समकालिक राजनीतिक समाज हेतु अत्यंत ही उपयोगी होगा।

भारत के संदर्भ में अंत्योदय का प्रगटीकरण एवं प्रस्तुतीकरण काफी बड़े

प्रमाण में ग्रामोदय के रूप में होगा। भारत का भाग्योदय ग्राम पुनर्निर्माण, ग्रामोत्थान एवं ग्राम विकास पर निर्भर है। समूची भारतीय अर्थव्यवस्था में आठ-दस गाँवों का ग्राम संकुल की इकाइयों के रूप में पुनर्गठन करना होगा। इन ग्राम संकुलों की रचना इस प्रकार करनी होगी कि वे स्थानीय संसाधनों व कौशल के सहारे अपने क्षेत्र की अधिकांश आवश्यकताओं को पूरा कर सकें। यदि कोई ग्राम संकुल कुछ वस्तुओं का उत्पादन न कर सकता हो तो वह पड़ोस के ग्राम संकुल से उसे प्राप्त करे। इस प्रकार वस्तुओं के व्यापार एवं विनिमय का क्रम ग्राम संकुल के अंतर्गत विभिन्न गाँवों के मध्य, विभिन्न ग्राम संकुलों के मध्य तथा ग्रामीण क्षेत्र व नगरीय क्षेत्रों के मध्य स्थापित होकर चले। इससे हम एक ऐसे विकेंद्रित स्वावलंबी अर्थतंत्र का निर्माण कर सकेंगे, जिसमें साधनों का अपव्यय हो सकेगा, श्रम को रोजगार मिलेगा और अनावश्यक परिवहन व अन्य प्रकार के घटकों से होनेवाले पर्यावरण प्रदूषण में कमी आएगी।

गाँवों के विकास का अर्थ यह नहीं है कि हम नगरीय क्षेत्र की अर्थव्यवस्था पर ध्यान ही न दें। इसका अर्थ तो इतना ही है कि ग्रामीण क्षेत्र से जनसंख्या का पलायन रुके और गाँव के द्वारा गाँव में ही विकास की व्यवस्था बने। वास्तव में तो भारतीय अर्थव्यवस्था की दृष्टि से हमें क्षेत्रीय अर्थतंत्र के समुचित विकास एवं इनके बीच योग्य तालमेल की व्यवस्था बनानी पड़ेगी। ये तीन क्षेत्र हैं—वनतंत्र, ग्रामतंत्र एवं नगरतंत्र। इन तीनों की तंत्र योजनाएँ एवं विकास के तौर-तरीके और तकनीक अलग-अलग होंगी।

'सर्वजन सुखाय' के आदर्श वाक्य में भारतीय संस्कृति की अनन्य विशेषता है—मानव मात्र का कल्याण। भारतीय संस्कृति का उद्‌देश्य है—

"सर्वे भवंतु सुखिनः सर्वे संतु निरामया।
सर्वे भद्राणि पश्यंतु मा कश्चित् दुःख भाग्भवेत्।।"

पंडित दीनदयालजी के विचारों का केंद्र भी 'सर्वजन हिताय और सर्वजन सुखाय' है। भारतीय संस्कृति का यह आदर्श अंत्योदय की परिकल्पना में परिभाषित होता है। सरकार द्वारा बनाई गई नीतियों और योजनाओं का लाभ सभी को होना चाहिए। समाज के सभी वर्ग इस सरकार की इन नीतियों और योजनाओं से लाभान्वित हों, यही शासन और प्रशासन का उद्‌देश्य होना चाहिए, इसी को सरकार की सफलता कहा जा सकता है। भारत की वर्तमान मोदी सरकार अंतिम व्यक्ति को समाज की मुख्यधारा से जोड़ने का कार्य तेजी के साथ कर रही है। पंडित

दीनदयालजी ने राष्ट्र व समाज को जोड़ने के लिए निरंतर संघर्ष किया है जिसका परिणाम वर्तमान समय में दिखने लगा है। हमारी संस्कृति में मानव मात्र के कल्याण की बात निहित है, दीनदयालजी ने इस तत्त्व को महत्त्व देते हुए अंत्योदय को शासन के लक्ष्य के रूप में अवगत कराया है। देश में सभी वर्गों की सरकार एवं समाज से संतुष्टि व खुशी अपेक्षित है। यदि श्रम करनेवाला श्रमिक वर्ग इनसे नाराज है तो राष्ट्र व समाज के विकास पथ पर चलने की परिकल्पना अधूरी ही रह जाएगी। इसके लिए पंडितजी कहते थे कि देश के हर नागरिक के हाथ में काम होना अनिवार्य है। बेरोजगारी से बचाव की दृष्टि से कर्मशीलता व कर्मचेतना एक सार्थक उपाय है। कर्मशीलता और कार्यदक्षता का विकास कर देश में बेरोजगारी और गलत कार्यों को रोका जा सकता है और इन प्रयासों के द्वारा राष्ट्र की प्रगति सुनिश्चित है। वर्तमान सरकार इन कार्यों पर अपना ध्यान केंद्रित किए हुए है। उसके प्रयास निरंतर इन कार्यों की सफलता की ओर अग्रेषित हैं। मगर ये सभी बातें सरकार पर ही निर्भर नहीं होनी चाहिए, समाज और व्यक्तियों का भी इसमें योगदान होना चाहिए। उच्च, दलित, पिछड़ा, जनजाति, विमुक्त और खानाबदोश इनमें किसी में विकास, सामाजिक और भौतिक किसी भी प्रकार से भेदभाव नहीं होना चाहिए। स्वामी विवेकानंदजी की बात को वो हमेशा कहते थे कि इस देश को उठने दो, गरीब, मछुआरों, बुनकरों और मजदूरों आदि को विकसित होने दो। भेदभाव रहित समाज की रचना करो। एकात्म भाव को विकसित होने दो। 'सर्वजन हिताय सर्वजन सुखाय' के मंत्र पर व्यक्ति का विकास करो।

दीनदयालजी अंत्योदय को भारत की संस्कृति के मूल विचार से संबद्ध करते हैं। संस्कृत के श्लोक की पुरानी पंक्ति "कालौ वा कारणं राज्ञो राजा वा-कालकारणम्। इति ते संशयो मा भूद् राजा कालस्य कारणम्।।" इसकी सही भावना से व्याख्या करनी चाहिए। भीष्म ने राजा के व्यवहार के लिए 36 राजगुणों की व्याख्या की। राजा को चाहिए कि प्रजाओं के साथ मालाकार जैसा व्यवहार करे, अंगारक या कोयले फूँकनेवाले जैसा नहीं। राज्य की रक्षा करे, यही सब धर्मों का सार है। दीनदयालजी के अनुसार, भारतीय राजा संसदीय लोकतंत्र की स्थापना में कार्यकारी के समान है, जिसमें विधायिका द्वारा अधिनियमित किए गए कानून कार्यकारी द्वारा क्रियान्वित किए जानेवाले होते हैं और लोगों को बहुत वैध तरीके से उम्मीद है कि प्रत्येक मंत्री, जो कार्यकारिणी का एक सदस्य है, उन्हें अपने सभी प्रकार के जनता के हित से जुड़े हुए कार्यों को करके मिसाल कायम करनी चाहिए।

दीनदयालजी सरकारों के विषय में कहते थे कि शासन ही परिस्थितियों का निर्धारण करता है। भारत की वर्तमान मोदी सरकार भी भारत के विकास में सर्व समाज को आर्थिक व सामाजिक रूप से समानता प्रदान करने का उच्चतम कार्य कर रही है। वर्तमान भारत सरकार (मोदी सरकार) गरीबों के उत्थान के लिए बहुत महत्त्वपूर्ण कदम कई योजनाओं के द्वारा उठा चुकी है।

पंडित दीनदयाल उपाध्याय के 'अंत्योदय' के सिद्धांत से प्रेरणा लेकर 2014 में बनी मोदी सरकार अब तक कई विशेष योजनाओं और कार्यक्रमों की शुरुआत कर चुकी है। जो इस नए उभरते भारत की नई आशाओं और आकांक्षाओं को पूर्ण करने में अपना महत्त्वपूर्ण योगदान दे रही है। वह बिना भेदभाव के सबके कल्याण के लिए 'भवतु सब्ब मंगलम और सर्वे भवंतु सुखिनः' के सिद्धांत को फलीभूत कर रही है। देश के प्रधानमंत्री नरेंद्र मोदी कहते हैं, "यह जनता की सरकार है, इसमें जनता की भागीदारी होना अति आवश्यक है, जो देश के विकास में सहायक सिद्ध होगी।" इसलिए वह People Participation को सरकार चलाने और जनता के लिए नीति-निर्धारण के लिए महत्त्वपूर्ण मानते हैं। मोदी सरकार दीनदयाल उपाध्यायजी के विचारों से प्रेरित होकर उनके द्वारा बताए हुए मार्ग पर चलकर जनता के हित के लिए नवीन और आधुनिक प्रयोग भी कर रही है। आज अगर हम वर्तमान सरकार की बात करें तो वह सिर्फ 'गरीबी हटाओ' का नारा नहीं देती, वह गरीबी हटाने और समृद्धि हासिल करने के पूर्ण ईमानदार प्रयास कर रही है। दीनदयालजी का मानना था कि इस देश में कोई भी गरीब नहीं होना चाहिए, कोई भी भूखा नहीं सोना चाहिए। किसी भी व्यक्ति को स्वास्थ्य सेवाओं के अभाव में तड़पना नहीं चाहिए। उस पर छत होनी चाहिए। इस सबके लिए दीनदयालजी हमेशा कहते थे कि रोटी, कपड़ा, मकान, दवाई और पढ़ाई ऐसी सभी बुनियादी सुविधाएँ इस देश के प्रत्येक नागरिक के पास होनी चाहिए। इस कथन को पूर्ण करने के लिए वर्तमान की मोदी सरकार अपना अथक परिश्रम कर रही है। वह विभिन्न योजनाओं और कार्यक्रमों के साथ इस पर कार्य कर रही है। परिवर्तनशील भारत की तीव्र, व्यापक और अभूतपूर्व उपलब्धियों को हम निम्नलिखित योजनाओं के माध्यम से समझ सकते हैं और साथ ही वह अंत्योदय के विचार को कैसे परिभाषित करती है, उनके द्वारा सबका साथ, सबका विकास कैसे हो रहा है, यह समझा जा सकता है।

□

28

डिजिटल तकनीक से भारत का विकास

नवाचार के क्षेत्र में ऊँची उड़ान भरता भारत

हाल ही में जारी विश्व नवाचार सूचकांक 2020 में भारत की स्थिति शीर्ष 50 देशों में है। यह छलाँग प्रशंसनीय है। इस सूचकांक में 80 मानदंडों के साथ 130 देशों को शामिल किया गया है।

क्षेत्र में सफलता के कुछ महत्त्वपूर्ण बिंदु

- भारत ने शोध एवं अनुसंधान में अपना निवेश काफी बढ़ाया है। इससे काउंसिल ऑफ साइंटिफिक एंड इंडस्ट्रीयल रिसर्च (सी.एस.आई.आर.), इंडियन इंस्टीट्यूट ऑफ टेक्नोलॉजी (आई.आई.टी.), इंडियन इंस्टीट्यूट ऑफ साइंस (आई.आई.एस.सी.), अनेक बायोटेक कंपनियों की नवाचार क्षमता बढ़ी है।
- सूचकांक के अनुसार भारत अनुसंधान और विकास के क्षेत्र में निर्यातक की भूमिका निभाने के लिए तैयार है।
- इंडियन स्पेस रिसर्च ऑर्गेनाइजेशन की उपग्रह प्रक्षेपण, फार्मा में अनुसंधान की विकास दर तथा बायोटैक, बायोइंफार्मेटिक्स में विश्वस्तरीय अनुसंधान क्षमता को प्राप्त कर लिया गया है।
- स्कूल और कॉलेजों में नीति आयोग के अटल इनोवेशन मिशन और उद्यमिता के नीचे स्तर पर नवाचार को बढ़ावा दिया है। पाँच सरकारी विभागों के सहयोग से छोटे उद्यमों के लिए अटल अनुसंधान एवं नवाचार योजना चलाई जा रही है।
- सूचकांक रिपोर्ट में कहा गया है कि भारत को अपने सकल घरेलू उत्पाद

में शोध-अनुसंधान पर 0.85 प्रतिशत के व्यय को बढ़ाना होगा। इस क्षेत्र में यह विश्व में किए जाने वाले व्यय की तुलना में बहुत कम है।

पिछले छह वर्षों में भारत ने यू.आई.डी., ऑप्टिक फाइबर नेटवर्क का विस्तार, सरकारी काम के लिए ऑनलाइन सेवा विस्तार, डायरेक्ट बेनेफिट ट्रांसफर का विस्तार (इसमें लगभग 450 योजनाएँ शामिल हैं), अटल लैब का निर्माण और 50,000 से अधिक स्टार्टअप को प्रोत्साहन दिया है। आगे आनेवाले पाँच वर्षों में देश का लक्ष्य सूचकांक के शीर्ष 20 देशों में अपना स्थान बनाना है। 2020 की नई शिक्षा नीति भी नवाचार के क्षेत्र में अभूतपूर्व साबित हो सकती है। भारत की युवा जनसंख्या को देखते हुए यहाँ आधुनिकतम तकनीकों का प्रयोग एक श्रेष्ठ मार्ग प्रशस्त कर सकता है।

डिजिटल क्रांति भारत के हित में

पिछले गत कुछ महीनों में भारत के भू-राजनीतिक संकट से उत्पन्न स्थितियों के चलते देश की डिजिटल पारिस्थितिकी ने बहुत उतार-चढ़ाव देखे हैं। इन सबके बीच अमेरिकन कंपनी गूगल और फेसबुक ने भारत में बड़े निवेश की घोषणा की है। इस कड़ी में भारतीय स्टार्टअप्स को नजरअंदाज किया जा रहा है। चीन का विकल्प बनती अमेरिकी कंपनियों से भारतीय डिजिटल जगत् को बचाना बहुत जरूरी है। इसके लिए निम्न कदम उठाए जा सकते हैं—

- भारत को सभी देशों के निवेश का स्वागत करना चाहिए, चाहे वह चीन हो या अन्य कोई पड़ोसी देश। इससे पहले यह सुनिश्चित कर लिया जाना चाहिए कि अंतिम प्रबंधन और निर्णय का अधिकार भारत के नियंत्रण में ही रहेगा। इसके लिए कंपनी के बोर्ड में भारतीयों का बाहुल्य होना चाहिए।
- डेटा भंडारण और प्रोसेसिंग का स्थानीयकरण तथा कंपनी के निर्णायक मंडल से जवाबदेही को सुनिश्चित करना होगा।
- यह दुर्भाग्यपूर्ण है कि गूगल और फेसबुक जैसी अमेरिकी कंपनियों के उपभोक्ता भारत में अधिक हैं, फिर भी इनकी जवाबदेही अमेरिकी संसद् के प्रति है।
- इस समय भारत के पास अवसरों की कमी नहीं है। अमेरिका का उदाहरण लेते हुए भारत को निवेश के इच्छुक देशों के लिए अपने द्वार

खोल देने चाहिए। अमेरिका ने पूँजी-प्रवाह बढ़ाने के लिए निवेशकों और उद्यमियों के लिए कई आकर्षण रखे हैं। परंतु वह भी बाहरी कंपनियों पर नियंत्रण की दिशा में कदम उठा रहा है।

- आर्थिक तौर पर भारत स्वदेशी कंपनियों को प्रतिस्पर्धा का सामना करने और निवेश आकर्षित करने के लिए इतना सशक्त बनाए कि ये भारत में रोजगार के अवसरों में वृद्धि करके देश की अर्थव्यवस्था की वाहक बन सकें।

भारत में नवोन्मेषता का चमकता सूरज

भारत भूमि, तकनीक आधारित नवोन्मेषता के लिए उपयुक्त है। हमारे देश में इंटरनेट उपभोक्ता सबसे तेजी से बढ़ रहे हैं। फिलहाल इनकी संख्या 70 करोड़ है, जिसके 2025 तक 97.4 करोड़ हो जाने की संभावना है। जनधन, आधार और मोबाइल की तिकड़ी ने तकनीकी रूप से हमें काफी उन्नत कर दिया है। हाल ही की एक रिपोर्ट के अनुसार 2035 तक आर्टिफिशियल इंटेलीजेंस की मदद से भारत के जी.डी.पी. में 95.7 अरब डॉलर जोड़े जा सकते हैं।

भारत में नवोन्मेष का आधार सहयोग, सुविधा और जिम्मेदार नियमन का त्रय है। यह विभिन्न विषयों से जुड़ा हुआ है। यहाँ यह नहीं भूलना चाहिए कि नवोन्मेष एक पुनः संयोजक है और यह ऐसे दीर्घकालीन लाभ दे सकता है, जिनको निकट भविष्य में शायद न देखा जा सके। इस दृष्टि से ही भारत ने इस विधा में कदम आगे बढ़ाए हैं।

- भारत में अनेक ऐसे स्टार्ट-अप काम कर रहे हैं, जिन्होंने आत्मनिर्भर भारत और डिजिटल इंडिया के स्वप्न को साकार करने में महत्त्वपूर्ण भूमिका निभाई है। इनमें सेतु मैप माई इंडिया, चिनगारी, येलो, निरामयी आदि ऐसे मंच हैं, जो विभिन्न क्षेत्रों में लोगों के जीवन को सुविधाजनक बनाते जा रहे हैं।
- ग्रामोफोन जैसे एप मंडी की सूचनाएँ, मृदा और उपज के बारे में सलाह उपलब्ध कराते हैं।
- नवोन्मेष को पूँजी और मनोवैज्ञानिक सुरक्षा की आवश्यकता होती है। यह ऐसे माहौल में पनप सकता है, जहाँ इसकी विफलता के लिए स्थान हो। सरकार इसके लिए एक व्यापक ढाँचा तैयार कर रही है। यह

इनोवेशन इन साइंस पर्पज फॉर इंस्पायर्ड रिसर्च स्कॉलरशिप, एडवांसमेंट इन नॉलेज इंपावरमेंट इन स्कीम, स्मार्ट इंडिया हेकाथॉन तथा अटल इनोवेशन मिशन जैसी कई योजनाओं के साथ अनुसंधान और विकास को प्रोत्साहित कर रही है।

- नवोन्मेष में ऐसे भविष्य के निर्माण की क्षमता है, जहाँ ए.आई. शिक्षा और स्वास्थ्य को बदल देगा। मशीन लर्निंग और ब्लॉक-चेन वाणिज्य को मजबूत और लचीला बना देंगे। स्वच्छ ऊर्जा हमारी अर्थव्यवस्था को चलाएगी। जीन-एडिटिंग से विलुप्त प्रजातियों को वापस लाने में मदद मिलेगी और यह बिगड़े हुए पारिस्थितिकी तंत्र को वापस ठीक करेगा। क्वाटंम कंप्यूटिंग चुनौतियों को हल करने में हमारी प्रसंस्करण क्षमता को बढ़ाएगा। वर्चुअल रियलिटी भौतिक जगत् के साथ हमारे मेल-जोल के तरीके को बेहतर ढंग से बदल देगी।

भारत में आर्टिफिशियल इंटेलीजेंस

हाल ही में ए.आई. से जुड़ा विश्व सम्मेलन रिसपॉन्सिबल ए.आई. फॉर सोशल एंपावरमेंट (रेज) संपन्न हुआ है। इस सम्मेलन में देशों को अपनी अर्थव्यवस्था को ए.आई. आधारित बनाने पर जोर दिया गया है। भारत भी अपने 'ए.आई. फॉर ऑल' नारे के बैनर तले ए.आई. कुशल कार्यबल और अनेक स्टार्टअप से जुड़ा आधुनिक पारिस्थितिकी तंत्र स्थापित कर सकता है। भारत की युवा जनसंख्या ए.आई. जैसी तकनीक को अपनाने के लिए आतुर है। स्टैनफोर्ड ए.आई. वाइबरेंसी इंडेक्स ने भारत के ए.आई. प्रशिक्षित विशाल कार्यबल को देखते हुए उसे दूसरा स्थान दिया है। भारत के अनेक स्टार्टअप जैसे रेजरपे, जीरोधा, पाइनलैब्स और नायका ने देश के विभिन्न क्षेत्रों में काम करके समाज की जरूरतों को पूरा किया है।

- स्वास्थ्य के क्षेत्र में मशीन लर्निंग आधारित एल्गोरिदम ने मरीजों के भविष्य के स्वास्थ्य को ठीक से समझने और उसे ठीक रखने में बड़ी भूमिका निभाई है। समय पर बीमारी का निदान ढूँढ़ने और रक्षात्मक उपायों में भी यह लाभदायक सिद्ध हुआ है। वर्तमान में चल रहे कोविड-19 में ए.आई. आधारित चैटबॉट ने माईगव के संचार को बहुत आसान बना दिया है। इसी प्रकार इंडियन काउंसिल ऑफ मेडिकल रिसर्च ने वॉटसन असिस्टेंट के माध्यम से जाँच और निदान की सुविधाएँ दी हैं।

- जल–प्रबंधन, फसल बीमा और पेस्ट कंट्रोल से संबंधित ए.आई. तकनीकें विकसित की जा रही हैं। इमेज रेकगनिशन, सिंचाई की ऑटोमेटेड देखरेख आदि के माध्यम से किसान जंगली घास को आसानी से खत्म कर सकेंगे। वे बेहतर फसल और अच्छी पैदावार प्राप्त कर सकेंगे।

तीन जिलों में मौसम के हिसाब से सलाह के आधार पर खेती करने के प्रयोग किए जा रहे हैं। मृदा की नमी के बारे में सही सूचना प्राप्त होने से किसानों को सही निर्णय लेने में सहायता मिलेगी।

- ए.आई. के आधार पर बाढ़ की भविष्यवाणी भी की जा रही है। इसे बिहार में शुरू किया जा चुका है। संपूर्ण भारत में इसका विस्तार करते हुए बाढ़ के 48 घंटे पहले ही चेतावनी देकर जन–धन की हानि को बचाया जा सकता है।
- स्कूल से निकलनेवाले बच्चों को डेटा साइंस, मशीन लर्निंग और ए.आई. के जानकार बनाने हेतु सी.बी.एस.ई. ने ए.आई. का एकीकृत पाठ्यक्रम तैयार किया है। इलेक्ट्रॉनिक मंत्रालय ने 'रिसपॉन्सिबल ए.आई. फॉर यूथ' कार्यक्रम के माध्यम से सरकारी स्कूलों के करीब 11000 बच्चों को ए.आई. का बेसिक कोर्स करवाया गया है।

भारत के डिजिटल जगत् में ए.आई. के संयोग से 2035 तक अर्थव्यवस्था में 957 अरब डॉलर की वृद्धि की जा सकती है। सन् 2025 तक डेटा और ए.आई. के माध्यम से रोजगार के अनेक अवसर भी उपलब्ध कराए जा सकते हैं।

ए.आई. की शक्ति डेटा होता है। भारतीयों के डेटा को सुरक्षित रखकर अपने तरीके से प्रशासित करने के लिए सरकार कुछ कड़े नियम बनाने की तैयारी में है। भारत एक ऐसा डेटा–समृद्ध समाज बनाना चाहता है, जिसमें अनेक अवसर हों, लोग सशक्त बन सकें और इज ऑफ डुइंग बिजनेस को बढ़ावा मिल सके। रेड 2020 सम्मेलन ने एक उत्तरदायी ए.आई. के लिए ऐसा रोडमैप बनाने की शुरुआत की है, जिसका आधार नैतिकता से बँधा हुआ हो।

ऑटोमेशन के जरिए कौशल विकास हो

बदलते वैश्विक परिदृश्य के बदलते रोजगार के अवसरों के प्रति सचेत और जागरूक रहने की आवश्यकता है। भारतीय संदर्भ में तकनीकी विकास की गति के

साथ रोजगार के अवसरों से ज्यादा इससे बेरोजगार होनेवालों की ओर ध्यान देना जरूरी है। कंप्यूटिंग और आर्टिफिशियल इंटेलीजेंस जैसी आधुनिकतम तकनीकें पूर्वानुमानित तकनीक (प्रेडिक्शन तकनीक) पर आधारित हैं।

यहाँ इस तथ्य पर ध्यान देने की आवश्यकता है कि सांख्यिकीय पूर्वानुमान शत-प्रतिशत सही नहीं हो सकते। मशीन तो केवल पूर्वानुमान लगाती है। परंतु इसके बाद का निर्णय इनसानों को ही लेना पड़ता है। यह निर्णय मशीनी पूर्वानुमान पर ही आधारित होता है। ए.आई. ने पूर्वानुमान को तेज और सटीक करके लागत में कमी की है। पूर्वानुमान और निर्णय, दोनों ही एक-दूसरे के पूरक हैं। पूर्वानुमान की लागत में कमी ने निर्णय को और अधिक महत्त्वपूर्ण बना दिया है।

- इस प्रकार ए.आई. से एक ओर जहाँ रोजगार में कमी आई है, वहीं ऐसे अवसरों में वृद्धि हुई है, जो पूर्वानुमान पर आधारित निर्णय कर सकें। ए.आई. तो केवल एल्गोरिदम को तेज और सटीक बनाने में मदद कर सकता है। वित्तीय क्षेत्र में इसका महत्त्व हो सकता है और इससे रोजगार भी कम हो सकते हैं, परंतु स्वास्थ्य सेवा जैसे पेचीदा क्षेत्र में रोजगार के अवसरों की कमी नहीं है, और आगे भी नहीं होगी।
- स्वास्थ्य के साथ-साथ शिक्षा व नियमन निकायों का क्षेत्र ऐसा है, जहाँ ऑटोमेशन को बढ़ावा देकर काम की गति को बढ़ाया जा सकता है। लेकिन इस पर आधारित निर्णयात्मक क्षमता से भरपूर कुशल कर्मचारियों को तैयार करना होगा।

अगर हम वर्तमान कौशल विकास प्रशिक्षण के माध्यम पर निर्भर रहते हुए काम करते हैं, तो कर्मचारियों की कमीवाले क्षेत्रों में पूर्ति करने में कई वर्ष लग जाएँगे। दूसरी ओर, लोग बेरोजगार होते जाएँगे। अत: हमें ऑटोमेशन की दिशा में आगे बढ़ते हुए लोगों को निर्णयात्मक क्षमतावाले रोजगार की ओर मोड़ने हेतु नीतियाँ बनाने की आवश्यकता है। उम्मीद की जा सकती है कि वैश्विक परिदृश्य से प्रेरित होकर सरकार इस ओर कदम बढ़ाएगी।

□

29

प्रशासनिक सेवा और भारत का विकास

भारतीय प्रशासनिक सेवाओं में प्रतिवर्ष लगभग 180 प्रतिभावान युवाओं का चयन किया जाता है। चयन प्रशिक्षण और नियुक्ति के दौरान ये युवा प्रतिभावान, आदर्शवादी और ऊर्जावान होते हैं। परंतु बढ़ती उम्र के साथ परिवार के दायित्व को सँभालते हुए ये अपने पथ से भटक जाते हैं। इन पर सत्ता की शक्ति का बहुत दबाव रहता है; साथ ही इनके आदर्शों को वास्तविकता के धरातल पर अकसर चोट खानी पड़ती है। इसका परिणाम इनके भ्रष्ट होने या अच्छे विचारों की राह में रोड़े अटकाने के रूप में सामने आता है।

कुछ ऐसे रास्ते हैं, जिनके माध्यम से प्रशासकों को अपने संपूर्ण कार्यकाल में प्रतिस्पर्धी बनाए रखा जा सकता है—

- मानव पूँजी को बढ़ाने के लिए प्रोत्साहन प्रदान करके इसे सुधार सकते हैं।
- इनके नीचे गिरते स्तर को बचाने के लिए एक आकर्षक निकाय मार्ग प्रदान करना।
- सेवा से बाहर के प्रतिभावान उम्मीदवारों से प्रतिस्पर्धा।

इन तीनों बिंदुओं पर काम करने के लिए प्रशिक्षुओं को सात वर्ष की प्रारंभिक नियुक्ति दी जानी चाहिए। छठे वर्ष में इनका मूल्यांकन करने के लिए तीन आकर्षक विकल्प दिए जा सकते हैं—

- सेवा में बने रहने के लिए वे किसी बाहरी प्रतिभावान उम्मीदवार से प्रतिस्पर्धा करें। इस तरीके से नियुक्ति को पार्श्व नियुक्ति (लेटरल एंट्री) जैसा माना जा सकता है।
- अधिकारी को विश्व के किसी अच्छे संस्थान में आगे पढ़ाई के लिए स्कॉलरशिप दी जाए।

- एक करोड़ की प्रारंभिक पूँजी देकर उसको उद्यमिता के लिए प्रोत्साहन दिया जाए।

इन निकायों के अलावा भी अधिकारी निजी क्षेत्र में नौकरी जैसा कोई रास्ता चुन सकते हैं। ऐसा मूल्यांकन हर सात वर्ष पर किया जाना चाहिए। उन्हें स्वैच्छिक सेवानिवृत्ति का भी विकल्प दिया जा सकता है।

इस प्रकार के निकाय मार्ग या विकल्पों से बहुत से लाभ हो सकते हैं—

- युवा अधिकारियों को अपना कार्यकाल संक्षिप्त किंतु गतिशील और लाभप्रद लगेगा।
- सरकारी सेवा में कौशल को आजमाने के बाद एक नया परिवर्तन उन्हें पुनर्जीवित कर देगा।
- उनकी प्रतिभा को लेकर उन्हें पछतावा नहीं होगा कि वे गलत सेवा में फँस गए हैं।
- जो अधिकारी सर्विस जारी रखेंगे, उन्हें बाहरी व्यक्तियों से प्रतिस्पर्धा करते हुए स्वयं की शक्ति, क्षमता व अनुभव पर भरोसा रहेगा। साथ ही वे अपडेटेड रहेंगे।
- सरकार को भी सेवा के लिए उपयुक्त, चुस्त-दुरुस्त प्रशासकों का समूह मिलता रहेगा।

इन विकल्पों से ऐसे युवाओं को लाभ होगा, जो आजीवन इस सेवा से बँधे नहीं रहना चाहते, परंतु प्रशासनिक क्षेत्र में भी अपनी प्रतिभा दिखाना चाहते हैं।

कॉर्पोरेट प्रशासन में भी सुस्त पड़ गए कर्मचारियों को आकर्षक पैकेज देकर बाहर का रास्ता दिखाया जाता है। इस क्षेत्र में यह कुछ हद तक सफल भी रहा है। ऐसा ही तरीका हम प्रशासनिक सेवाओं में भी अपना सकते हैं। इस मार्ग से शायद भ्रष्टाचार, अकर्मण्यता, धीमी कार्यशैली, लालफीताशाही जैसी कार्यपद्धति से देश को छुटकारा मिल सकेगा।

□

संदर्भ ग्रंथ

1. ‘राष्ट्र चिंतन’ भारतीय जनसंघ प्रकाशन, दिल्ली, 1960, पंडित दीनदयाल उपाध्याय।
2. ‘एकात्म मानव दर्शन एवं चिति अवधारणा’ दीनदयाल स्मृति व्याख्यान एकात्म मानव दर्शन अनुसंधान एवं विकास प्रतिष्ठान, नई दिल्ली, 25 सितंबर, 2002, सुदर्शन कुप्पाहल्ली सीतारमय्या।
3. पंडित दीनदयाल उपाध्याय और ग्राम्य विकास, संगोष्ठी प्रतिवृत्त दीनदयाल धाम स्मारक समिति फरह, मथुरा, 2016।
4. ‘भारतीय अर्थनीति : विकास की एक दिशा’ राष्ट्रधर्म पुस्तक प्रकाशन, लखनऊ 1958, पंडित दीनदयाल उपाध्याय।
5. ‘तत्त्व जिज्ञासा’ सुरुचि प्रकाशन, नई दिल्ली, 1990 श्री दत्तोपंत ठेगड़ी
6. ‘ग्रामीण स्वावलंबन’, ग्रंथ अकादमी, नई दिल्ली, दीपक बाँका।
7. ‘संकेत रेखा’—सं. भानु प्रताप शुक्ल, प्रकाशक भारतीय मजदूर संघ, दिल्ली, श्री दत्तोपंत ठेगड़ी।
8. ‘शिक्षा में भारतीयता’ भारतीय शिक्षण मंडल, उ.प्र.-2, नवीन मार्किट, केसरबाग, लखनऊ, श्री बाला साहब देवरस।
9. ‘संस्कृति के चार अध्याय’ उदय्यल प्रकाशन, दिल्ली, श्री रामधारी सिंह ‘दिनकर’।
10. ‘आधुनिक भारत का इतिहास’ ज्ञानदा प्रकाशन पटना, 1972, श्री दीनानाथ वर्मा।
11. ‘युवा और आत्म निर्णय’ श्री अरविंद साहित्य, खंड श्री अरविंद सोसाइटी, पुदुचेरी, श्री अरविंद घोष।
12. ‘वेदमीमांसा’ गोविंदराम हासानंद दिल्ली, 1984, स्वामी विद्यानंद सरस्वती।
13. ऋग्वेद खंड 1, 2, 3, 4 प्रकाशक, संस्कृति संस्थान, ख्वाजा कुतुब, बरेली।
14. यजुर्वेद (खंड-1) प्रकाशक संस्कृति संस्थान, ख्वाजा कुतुब, बरेली।
15. सामवेद (खंड-1) प्रकाशक संस्कृति संस्थान, ख्वाजा कुतुब, बरेली।
16. अथर्ववेद (खंड-1, 2) प्रकाशक संस्कृति संस्थान, ख्वाजा कुतुब, बरेली।
17. ‘भारतीय दर्शन’ उत्तर प्रदेश हिंदी संस्थान, लखनऊ, 1979, देवराज।
18. ‘सर्वदर्शन संग्रह’ चौखंबा विद्याभवन वाराणसी, श्री माधवाचार्य।
19. श्रीमद् भगवद् पुराण गीता—प्रकाशक गीता प्रेस, गोरखपुर।
20. ‘अंत्योदय-समाज के अंतिम व्यक्ति का संकल्प’, प्रकाशक—प्रभात प्रकाशन, नई दिल्ली वर्ष-2018,—सं. प्रभात झा।

21. व्यक्तित्व निर्माण युवा शिविर के एक वक्तव्य पर आधारित 'स्वदेशी से स्वावलंबन', गायत्री परिवार, हरिद्वार।
22. पर्यावरण संरक्षण, भू-संसाधन, 2010, डॉ. कृष्णगोपाल व्यास।
23. अस्तित्व के आधार पर वन (समाज, प्रकृति और विज्ञान) (समाज का प्रकृति एजेंडा) 2017, चंडीप्रसाद भट्ट।
24. 'सामाजिक समरसता', अवध विश्वविद्यालय, फैजाबाद-2019, आचार्य मनोज दीक्षित।
25. 'एकात्म मानववाद' भारतीय संस्कृति पुनरुत्थान समिति उ.प्र. 1960, श्री दत्तोपंत ठेगड़ी ।
26. 'डेस्टिनेशन ट्रिब्यूट' दीनदयाल शोध संस्थान, रामतीर्थ नगर, नई दिल्ली, 1992, सुधाकर राजे।
27. 'भारतीय मनोविज्ञान', आर्य बुक डिपो, दिल्ली, डॉ. सीताराम जायसवाल ।
28. 'पंडित दीनदयाल उपाध्याय का सांस्कृतिक लक्ष्य', स्वरांजलि प्रकाशन, शाहजहाँपुर, 2018, डॉ. कनक रानी।
29. भाजपा समाचार—'अंत्योदय', प्रकाशक-भारतीय जनता पार्टी प्रकाशन विभाग, नई दिल्ली, वर्ष, 2003।
30. 'हिंदू अर्थ चिंतन : दृष्टि एवं दिशा', प्रभात प्रकाशन, नई दिल्ली, डॉ. बजरंग लाल गुप्त।
31. अग्रवाल कृष्ण कुमार 'कंप्लीट स्मॉल स्केल इंडस्ट्रीज', मनोज प्रकाशन, नई दिल्ली।
32. प्रधानमंत्री श्री नरेंद्र मोदीजी द्वारा राहत पैकेज घोषणा करते समय के बिंदु, 12 मई, 2020।
33. 'द इकोनॉमिक टाइम्स' में प्रकाशित केंद्रीय मंत्री श्रीमती निर्मला सीतारमण के आर्थिक पैकेज की तीसरी किस्त जारी करते हुए समय के मुख्य बिंदु, 16 मई, 2020।
34. 'द इकोनॉमिक टाइम्स' में प्रकाशित प्रणव ढाल सामंत के लेख के मुख्य बिंदु, 7 अप्रैल, 2020।
35. 'द इंडियन एक्सप्रेस' में प्रकाशित कुणाल कुमार और श्री पी.ओ.के. लेख के मुख्य बिंदु, 23 अप्रैल, 2020।
36. 'द टाइम्स ऑफ इंडिया' में प्रकाशित रुचिर शर्मा के लेख के मुख्य बिंदु, 31 मार्च, 2020।
37. 'द टाइम्स ऑफ इंडिया' में प्रकाशित सौम्य कांति घोष के लेख के मुख्य बिंदु, 22 मई, 2020।
38. 'द टाइम्स ऑफ इंडिया' में प्रकाशित नारायणी गणेश के लेख के मुख्य बिंदु, 19 मई, 2020।
39. 'द इकोनॉमिक टाइम्स' में प्रकाशित शैलेश हरिभक्ति के लेख के मुख्य बिंदु, 15 मई, 2020।
40. 'द हिंदुस्तान टाइम्स' में प्रकाशित राहुल बजाज के साक्षात्कार के मुख्य बिंदु, 3 जून, 2020।
41. 'द हिंदुस्तान टाइम्स' में प्रकाशित एस.बी.आई. चेयरमैन रजनीश कुमार के साक्षात्कार के मुख्य बिंदु, 4 जून, 2020।
42. 'द हिंदुस्तान टाइम्स' में प्रकाशित राहुल बजाज के साक्षात्कार के मुख्य बिंदु, 3 जून, 2020।

□□□